Zonder Natascha

Brigitta Sirny-Kampusch
met Andrea Fehringer & Thomas Köpf

Zonder Natascha

Vertaald door Jeannet Dekker

ARENA

Dit is een speciale uitgave voor Dutch Media Trade bv.

Eerste druk 2007, tweede druk 2009

Oorspronkelijke titel: *Verzweifelte Jahre. Mein Leben ohne Natascha*
© Oorspronkelijke uitgave: 2007 by Verlag Carl Ueberreuter, Wenen
© Nederlandse uitgave: Arena Amsterdam, 2007
© Vertaling uit het Duits: Jeannet Dekker
Omslagontwerp: Bacqup.eu
Foto omslag: Vladimir Zivkovic (Shutterstock)
Typografie en zetwerk: Mat-Zet bv, Soest
ISBN 978-90-4800-144-6
NUR 302

Dit boek is voor jou, Natascha

Proloog

VERBODEN TOEGANG meldt het houten bord. In eerste instantie begrijpt ze helemaal niet wat daarmee wordt bedoeld. Twee simpele woordjes, waarmee opeens het verloop van een hele dag wordt verstoord. Ze zijn immers uitsluitend om deze reden naar Mariazell gekomen. Om een kaarsje op te steken in de basiliek. Zoals elk jaar.

Brigitta Sirny verroert zich niet. 'Verboden toegang,' leest ze nogmaals. 'Ouders zijn aansprakelijk voor hun kinderen.' Juist nu, denkt ze. 'Wegens verbouwing gesloten.' Juist vandaag.

'Wat is er, oma?' Helena trekt haar aan haar broek.

'De lichtgrot is dicht,' zegt Brigitta Sirny. 'We kunnen geen kaarsje opsteken. Jullie weten toch waarom we dat elk jaar doen.'

Alina kijkt de anderen aan. Ze is het kleinst van allemaal en snapt nog niets van kaarsen en verbouwingen.

'Ik weet waarom,' zegt Michelle. 'Voor Natascha.'

Brigitta Sirny pakt haar kleindochters bij de hand, draait zich om en laat de kerk achter zich. Het heeft geen zin. En de kinderen hebben honger. Het is tussen de middag, kort na half een.

'Ik wil worstjes,' zegt Michelle.

'Ik wil friet,' roept Helena. De menukaarten in Konditorei Pirker in Mariazell veroorzaken nogal wat opwinding.

Brigitta Sirny bestelt. Voor zichzelf slechts koffie. In eten heeft ze geen trek. 'Willen jullie ketchup?' vraagt ze.

De worstjes worden gebracht, de frietjes ook. De meisjes zijn druk bezig. Het bord is niet langer het enige waar ketchup op zit. Brigitta Sirny zoekt in haar tas naar een zakdoek. 'Hè,' zei ze, 'nu ben ik mijn mobieltje vergeten.' Het laat de kinderen koud.

'Wat gaan we eigenlijk doen wanneer Natascha weer terugkomt?'

Opeens is het stil. Brigitta Sirny kijkt haar kleindochter aan. Michelle stelt die vraag zomaar, uit het niets. Achtenhalf jaar lang hangt hij al in de lucht, en het is vreemd dat niemand hem eerder heeft gesteld. Zo concreet. Brigitta Sirny krijgt opeens kippenvel, hoewel de zon schijnt en het zesentwintig graden is.

'Dat komt wel goed,' zegt ze. Na alles wat ze al heeft meegemaakt, krijgt ze zichzelf in gevallen als deze weer snel onder controle. 'We hebben plaats zat thuis, de woning is groot genoeg.' Brigitta Sirny pakt haar koffiekopje. 'We zullen haar kamer een likje verf geven,' zegt ze. 'Mintgroen, want roze past niet meer.' Ze zette de koffie neer zonder een slok te hebben genomen. Het is kort voor enen.

'Daar is mijn mobieltje.'

Brigitta Sirny loopt de paar stappen naar de tafel. Drie gemiste oproepen. Twee van de nummers zeggen haar niets. Normaal gesproken zou ze terugbellen, maar nu niet. In de kitchenette zet ze koffie. De vakantiewoning op de boerderij in Wienerbruck is een soort tweede thuis.

'Hoe was het in de lichtgrot?' vragen de jongens. Markus en René zijn thuisgebleven.

'We zijn helemaal niet...' Verder komt Brigitta Sirny niet. Haar mobieltje gaat. Ze neemt op.

'Goedemiddag, mevrouw Sirny. Dat is lang geleden. Hoe is het?'

Brigitta Sirny draait er niet omheen. De journaliste die ze aan de lijn heeft, belt niet uit interesse. 'Is er iets aan de hand? Is er nieuws? Over Natascha?'

'Nou... ik weet niet of ik het tegen u mag zeggen... Ik wil niet dat u boos wordt als het straks niet waar blijkt te zijn...'

'Als wat niet waar blijkt te zijn?' Brigitta Sirny's toon wordt scherper.

'In Deutsch Wagram is een jonge vrouw opgedoken. Ze beweert Natascha te zijn.'

Brigitta Sirny verbreekt de verbinding. Sabina en de vijf kinderen kijken haar aan. Er is iets gebeurd. Dat zien ze aan haar gezicht. Iedereen begint door elkaar te praten.

Brigitta Sirny begint meteen opnieuw te bellen. Belt een collega van haar werk. Vraagt naar het nummer van de politie in Deutsch Wagram. Twintig minuten lang probeert ze iemand aan de lijn te krijgen. Het lukt niet. Dan wordt ze zelf gebeld.

'Goedemiddag, mevrouw Sirny. Fischer, recherche. Tijd niet gesproken...'

'Is ze het?'

'Negenennegentig procent kans van wel.'

Het is het einde van de middag. Even na vijven. Woensdag, 23 augustus 2006.

Een

Mijn leven in de hel begon om half zes. Maar dat wist ik toen nog niet. De wekker ging, zoals altijd. Ik stond meteen op, zoals elke dag. Ik waste me, deed mijn haar, gaf de katten te eten, zette koffie. Niets wees erop dat op deze tweede maart 1998 mijn hele leven overhoop zou worden gehaald. En het leven van mijn dochter. Mijn dochter Natascha.

In haar kamer was nog geen geluidje te horen. Ze kwam niet graag haar bed uit. Dat geldt voor alle kinderen van tien. Ik kon haar nog wel een paar minuten laten liggen. De koffie was klaar. Ik ging aan tafel zitten en stak mijn eerste sigaret op.

'Natascha! Wakker worden, het is half zeven!' Ik klopte op haar deur en liep nogmaals naar de badkamer. In haar kamer bleef het stil. 'Toe, kom je bed uit! Je weet toch dat je vandaag vroeger moet opstaan?' Ze was nog niet gewend aan haar bijlessen Duits. Die begonnen eerder dan de gewone lessen op school, om tien voor half acht. En vandaag was het pas de derde keer. Ik ging op de rand van haar bed zitten en schudde haar zachtjes door elkaar.

'Jouw schuld,' mompelde ze half slapend. 'Je hebt me niet op tijd wakker gemaakt, nu kom ik te laat.'

'Je redt het nog wel, maar dan moet je nu wel opschieten. Ik heb je kleren al klaargelegd.' Ik doelde op de geruite jurk van spijkerstof die op haar stoel lag.

'Die trek ik echt niet aan,' zei Natascha, maar ze was in elk geval wakker. 'Ik wil een broek aan. En ander ondergoed.'

'Je trekt aan wat ik voor je uitzoek. Dat doe ik toch niet voor niets?'

Ze stond op, liep naar de kast en rommelde erin. Wanneer ze goedgeluimd was, noemde ze me soms Mausi. Nu kon er niet eens 'mama' van af. Ik liet haar alleen met haar slechte humeur. Dat van mij was ook niet al te best meer.

'Waar is je bril?' vroeg ik, toen ze eindelijk aangekleed de keuken in liep.

Ze gaf geen antwoord.

'Je bril, die heb je op school nodig.'

Nog steeds niets.

'Moet ik je naar school brengen?'

'Nee, ik ga wel alleen.'

'Zeg, niet zo brutaal.' In het voorbijgaan gaf ik haar een tik tegen haar wang.

Zonder een woord te zeggen pakte Natascha haar rode windjack van de kapstok, hing haar schooltas over haar schouder en liep naar de voordeur.

'Dag, hoor,' riep ik haar na. 'Krijg ik geen zoen?'

'Daa-haag,' riep ze terug. Ze klonk super chagrijnig.

Ik stond al op het balkon toen Natascha het portaal van onze flat verliet. Ze liep niet sneller dan gewoonlijk, ik keek haar bij elke stap na. Ze was de enige op het binnenplein. Het was een sombere dag, je kon de winter nog ruiken. Ik wachtte totdat ze nog één keer naar me zou opkijken. Ze wist dat ik daar stond. De paar keer dat ze alleen naar school was gegaan had ik haar steevast uitgezwaaid. Maar ze draaide zich niet om. Ze zag er heel klein uit, maar misschien lag dat aan de zevende verdieping. Toen sloeg ze de hoek om en verdween uit het zicht. Ik dacht er verder niet over na.

Er was iets mis met mijn auto. De wielen leken aan het wegdek vast te kleven en ik had het idee dat ik een tientonner aan het uitparkeren was. Er was iets niet in orde; misschien waren het de banden. Als ik mazzel had. Als het niet zo was, was het misschien wel het stuur. Dit kon ik met mijn werk niet gebruiken. Als chauffeur voor Tafeltje-Dek-Je heb je een auto nodig. En vandaag moest ik niet alleen mijn gebruikelijke bezorgronde rijden, maar ook nog naar de belastingadviseur. Ik reed de Wagramerstraße in, maar het werd niet beter. Ik stopte bij een tankstation en bleek geluk te hebben.

'Uw banden zijn te zacht,' zei de pompbediende, en hij vulde ze bij.

Voor een maandag was het rustig op straat. Aan het begin van de week is heel Wenen doorgaans opgefokt, of in elk geval degenen die aan het verkeer deelnemen. Of misschien was ik wel een paar minuten later dan gewoonlijk. Ook in de Böcklinstraße was het ergste al achter de rug. Er was zelfs een plekje vrij, precies voor het uitgiftepunt van Tafeltje-Dek-Je. Ik laadde mijn maaltijden in en reed mijn rondjes door de stad.

Gürtel. Heiligenstädter Lände. Taborstraße. Marxergasse. Ring. Gürtel. Ik kende de weg. De belastingadviseur lag uit de route. Richting Döbling, bij het Türkenschanzpark. Ik gaf mijn ordners met papieren af en ging snel weer weg; over een faillissement praat je niet graag. Hij had wat hij nodig had. Nu wilde ik naar huis.

Het faillissement speelde voortdurend door mijn hoofd. Dat had allemaal niet hoeven gebeuren. Ik had mijn uiterste best gedaan het eettentje draaiende te houden. Het had een succes kunnen worden, als Koch maar een handje had geholpen. En een beetje minder had gezopen. Koch heten en alleen maar naar de keuken komen als de fles leeg is. Ex-mannen!

'Hallo, Brigitta!'

In eerste instantie besefte ik niet waar de stem vandaan kwam. De stem van Koch. Onwillekeurig draaide ik mijn hoofd naar links. Daar zat hij. In de auto naast de mijne. In de Nußdorferstraße. Midden in de file. Ik draaide het raampje naar beneden.

'Hallo.'
'Wat doe jij hier?'
Ik had geen zin daarop te antwoorden. Hij had me al failliet laten gaan, aan nog meer gedoe had ik geen behoefte. 'Waar is het paspoort van Natascha?'
'Dank je wel, met mij gaat het ook prima. Haar paspoort? Hoezo?'
'Sinds jullie zijn teruggekomen uit Hongarije kan ik het nergens meer vinden. Ik heb gisteravond overal lopen zoeken. Ligt het soms nog bij jou?'
'Het zit...' De rest van de zin ging verloren in het lawaai van de tram die net passeerde.
'Wat?'
'In de zak van haar windjack. Links! In de zak aan de linkerkant!'
De stoet auto's zette zich in beweging.

Het meisje zat doodstil op haar stoel. Niet omdat de les haar zo vreselijk boeide, maar omdat het de enige manier was waarop ze zich kon concentreren. Ze was nog steeds op weg naar school. Liep over de Rennbahnweg. In gedachten was het daar heel anders. Ze zette de ene voet voor de andere, de schooltas op haar rug zwaaide van de ene naar de andere schouder heen en weer. Ze keek bijna niet op van het trottoir. Totdat de bomen groter werden. Ze wist niet waarom ze opeens had opgekeken. Naar dat witte bestelbusje een stukje verderop. Naar dat meisje, dat dezelfde kant op slenterde als zij. Naar de man, die haar tegenhield. Die haar vastpakte. De auto in trok. Het portier dichtgooide en wegreed.

Het geluid van de bel voor de pauze verdreef de gedachten uit haar hoofd. Maar niet helemaal. Ik moet het aan de juf vertellen, dacht ze.

'... en toen pakte hij haar vast en trok haar het busje in en toen gooide hij het portier dicht en toen reed hij weg.'

De juf klopte haar liefkozend op haar rug. 'Je hebt een veel te grote fantasie, die moet je maar wat meer voor je houden.'

Er was weer eens geen parkeerplekje te vinden. Vanaf vier uur 's middags komen alle bewoners van de flats rond de Rennbahnweg thuis, dan moet je gewoon mazzel hebben. Daar was nog een gaatje. Ik keek op mijn horloge. Precies op tijd. Natascha zit tot vier uur in de naschoolse opvang, ze kan elk moment thuiskomen.

De katten begroetten me in de gang. Ik liep naar de keuken en haalde het voer uit de kast. Ze gingen voor me zitten en keken naar me. Daarna stortten ze zich op hun bakjes. Ze aten snel, ze waren de hele dag alleen geweest. Ik ging aan de eettafel zitten en keek naar hen. Ik stak een sigaret op.

Ik vroeg me af wat ik voor het avondeten moest klaarmaken. Af en toe moest ik aan Koch denken. Dat was me al een hele tijd niet meer overkomen. We waren al bijna vier jaar uit elkaar, en niet één keer had zijn pad het mijne gekruist. En nu had hij zomaar naast me voor het rode stoplicht gestaan. Ik drukte mijn sigaret uit en vroeg me af of het paspoort echt in haar rode windjack zat. Hopelijk zat het er nog als ze thuiskwam. Ik keek weer op de klok. Half vijf. Waar bleef dat kind?

'Tante Joesi?' De stem had hetzelfde geklonken, maar er werken wel meer tantes bij de naschoolse opvang. 'Is ze er niet? Dan bel ik later nog wel een keer.' Wanneer later? Het was al vijf uur.

Ik hing op en draaide het volgende nummer. Jürgens kinderen gingen naar de kleuterschool die vlak achter de opvang lag. Misschien wist hij meer. 'Nee? Heb je niets gezien? Bedankt.'

De naschoolse opvang ligt aan de Oswald-Redlich-Straße. Kubinplatz. Rennbahnweg. Wagramerstraße. Langs de flats. Dat is nog geen twintig minuten lopen. Ik belde nogmaals naar de opvang.

'Aha, tante Joesi, godzijdank. Is Natascha nog bij jullie?'

Op 'nee' had ik niet gerekend.

'Waar is ze dan... Ja, natuurlijk is ze naar school... Wie zegt dat? Conny? Conny beweert dat ze helemaal niet op school was?' God o god.

Er is iets gebeurd.

In het voorbijgaan griste ik mijn jas van de kapstok en rende naar de lift. Het duurde een eeuwigheid voordat die de zevende verdieping had bereikt. De wijkpost lag vlakbij, aan de Rennbahnweg, maar het leek honderd kilometer ver.

Ik trok de deur open. 'Is er iets gebeurd? Is er een ongeluk gebeurd? Mijn dochter...'

De agent reageerde gelaten, maar niet onbeleefd. 'Gaat u maar even rustig zitten, dan kijk ik het na. Wat is er precies aan de hand?'

'Mijn dochter... Ze is niet van de naschoolse opvang thuisgekomen... Ze zeggen dat ze vandaag niet eens op school was... Er moet iets gebeurd zijn! Hebt u geen...'

'Rustig aan. Hoe heet u, en hoe heet uw dochter?'

'Brigitta Sirny. En mijn dochter heet Natascha. Natascha Kampusch.'

De man bladerde door zijn papieren en schudde zijn hoofd. 'Nee, daar kan ik niets over vinden.'

'Wat moet ik nu doen?'

'Afwachten. Die duikt wel weer op. En zo niet, dan moet u aangifte doen van vermissing. Maar niet hier.'

'Waar dan wel?'

'Op het bureau aan de Schrödingerplatz.'

Het klonk als een afscheid.

In vijf minuten loop je van dat bureau naar onze woning, in trapportaal 38. Ik deed het in twee. Ik keek niet naar links of naar rechts. Ik wist dat ik Natascha hier niet zou aantreffen. Ik zag haar onder de tram liggen. Geschept worden door een auto. Op de intensive care. Ik beefde over mijn hele lichaam.

Het ging allemaal veel te langzaam. De lift. De deur van het slot halen. Bellen. Ik moest Koch zien te bereiken. Hij is toch haar vader. Hij nam niet op.

Het volgende nummer. Claudia.

'Je zusje is verdwenen. Ze was niet op school. En ze is niet thuisgekomen. Is Jürgen er? Ik moet naar de politie. Op de Schrödingerplatz. Kan hij me brengen? Ik ben bang.'

'Wacht u maar even op de gang.'

De toon was bars. De toon van een agent. Onpersoonlijk. Niet betrokken. Niet geïnteresseerd. Maar dat was niet het ergste. Het ergste was het wachten. Op die lelijke gang met niets anders dan drie harde houten stoelen, een tafel met een kunststof blad vol zinloze formulieren, muren waar de verf van afbladderde en zeil waarin de voetafdrukken te zien waren van anderen die hier hadden gewacht. Ik ging zitten, zoals me was opgedragen. En stond meteen weer op. Je zit niet lekker wanneer je moet wachten. Wanneer je weet dat je op iets wacht wat je helemaal niet wilt weten. Wanneer je eigen kind is verdwenen, ergens daarbuiten. De onzekerheid, die is het ergste.

Boven de deur van de spreekkamer hing de bondspresident in een zwart lijstje. Naast hem hing een klok. Ik volgde met mijn blik de secondewijzer, maar die leek amper vooruit te gaan. Ik stapte op de afdrukken op de vloer, volgde die een stukje. Ging zitten. Stond weer op. Uit de kamer kwam geen enkel geluid. De tijd stond stil. Tien minuten lang. Voor mijn gevoel was het tien jaar.

'Misschien valt het allemaal wel mee,' zei Jürgen. Hij was beter in zitten dan ik. 'Misschien is ze bij een vriendinnetje aan het spelen.'

'Je weet best dat het niet meevalt. Natascha gaat niet bij een vriendinnetje spelen, ze komt altijd meteen naar huis.'

'Ja, dat weet ik.'

Vervolgens was ik weer alleen met de bondspresident en de klok. Toen de deur openging, dook ik ineen.

De agent was bijna breder dan de deuropening. Fors, stierennek, reusachtig gezicht. Zijn lijf knapte bijna uit zijn uniform. Dat mag wel snel worden uitgelegd, dacht ik. Dat had ik nog wel kunnen doen, want eenmaal geleerd vergeet je het niet, ik heb mijn halve leven als naaister gewerkt. Gek waar je op zo'n moment allemaal aan denkt.

'Komt u binnen.'

'Ik wil graag aangifte doen van vermissing. Mijn dochter is zoek, ik was al op de wijkpost aan de Rennbahnweg. Daar hebben ze gezegd dat ik hierheen moest gaan, voor de aangifte van vermissing.' Wat een term. En toch was dat hetgeen waar ik me aan vastklampte. Het was de enige verbinding tot mijn kind.

'Momentje. Momentje, mevrouw...'

'Sirny. Ik heet Sirny.'

'Kunt u zich legitimeren?'

Ik zocht in mijn tas en gaf hem mijn rijbewijs. 'Maar het gaat om mijn dochter. Natascha Kampusch.'

De agent las elke regel van mijn rijbewijs, alsof daar alles over mij te vinden was. 'En? Wat is het probleem?'

'Mijn dochter!'

'Dat heeft ze allemaal al verteld,' schoot Jürgen me te hulp. 'Natascha is zoek, ze is niet van de naschoolse opvang naar huis gekomen, en naar het schijnt is ze zelfs helemaal niet op school geweest.'

'Aha.'

'Dat is niets voor haar, ze komt altijd meteen naar huis. En ze heeft nog nooit gespijbeld.'

'Ja, dat heb ik vaker gehoord,' zei de agent.

'Nee, echt niet. Ik weet zeker dat er iets is gebeurd.'

'Weet u, mevrouw...' hij bladerde in het rijbewijs, '... Sirny, vandaag is het best een mooie dag, dus misschien had ze gewoon geen zin om naar school te gaan. U moest eens weten hoe vaak we dat meemaken.'

Dat was het moment. Het moment waarop ik mezelf weer werd. Waarop ergens in me de motor aansloeg. Ik was nog steeds bang, maar ik was opeens sterker. Ik kon hem wel iets aandoen, maar ik koos voor een betere manier.

'Luistert u nu eens naar me: mijn dochter heeft vanmorgen om zeven uur het huis verlaten. Ze ging naar school, voor bijles, maar ze is daar nooit aangekomen. Dat is al twaalf uur geleden. Bij de naschoolse opvang heeft niemand haar gezien. Ze is niet thuisgekomen. En het kan me geen zak schelen hoe vaak u met spijbelende kinderen te maken hebt, Natascha zou nooit van haar leven spijbelen. En nu wil ik graag aangifte van vermissing doen.'

Het was bijna acht uur toen bij mij thuis de bel ging.

'Dat is Koch,' zei ik, alsof dat een oplossing kon bieden.

Jürgen en Sabina knikten alleen maar. Zij was er eerder geweest dan Koch. Ik was blij dat ik in elk geval één dochter bij me had. Claudia kon niet komen, die was net aan haar meniscus geopereerd en kon geen stap buiten de deur doen nu ze een spalk had. Ze zat naast de telefoon. Als er iets aan de hand is, steunt de familie elkaar.

Ik deed de deur open.

'Weten ze al iets meer?' Ook Koch was nerveus.

Ik had hem pas een half uur eerder kunnen bereiken, maar niemand hoefde hem uit te leggen dat het menens was. Je kunt van hem zeggen wat je wilt, maar hij is dol op zijn kind.

'We weten helemaal niets, echt niets.'

'Wat zegt de politie?'

'Die zegt niets, helemaal niets.'

'Ze denken dat ze gewoon een dagje de hort op is gegaan,' zei Jürgen.

Opeens praatten ze allemaal door elkaar. Misschien ligt ze wel ergens, gewond. Misschien ligt ze in een ziekenhuis en weet niemand hoe ze heet. Misschien is ze wel verdwaald en zwerft ze over straat. Misschien...

Plotseling vielen ze allemaal stil. Dat laatste 'misschien' snoerde ons de mond. Ik liep naar de keuken om koffie te zetten.

Ik pakte kopjes uit de kast, zette ze op een dienblad, droeg ze een paar meter de bocht om naar de salontafel. Ik had de lepeltjes vergeten. De koffie pruttelde. Ik schonk in. Alles heel gewoon. Zoals altijd. Niet anders dan anders.

Het was bijna negen uur toen de bel weer ging.

Twee mannen in leren jacks. 'Recherche,' zei een van hen, en hij liet me zijn legitimatie zien.

Binnen een tel leek de bodem onder me weg te zakken.

De mannen bewogen hun lippen, maar ik hoorde hen niet. Ik deinsde terug, ze liepen de woonkamer in. Ze gingen zitten. De anderen schoven naar elkaar toe. Stelden vragen.

'... opsporing...'
Spraken.
'... aangifte van vermissing...'
Een kat sprong bij de agent op schoot. Hij vroeg me iets.
'... verhoudingen binnen het gezin...'
Ik begreep het niet. Het geluid van stemmen kwam van heel ver.
'... Natascha...'
Haar naam bleef hangen. De andere agent keek me aan. Zijn blik liet me geen moment los.

'Weet u wat, mevrouw Sirny, als u me nu eens de sleutel van de kelderbox gaf?'

Twee

Ik leek wel een misdadigster. Ik zat niet meer op mijn bank, maar in de beklaagdenbank. Ik werd ervan verdacht mijn kind in de kelderbox te hebben verstopt. Natascha was al veertien uur zoek, en twee vreemde mannen zaten bij mij in de woonkamer en sloegen al mijn handelingen gade.

'Mevrouw Sirny,' zei de ene nogmaals. 'De sleutel van de kelderbox.'

Ik bleef doodstil zitten, als in trance. De anderen waren er weliswaar nog, maar ik wist eigenlijk niet meer waarom. Ze hadden allemaal een lijf, maar ze waren gezichtloos. Jürgen stond op. Ik voelde dat hij zijn hand op mijn schouder legde. Maar het hielp niet. Ik was helemaal alleen op de wereld.

'Hier,' zei Jürgen, en hij gaf de agenten de sleutel.

'Ik loop wel even met u mee,' hoorde ik mezelf zeggen. Het leken wel twee verschillende werelden. In de ene bestonden alleen ikzelf en mijn angst, de andere leek achter glas te zitten. Toch bewoog ik me door die wereld, liep met de rechercheurs de kelder in, deed de deur voor hen open, maakte de weg voor hen vrij.

In dat piepkleine hok kon je amper een stap zetten. Ongelooflijk wat een mens in vierentwintig jaar allemaal verzamelt. Vooral een oud fornuis vonden ze erg boeiend. 'Kijkt u maar,' zei ik, 'kijkt u maar.'

Hij deed de oven open. Ze draaiden elk voorwerp om, openden laatjes, tuurden onder pakpapier, haalden alles overhoop.

'Ruimen jullie dat ook weer op?'

'Ja,' zei de een. 'We zijn hier klaar.'

Boven was het een drukte van belang. Koch hing aan de telefoon en liet jan en alleman weten dat onze dochter zoek was. Zijn gejaagde gedrag zorgde ervoor dat ik juist weer onder mijn glazen stolp kroop. Ik ging op de bank zitten en keek naar hem.

'Goed, zijn we klaar met bellen, meneer Koch?' zei de grootste van de twee streng.

De stem van de magere was nog onaangenamer. 'We moeten eens even goed met elkaar praten.'

De ene na de andere vraag werd op me afgevuurd. De ene nog intiemer dan de andere. Hoe lang woont u al gescheiden van elkaar? Hoe is uw onderlinge verhouding? Hebt u relaties? Met wie? Bij wie woont het kind? Hoe vaak ziet ze haar vader? Heeft ze veel vriendinnetjes? Hoe gaat het op school? Lijdt ze onder de scheiding? Hoe staan de zaken er financieel voor?

Op een bepaald moment moet een van hen mijn blik hebben gezien.

'U begrijpt natuurlijk ook wel, mevrouw Sirny,' zei hij, 'dat we altijd eerst binnen de familie zoeken.'

'Maar er is nog een andere mogelijkheid,' zei zijn collega. En daar was het dan, het woord waarvoor ik al die tijd zo bang was geweest. 'Een zedenmisdrijf.'

'Wij vinden vooral het tijdstip opvallend.' Hij zweeg even. 'Een dergelijk delict vindt doorgaans aan het begin of in de loop van de middag plaats. Niet om zeven uur 's morgens.'

Niemand zei iets. De rechercheurs stonden op. 'We zullen een zoekactie starten.'

De eerste nacht begon.

De koffiekan was leeg. Als een robot zette ik verse koffie. Ik zette de gebruikte kopjes in de vaatwasser, pakte nieuwe uit de kast, maakte het fornuis schoon. De handelingen waaraan ik zo gewend was, deden me goed. Ik deed mijn bescheiden taken in mijn bescheiden keuken en probeerde mijn verbinding tot mijn oude wereld te bewaren. Vijftien uur geleden had ik nog een volkomen normaal leven geleid.

In mijn gedachten wisselden beelden elkaar af. De geruite jurk van spijkerstof. Natascha in de badkamer. Natascha die haar zwarte schoenen aantrekt. De tik op haar wang. Haar kleine gestalte die tussen de bomen verdwijnt. Ik had haar altijd op het hart gedrukt nooit weg te lopen als ze ruzie had, en dat had ze ook nooit gedaan. Maar vandaag was het anders gegaan. Je bent boos, je denkt er verder niet over na, je denkt dat je alle tijd van de wereld hebt om het weer goed te maken. Goed, dan ben je eens een keer kwaad op elkaar, geen ramp, niemand is volmaakt. En zeker tussen moeder en dochter gaat niet altijd alles van een leien dakje. Natascha heeft een eigen willetje. En ik spring ook wel eens uit mijn vel. Hoe heb ik dat kunnen doen? Opeens was het gewoonweg onvoorstelbaar. Zo ongelooflijk zinloos. Die tik was helemaal niet nodig geweest.

En nu bleek die het laatste contact tussen moeder en dochter te zijn geweest. De laatste keer dat ik haar had aangeraakt.

'Tot morgen,' hoorde ik vanuit de gang. De deur viel in het slot. Jürgen en Koch waren vertrokken. Sabina kwam alleen terug.

'Koffie?' vroeg ze, en ze schonk weer bij.

Ik tastte naar mijn sigaretten. Er zat er nog één in het pakje.

Aan slapen hoefde ik al helemaal niet te denken. Ik zat naar de groene telefoon te staren. Mijn borstkas voelde steeds kleiner aan, maar mijn woning leek groter nu er geen kindergelach klonk. De telefoon staarde terug.

'Als ze iets meer weten, horen we het wel,' zei Sabina.

Ik knikte.

'Moeten we de ziekenhuizen af bellen?'

Ik schudde mijn hoofd.

'We kunnen niets doen, alleen maar afwachten.'

De tijd kwam bij ons zitten. We hadden niets om die door te komen. Af en toe verstreek er een uur, maar er gaan veel uren in een nacht. En het ene bleef nog langer hangen dan het andere. Het gesprek kwam telkens op hetzelfde neer. Waar is ze? En vooral: is ze bang? Net zo bang als wij? De kringetjes van onze gedachten werden steeds kleiner. Zedendelict. Ik stak duizend sigaretten op. Maar de beelden weigerden in rook op te gaan. Ik merkte niet eens dat Sabina de radio aanzette.

'... wordt een tienjarig meisje uit een flat aan de Rennbahnweg in Weense wijk Donaustadt vermist. Natascha draagt een rood windjack...'

Pas toen kwamen de tranen.

Het was officieel. Een stem op de radio deelde aan heel Oostenrijk mee dat mijn kind werd vermist. Ik riep inwendig om hulp, en die kreet kwam door een luidspreker naar buiten. Zo ging dat dus. Tot nu toe was ik slechts luisteraar geweest. Aan de andere kant. Daar waar het geen pijn doet. Tot nu toe had ik rampen die anderen troffen altijd van me af laten glijden. Je leeft heel even mee. Je denkt: wat erg. En dan ga je weer verder. Nu was het mijn verhaal dat daar werd verteld. Rustig. Onpersoonlijk. Alsof de aarde zich niet had geopend en mijn dochter had verslonden.

Een paar jaar geleden was er ook een meisje zoek geweest, het had in alle kranten gestaan. Meegenomen door een man die haar vier weken lang in zijn huis gevangen had gehouden. Ze had voor hem moeten koken en god mag weten wat nog meer moeten doen. Naar haar hadden ze ook gezocht. Ze had ook een moeder gehad. Ze hebben haar nooit gevonden. Of misschien ook wel, en heb ik eroverheen gelezen.

'Mama, je ziet lijkbleek.' Sabina sloeg een arm om me heen. 'Ik haal wel iets voor je bij de apotheek.'

'Geen pillen, ik wil geen pillen.'

'Nee, ik haal wel wat valeriaandruppels.'
Ik hoorde dat ze de woning verliet. Maar de deur viel niet in het slot. Ik hoorde stemmen. Ik maakte me er niet druk om. Totdat drie mannen voor me stonden. En achter hen nog twee. Vier. Vijf. De hele woonkamer stond vol mensen. Een paar hadden een camera om hun nek hangen. Net toeristen. Ik kende geen van allen.
'Mevrouw Sirny?'
Ik keek door hen heen.
'Recherche. Team-Fleischhacker.' Ik knikte. 'We hebben iets van Natascha nodig. Voor de speurhonden. Het liefste een borstel. Vanwege het DNA.' Ik bleef zitten. 'Weet u...' Ik stak een sigaret op. '... we hebben maar drie dagen, daarna kunnen de honden geen spoor meer opvangen.' Ik stond op, liep naar de badkamer en pakte een borstel.
'Overigens...' Een ander stel lippen bewoog. 'Er is een getuige. Een meisje van twaalf. Zij schijnt te hebben gezien dat een meisje in een wit bestelbusje werd getrokken.'
Dat had ik wel verstaan. Dat was de eerste aanwijzing. Daar klampte ik me aan vast. 'Waar is ze?'
'Beneden, in de wijkpost. U moet ook komen.'

'Hoe voelt u zich?'
'Waar is de vader?'
'Wat is er volgens u gebeurd?'
'Hebt u een foto van Natascha?'
'Zegt u toch eens iets!'
Iemand hield een microfoon onder mijn neus. Camera's volgden mijn bewegingen. De ORF, de Oostenrijkse publieke omroep, was er. Het was alsof ik spitsroeden liep. Door de wijk, richting de wijkpost.
Nu had een andere agent dienst. Godzijdank niet die bullebak van gisteren, dacht ik.
'We zijn net bezig een getuigenverklaring op te nemen,' zei hij, ook niet veel vriendelijker, en hij schoof me een stoel toe. 'Gaat u zitten.' Hij zette me een kamer verder neer. Weer zo'n gat in de tijd.

Ik hoorde stemmen aan de andere kant van de deur. Een kinderstem. Ik ving slechts flarden op.

'Mag ik even...' zei ik, maar ik stond al op. Het was niet als vraag bedoeld, ik wilde gewoon naar binnen en met het kind praten. Zij wist wat er was gebeurd. Ze had Natascha als laatste gezien.

'U blijft zitten,' zei de agent.

Zijn toon was als een klap in mijn knieholten. En ik gehoorzaamde. Zat daar met mijn handtas op mijn schoot, terwijl er naast me een spoor was dat naar Natascha leidde. Het enige dat ik had.

Er ging een andere deur open. Ik draaide me om en zag een gezicht dat ik herkende. De juf van Natascha.

'Loopt u maar door,' zei de agent nog voordat we de gelegenheid hadden hallo tegen elkaar te zeggen. 'Daarheen.' Hij knikte in de betreffende richting. 'Ze zit daar met haar moeder.'

De juf knikte naar me, aarzelde, en keek een tikje verontschuldigend. Heel even leek het alsof ze haar hand op mijn schouder wilde leggen, maar zoiets doe je niet waar een vreemde in uniform bij is. Ik zag de deur open- en weer dichtgaan. Een korte blik op de agent nagelde me aan de stoel vast.

Hij deed alsof ik er helemaal niet was. Bladerde door zijn stapel papieren, zette druk parafen op afzonderlijke pagina's. Hij hing de ambtenaar uit. Boog zich over belangrijker zaken dan de gevoelens van een moeder. Ik bleef doodstil zitten.

Achter de deur was er alleen nog maar gemompel te horen. Ik kon de stemmen niet eens van elkaar onderscheiden. Af en toe een flard van een woord dat het meisje uitte. Haar stem klonk hoger dan die van de anderen, maar ik kon er niets van verstaan. Weer verstreken er miljoenen jaren, net als gisteren.

Iemand zette de deur op een kier, ik zag de hand van een man naar de deurkruk grijpen.

'Goed, dan leggen we het vast,' zei de politieagent.

Een en al onverschilligheid.

Ik voelde er niets van. De injectienaald stak in de huid aan de binnenkant van mijn arm, maar drong niet tot me door. De arts drukte een watje tegen het plekje en duwde zachtjes mijn onderarm naar boven. Ik bleef in die houding zitten, het middel werkte snel.

'Ze neemt gewoonlijk nooit medicijnen in,' zei Sabina. Haar stem klonk akelig vervormd. En kwam van heel ver weg.

'Maar nu heeft ze die nodig,' zei de arts. 'Anders redt ze het niet.'

Sabina aaide me over mijn hoofd. 'Het zal zo wel beter gaan, mama.'

Ze vergiste zich. Een golf van fluweel welde in me op, maar dat maakte het niet beter. Ik deed mijn ogen dicht. Meteen werd aan de binnenkant van mijn oogleden een film afgespeeld. Een hand pakte Natascha vast. Ik deed mijn ogen weer open. Er stonden allemaal mensen om me heen. Iedereen keek me aan. Wilde bij me naar binnen kijken. En zag niet wat nu echt belangrijk was. De twaalfjarige getuige die een gek had gezien. Een gek die Natascha nu in zijn macht had. Waarom zou een meisje zoiets verzinnen? Hem moeten ze opsporen. Waarom snapt niemand dat?

'De recherche heeft gebeld,' zei iemand, 'of ze kan komen, om een verklaring af te leggen.'

De arts boog zich over me heen. 'Gaat het, mevrouw Sirny?'

'Mmm.'

Hij hielp me overeind. Een ander hield mijn jas voor me omhoog. Sabina gaf me mijn tas. De journalisten gingen opzij en maakten de gang tot aan de voordeur van mijn woning vrij. De eerste paar stappen wankelde ik een beetje, maar daarna ging het beter.

De rit deed me goed. Ik had het raampje een heel klein stukje naar beneden gedraaid en ademde de koele lucht in. Niemand zei iets. De huizen schoten langs me heen, ik zag de mensen op straat in fragmenten. Ik had graag met hen van plaats geruild. De auto hield halt bij de Roßauer Kaserne.

De kamer waarheen ze me brachten, was nieuwer en iets uitnodigender dan de wijkpost bij de Rennbahnweg. Het leek net een kantoor; er zaten twee mannen aan bureaus, in de hoek stond een potplant. Langs de muren stonden rekken vol grijze ordners, zware laden die van etiketten waren voorzien, op alfabetische volgorde. Het parket kraakte onder mijn voeten.

'Goed,' zei de politieman. Hij drukte de opnametoets van een recorder in. 'Het zal wel even duren. We moeten alles weten, vanaf het begin. Levensloop, familie, omgeving, vrienden, financiën. Elk detail kan belangrijk zijn.'

Ik begon te vertellen.

Dat ik Sirny heette omdat ik op mijn achttiende was getrouwd. Dat ik twee oudere dochters uit mijn eerste huwelijk had. Sabina en Claudia. Dat Natascha een nakomertje was. Van Koch, met wie ik tot haar zesde had samengewoond. Dat ze daarom Kampusch heette, net als ik vroeger.

Opleiding, financiële situatie?

Eigenlijk had ik meubelmaker willen worden, net als mijn vader, maar in die tijd kozen vrouwen nog niet voor mannenberoepen, en zeker niet in een arbeiderswijk als Meidling. Leer maar iets waar je wat aan hebt, had hij gezegd, en na de middelbare school had hij zonder morren het schoolgeld betaald voor de modevakschool in de Speergasse. Sindsdien maakte ik kleren. Heb ik altijd mijn eigen geld verdiend. Heb ik gebuffeld; in een boetiek, uniformen voor stewardessen van de AUA, kostuums voor stripteasedanseressen, in een zaak met bont en lederwaren. Ik heb bij modeshows geassisteerd, één keer zelfs op het stadhuis.

De band liep zonder geluid te maken verder.

Toen ik zwanger werd, zat ik nog op school. Ik zei het tegen niemand, want kort nadat ik het had ontdekt, gingen we op skicursus. In de trein zei ik tegen de lerares: ik mag niet skiën, want ik krijg een kindje. Weten je ouders dat, vroeg ze. Ja natuurlijk, was mijn antwoord. Na de cursus moest mijn moeder op school komen, om een jurk te passen die we hadden genaaid. Toen ze in haar ondergoed voor me stond, heb ik het haar verteld: mama, voor het geval de lerares erover begint, ik ben zwanger, dan weet je dat. Haar beha viel uit haar handen. Maandenlang heeft ze het voor mijn vader verzwegen. Dat heeft hij ons altijd kwalijk genomen, vooral haar. Hij wilde het kind niet zien, maar kocht wel een huis voor ons.

De agent tikte met een potlood op zijn onderlegger.

Privé ging het nooit echt goed. Ik viel altijd op de verkeerde kerels. De eerste keer was het al raak, hij was een alcoholist die mijn geld inpikte en me zelfs eens heeft geslagen. Toen de kinderen een keer ziek waren, ging hij medicijnen halen bij de apotheek en bleef meteen drie dagen weg. Treinsteward was hij, bij Wagons Lits. Hij belde vanuit Salzburg. Alimentatie heeft hij nooit betaald, waarvan had hij dat moeten doen? Toen kwam hij er eentje tegen die ook wel een borrel lustte. Nu ligt hij in Stammersdorf, op het kerkhof.

En Koch?

Ook die lust wel een glaasje. We hadden samen een zaak in levensmiddelen, met een eettentje erbij. Hij zat altijd buiten, met de klanten, met een borrel. Ik serveerde. Om vijf uur 's morgens haalde ik al de broodjes, in Süßenbrunn. Ik deed de boekhouding. Maakte schoon. Van zes uur 's morgens tot elf uur 's avonds stond ik in de zaak. Hij had altijd geld nodig om te wedden. De lotto. Vijfduizend shilling per week, die hij eigenlijk aan het ziekenfonds had moeten betalen. Eén keer heeft hij me tegengehouden toen ik naar huis wilde rijden en eiste hij dat ik hem de dagomzet gaf. Ik heb de bankbiljetten door het raampje naar hem toe gegooid. Nu hadden we alleen nog maar het faillissement.

'Kan Natascha goed met haar vader opschieten?'

'Ja. Afgelopen weekend zijn ze nog samen naar Hongarije geweest. Daar heeft hij een huis. Toen ze terug was, heeft ze niets gezegd...' Mijn stem stierf weg.

'Is er niemand die u als verdacht zou beschouwen? Iemand die nog een appeltje met u te schillen heeft?'

Ik schudde mijn hoofd. Ik zag een vreemde voor me, zonder gezicht. Een gestoorde. Misschien wel een vrouw, een gestoorde vrouw

die haar eigen kind had verloren en nu het mijne had meegenomen.
'Maakt u zich geen zorgen,' zei de agent. Voor de eerste keer toonde iemand hier een beetje medelijden. 'We vinden haar heus wel, er werken hier professionals. We hebben helikopters. De zoekactie is in volle gang. De honden zijn buiten aan het zoeken. We brengen Natascha wel weer bij u terug.'
Dat ze uit zichzelf terug zou keren, daar rekende hij niet meer op.

De weg door mijn buurt was nog nooit zo lang geweest. Het verhoor had me uitgeput, en door het kalmerende middel reageerde ik traag. Elke stap was een inspanning. Ik keek voor me naar de grond, totdat er ergens een kind lachte. Ouder dan drie, vier kon het niet zijn, maar ik draaide me toch om. Op de schommel zat een klein jongetje.
De speelplaats was nagenoeg leeg. Voor trappenhuis 38 stonden de journalisten elkaar te verdringen. Weer moest ik spitsroeden lopen. Iemand stak een hand naar me uit, maar ik schudde hem af. 'Laat me met rust!'
'Mama, eindelijk.' Sabina sloeg haar armen om me heen. Achter haar dromden de kleinkinderen bij elkaar. Ook Claudia was er inmiddels, ondanks haar gespalkte been.
Ik wilde net koffie zetten toen de telefoon ging.
'Hallo? Ja? Ik kom meteen.'
'Wat is er?' Mijn beide dochters keken me vol verwachting aan.
'Ik moet naar het bureau komen. Om iets te identificeren. Ze hebben een zwarte schoen gevonden.' Ik stond al in de gang. Een schoen. De lift was er nog. Een zwarte schoen. Ik volgde de weg tot aan de eerste bocht. Ik bleef staan. Stel dat...
Ik kwam op de vindplaats aan. Ze lieten me meteen de schoen zien. Die had ik nog nooit gezien. Hij was niet van Natascha. Ik kon weer ademhalen. Een seconde lang voelde ik bijna iets van opluchting. Maar we waren geen stap verder gekomen. Bewijs? De schoen had niets te betekenen. Ook al was hij wel van haar geweest, dan nog had hij ons niets kunnen vertellen.

Ik ging terug naar huis. Liep langs de journalisten. Sabina had intussen koffie gezet. De telefoon ging. Weer de politie. Ze hadden nog iets gevonden. Een onderbroek. Ook die was niet van haar.

Ik ging naar huis. We dronken koffie. De telefoon ging. Een make-uptasje. Nog nooit van mijn leven gezien.

Ik ging naar huis. Koffie. Telefoon. Een windjack. Rood. Het werd zwart voor mijn ogen.

Zwarte schoenen hebben zo veel mensen. Van onderbroeken heb je er duizenden. Make-up kan uit elke tas vallen. Het rode windjack was een ander verhaal. Ik zag Natascha verdwijnen, als een klein rood vlekje. Ik liep naar de vindplaats alsof ik mijn eigen executie tegemoet ging.

Het was een andere kleur rood.

We waren terug bij af. We hadden rondjes gelopen. Zesendertig uur lang. Geen spoor. Geen aanwijzing. Niet eens een strohalm. De verklaring van een meisje van twaalf waarvoor niemand zich interesseerde. Terzijde gelegd. Niemand zocht naar een wit bestelbusje.

Drie

Koch had een wit bestelbusje.
Ik weet niet wie dat had gezegd. Misschien ik wel. Opeens besefte ik wat me al die tijd zo dwars had gezeten. Koch. Het paspoort.
'Ze is toch naar Hongarije geweest?' zei Jürgen.
'Hongarije?' vroeg een journalist.
Ik vond het helemaal niet vreemd meer. De journalisten hoorden gewoon bij mijn interieur, net als de meubels. Ze stelden telkens dezelfde vragen, ik gaf steeds dezelfde antwoorden. ORF. ZDF. RTL. Gek dat je zo snel aan camera's went. *Kronen Zeitung, Kurier, News.* Ze maakten aantekeningen, ze dronken mijn koffie op, ze maakten het zich gemakkelijk in mijn woonkamer, ze lachten naar mijn kleinkinderen, ze gingen naar mijn wc. Ze waren beleefd, meelevend. Onaangenaam vertrouwd. Ze woonden daar bij ons, en ze waren nuttig. Ze vormden de verbinding met de wereld buiten. Als iemand iets hoorde, dan waren zij het.
'Wanneer was ze in Hongarije?'
Ik reageerde niet.
'Mevrouw Sirny?'
'Afgelopen weekend,' zei Jürgen. 'Met haar vader.'

'Hij zei dat haar paspoort in de zak van haar jas zat. Ik ben hem gisteren tegengekomen in de Nußdorferstraße.' Ik zweeg even. 'Toevallig.'

'Dan kan ze dus net zo goed in het buitenland zitten,' zei de journalist.

Een ander trok zijn jas aan en opende zijn mobieltje. 'Ben ik nog op tijd voor de late editie?' vroeg hij. 'Goed, ik kom er nu aan.'

'Bedankt voor de koffie, mevrouw Sirny.' Opeens hadden ze allemaal haast.

'Godzijdank,' zei Sabina toen de laatste de woning had verlaten.

'Denk je echt dat ze in Hongarije zit?' vroeg ik.

Claudia keek me aan. 'Weet je nog? Dat gedoe toen, met Italië?'

'Wat voor gedoe?' wilde Jürgen weten.

Claudia vertelde het hem. Dat Koch een weekje met Natascha naar Italië wilde en dat ik daarom een eigen paspoort voor haar had aangevraagd; tot die tijd had ze in het mijne gestaan. Dat ik hem een paar dagen later in Wenen tegenkwam, zonder Natascha. Dat hij tegen me had gezegd dat hij van gedachten was veranderd en voor Hongarije in plaats van Italië had gekozen en dat mijn kind daar nog steeds zat. Alleen. Bij vreemde mensen. Ergens vlak achter Sopron. 'Mama dacht dat ze helemaal gek werd. Dat was een vreemde toestand.'

'Koch heeft altijd al rare kameraden uitgekozen,' zei ik. 'Van alle rangen en standen. Hij heeft overal vrienden.' Mijn gevoel werd steeds sterker. Koch had er iets mee te maken.

'En?' vroeg Jürgen.

'Je kent Koch toch. Die ligt altijd wel met iemand overhoop. Gokken, geld lenen, niet terugbetalen. Er was altijd wel iemand kwaad op hem. Het kan best zijn...'

Opeens viel alles op zijn plaats.

'... dat iemand hem onder druk wil zetten. Toch?'

'Maar wie kan hebben geweten dat ze al om zeven uur 's morgens naar school zou gaan?' vroeg Sabina zich hardop af.

'Nou ja, Koch heeft Natascha wel eens ergens mee naartoe genomen. Misschien ging hij met haar net zo om als met mij. Heeft hij haar ergens alleen laten zitten en is hij met anderen gaan zuipen.'

'En Natascha babbelt nu eenmaal graag,' zei Sabina. 'En waar praat je over met een meisje van tien? Over school. Ze kan best iets over die bijlessen hebben verteld.'

Sabina stond op en haalde een blocnote uit Natascha's kamer. 'We moeten alles opschrijven,' zei ze. 'Voor de politie.'

De tweede nacht begon. Veertig uur zonder slaap. Jürgen had kranten gekocht, de letters dansten voor mijn ogen. Ik ging op de bank liggen en deed mijn ogen dicht. In het donker was het nog angstaanjagender.

Achter mijn oogleden flitste het licht van de tv. Rundvlees in de aanbieding. Ik moest even nadenken wat ze daarmee bedoelden. Een wasmiddel dat niet gewoon schoon, maar stralend schoon wast. Ik begreep het niet. Ik leefde niet meer in die wereld. Rentetarieven. Rijstepudding. Levensverzekering. Waarom.

'Mama, het journaal begint.' Claudia gaf me een por. Ik was zeker een paar minuten ingedommeld.

Het journaal opende ermee. Grote zoekactie. De speurhonden op de Rennbahnweg. Helikopters van de politie boven onze wijk. Natascha Kampusch. Mijn dochter keek me vanaf het scherm aan. Haar beeld werd wazig door mijn tranen. Sabina sloeg haar armen om me heen en slikte. Claudia sloeg haar handen voor haar gezicht.

De telefoon ging. Sabina zat er het dichtste bij en nam op. Kennissen wilden weten of ze iets voor ons konden doen. Of ze konden helpen. Sabina schudde alleen maar haar hoofd, ze kon amper een woord uitbrengen. Ze gaf de hoorn aan mij. Ik zei niet echt veel meer. De telefoon bleef gaan. Elke keer leek de bliksem bij me in te slaan. 'Hallo,' zei ik, maar ze hoorden me amper.

Een vriend had dezelfde gedachtegang gehad als wij. 'Wist je dat Koch honderdduizend schilling in de schuld staat?' vroeg hij. 'Dat moet je tegen de politie zeggen.'

Sabina schreef mee, noteerde het kleinste detail. Tegen middernacht was de blocnote bijna vol. De meisjes en de kinderen gingen even een paar uur slapen. Ik zat alleen in de woonkamer. De wereld om me heen was zo klein geworden, die was gekrompen tot een tv, een bank, een asbak, een radio, een koffiezetapparaat. Ik zat gevangen op een paar vierkante meter eenzaamheid. Die waren tegelijkertijd kooi en toevluchtsoord. Ik verviel in een soort schemertoestand, ergens tussen angst en hoop.

De dageraad was grijs. De tv stond nog aan. Er was niets veranderd. De tijd verstreek. De meisjes stonden op. De kinderen hadden honger. Het ochtendjournaal bracht Natascha weer bij ons in de woonkamer. Het had iets troostends. Er werd naar haar gezocht. Ze was niet vergeten.

Günter ging posters ophangen. VERMIST, stond daar met grote letters op. En NATASCHA KAMPUSCH. Een foto van haar. De vraag of mensen wilden bellen als ze informatie hadden. Het nummer van de politie.

Claudia bleef bij de telefoon. Haar knie deed nog pijn van de operatie. Ze schreef alles op wat een aanwijzing zou kunnen zijn, onderstreepte af en toe een woord. Zette kringetjes om namen. Legde dwarsverbanden. Gaf die met pijltjes aan.

Günter kwam met een stapel kranten aanzetten. We plozen elk artikel uit. Heel veel klopte niet. Uitspraken waren uit hun verband gerukt. In één artikel lazen we: ACHTENVEERTIG UUR NA NATASCHA'S VERDWIJNING – MOEDER GEEFT ALLE HOOP OP. Toch bladerden we verder. Misschien hadden we iets over het hoofd gezien. Er kon ergens een detail vermeld staan dat we nog niet kenden.

Sabina haalde een paar diepvriesmaaltijden bij de supermarkt. Maakte iets te eten klaar. Ik at geen hap.

Vrienden meldden zich.

De eerste journalisten kwamen langs.

Er ontstonden bijzondere gewoonten. Het leven gaat door, zegt iedereen altijd, wanneer een mens door iets vreselijks wordt getroffen. Dat had altijd zo'n holle frase geleken, maar nu begreep ik die.

Alleen op een andere manier. Het was geen goedbedoelde uitspraak, je had er niets aan. Het leven ging uit zichzelf al door.

Iemand kon zich herinneren dat Natascha een geheime plek had gehad. In Süßenbrunn. Een verstopplekje dat ze met een vriendinnetje deelde. De politie ging kijken. Ze vonden niets.

In de *Kurier* stond dat de redactie een privédetective op pad had gestuurd. Hij heette Walter Pochhäcker – om de een of andere reden onthield ik die naam.

Sabina moest weer naar haar werk. Die avond bracht ze eten voor me mee uit de kantine van het kantoor van de stadsverwarming. Zodra ze weer was vertrokken, gooide ik het weg.

Ik leefde met mijn demonen. Met de waanzinnige die mijn kind had gestolen. Met de psychopaat die me duidelijk maakt wat hij Natascha nu gaat aandoen. Met de ontvoerder die Natascha een krant van vandaag in de hand drukt. Met de pleger van zedendelicten voor wie Natascha wegkruipt en zich in een hoekje verstopt.

Het was een chaos. Dag en nacht liepen in elkaar over. Na maandag kwam donderdag. Na vrijdag werd het woensdag. De tijd was niet meer goed te onderscheiden. De uren liepen over in het niets. Ik was een lege huls. Ik had zelfs geen tranen meer om te vergieten.

Ik sliep hoogstens drie kwartier achter elkaar. Ik hoorde zelfs de kat geeuwen. Ik merkte het wanneer de lift zich zeven verdiepingen lager in beweging zette. De telefoon hoefde maar te rinkelen of ik was al in paniek. Wanneer de bel ging, stond mijn hart stil.

Zoals nu. Ik liep naar de gang alsof ik een vijand tegemoet trad. Ik deed open. Er stond een zonnebloem voor de deur.

'Aangenaam, Wabl.' Een man met wit haar stak zijn hand naar me uit. Vervolgens gaf hij me de zonnebloem.

'Ik ben familierechter in Fürstenfeld,' zei hij, 'en ik wil u graag helpen.'

Hij vertelde dat hij al de nodige ouders bij het zoeken naar vermiste kinderen had geholpen. Nu wilde hij ons graag bijstaan. Mocht hij binnenkomen? Hij vroeg naar Natascha's omgeving, haar juffen, want daarvoor moest je uitkijken, die bemoeiden zich overal mee. Hij vroeg welke route Natascha precies naar school was gelopen. Hij vroeg naar tijden, naar haar kleren, naar haar vriendinnetjes en onze kennissen. Hij wekte de indruk serieus en hulpvaardig te zijn. Hij bleef een paar uur.

'Ik bel nog,' beloofde hij toen hij wegging. 'Snel.'

Ik ging niet meer naar buiten, maar daalde af. Als op een wenteltrap die diep in mijn binnenste naar beneden voerde. Ik sloop door mijn woning en stuitte op de vier wanden. De buitenwereld achter die muren kende ik niet meer. Ik leefde naast de telefoon. Daardoor kwam de informatie naar me toe. Van de politie. Van familie. Van de pers. Daglicht zag ik slechts tussen de kier in de gordijnen. Voor een beetje frisse lucht ging ik het balkon op.

Ik ging nooit naar Natascha's kamer. Af en toe stond ik voor haar deur. Ik wist waar haar poppen lagen, ik wist waar haar groene knuffelmuis lag, ik wist dat precies op ooghoogte aan de andere kant van de deur een poster van een heilige hing. Don Bosco.

Een paar van haar kleren die in de wasmand hadden gelegen, had ik gewassen. Ze lagen nog steeds op de strijkplank. Opruimen was nu veel zinlozer dan voorheen. Ik zette de vaatwasser aan maar ruimde hem niet leeg. Wie geen huishouden meer heeft, doet er weinig aan. Wanneer dag en nacht niet meer kloppen, heeft een routine geen zin meer. Ik sliep wanneer mijn lichaam het niet langer volhield. Soms heel vroeg. Overdag. Soms hield ik mijn ogen erbij open.

Eén keer zag ik Natascha. Mammie, zei ze. Ik zag een engel die haar beschermde. Die had haar gezicht. Het beeld verdween weer. Ook de engel kon ik niet bij me houden.

Langzaam verloor ik mijn verstand. Ik keek in de spiegel en zag een spook. Ik was afgevallen. Hoe zwaar wegen tranen?

Er waren slechte dagen. En er waren heel slechte.

'Daar ben ik weer,' drong op zo'n zondag vol tranen de stem van Martin Wabl tot me door. 'We willen haar route naar school volgen. Ik heb een vriend meegebracht.'

'Neemt u het me niet kwalijk, meneer Wabl, maar kijkt u eens naar me. Ik ga nu de route naar school niet lopen.'

De twee mannen sloegen voor de deur van trappenhuis 38 rechtsaf en probeerden zich te midden van de hoge flats van het complex te oriënteren. Er was bijna niemand op straat. Er waren keukengeluiden te horen, het rook naar zondags gebraad. Alles zag er hetzelfde uit. 2500 flatwoningen, eindeloos lange huizenblokken, raam na raam, balkon na balkon. Speelplaatsjes met klimrekken en schommels, paden van betonplaten, grasvelden met bordjes: VERBODEN VOOR HONDEN. Een vreemde kon hier gemakkelijk verdwalen. Ze kwamen bij de supermarkt aan.

Links een paar winkels, een café, ertegenover een bloemenzaak, een snackbar waar kinderen 's morgens hun tussendoortje voor op school konden kopen. Vandaag was alles dicht. De mannen deden net alsof Natascha voor hen uit liep en volgden haar. Drie weken geleden had ze hier gelopen. Ze namen elk detail in zich op.

Aan het einde van de passage voerde een trap naar beneden, honderd meter verder lag links de wijkpost, daarna kwam de zebra over de Wagramerstraße. Het verkeerslicht sprong op groen. De vier banen van de doorgaans zo drukke doorgaande weg waren bijna leeg. Ze liepen over de Rennbahnweg. Naar de Kubinplatz. De hemel was grauw. Net als op 2 maart.

Een bewoner had de motorkap van zijn auto geopend en was bezig iets te repareren.

'Weet u waar de school is?' vroeg Martin Wabl.

De man dacht even na en werd achterdochtig. Hij vond de twee maar een vreemd stel. Wat moesten ze op zondag op school? Er werd nog steeds naar dat meisje gezocht, de hele buurt was een plaats delict. 'Wie bent u eigenlijk?'

'Wij zijn van de politie,' zei Wabl.

De man legde zijn schroevendraaier op de accu en keek het tweetal nog iets aandachtiger aan. 'Aha. Nou, zo ziet u er niet uit.'

Er kwam een vrouw de tuin in. 'Lieverd, wat is er?'
'Bel de politie maar, ik heb hier twee vreemde vogels en vertrouw het helemaal niet.'

ZAAK-KAMPUSCH: RECHTER GEARRESTEERD.

Ik las de kop nogmaals. En toen het bijschrift onder de foto: 'Martin Wabl, kandidaat voor het presidentschap, lid van het deelstaatsparlement, politicus voor de Groenen, heeft eigenhandig onderzoek verricht en zich daarbij voor politieman uitgegeven.'

'Ze hebben hem gearresteerd,' zei ik tegen de lege flat. Gisteren stond hij hier met een wildvreemde voor de deur en wilde hij de route naar de school lopen, nu zit hij daar.

Ik legde de krant op de salontafel en liep het balkon op. Ik keek naar het binnenplein onder me en schudde mijn hoofd. Alsof het allemaal nog niet erg genoeg was, nu kreeg ik ook nog eens zulke gasten op mijn dak. Ik liep weer naar binnen en bleef voor de foto van Natascha staan, die in een lijstje op het dressoir stond. Waarom doet iemand zoiets? De barmhartige Samaritaan uithangen en vervolgens gearresteerd worden. O, Natascha, gebeurt dit allemaal echt?

Drie weken geleden stonden we hier met elkaar op het balkon, weet je nog? Toen heb je me over Hongarije verteld, en dat het leuk was met papa, maar thuis is het nog leuker, zei je toen, allemaal van die dingen die je als vanzelfsprekend beschouwt, we waren een heel gewoon gezin, dat het met je papa niet goed is gegaan, daar kun jij niets aan doen, dat overkomt andere mensen ook, we hadden elkaar, meer had ik niet nodig, en weet je nog, toen in Mariazell? Toen was je drie en in de lichtgrot glansden je ogen, en Parijs, toen je die prijsvraag had verloren en ik je moest troosten, geeft niets, dan gaan we toch gewoon zelf naar Disneyland, dat heb ik toen zonder nadenken gezegd maar je was het niet vergeten, en toen moest ik de reis wel boeken, de parade met al die Mickeys, de duizenden lichtjes bij de Magic Mountain, het piratenschip, we hebben uren in de rij gestaan maar dat vond je helemaal niet erg, het lijkt wel alsof het gisteren was, en nu weet ik niet eens waar je bent, hoe is het daar, wat doe je nu, denk je aan mij, ik ben voortdurend bij je, voel je dat? Ja, dat moet je wel voelen, ik weet het, je bent altijd al een dapper meisje geweest, we komen hier wel doorheen, je zult wel zien dat het allemaal goedkomt.

Het komt allemaal wel goed.

Het kwam niet goed. De grootste naoorlogse zoekactie van Oostenrijk had niets opgeleverd. De helikopters vlogen bijna niet meer. De honden werden teruggefloten. De honderdtwintig agenten die de hele omgeving in een straal van vijftig kilometer hadden uitgekamd, hadden zich grotendeels teruggetrokken. De getuigen die Natascha tussen Wenen en Hongarije hadden gezien, werden niet serieus genomen of als leugenaars ontmaskerd. Honderdveertig aanwijzingen leidden tot niets.

De journalisten uit Duitsland keerden terug naar huis. Er hing steeds minder pers voor onze deur rond. Mijn woonkamer was weer van mijn gezin. Wat we aan nieuws hoorden, hoorden we via de tv, de radio, de kranten, via de telefoontjes van het team-Fleischhacker van de recherche of van journalisten. De bliksemschichten die bij elk telefoontje door me heen gingen, werden steeds minder heftig. De waanzin leek weg te ebben, maar in werkelijkheid verplaatste hij zich slechts van buiten naar binnen.

De familie kwam nog steeds voortdurend bij elkaar. We spraken net als voorheen over niets anders, maar ik zei niet meer alles wat door mijn hoofd spookte. Mijn oudere dochters hadden hun handen vol aan hun eigen kinderen, die hadden geen behoefte aan een moeder voor wie ze ook nog eens moesten zorgen. Ik trok een muur rond mezelf op. Ik verstopte me voor mezelf.

Ik ging naar buiten om boodschappen te doen. Ik kookte mijn eigen eten. Ik ruimde de tafel af nadat ik alles erop had neergezet. Ik kocht sigaretten. Ik liet mijn hoofd hangen wanneer iemand me groette. Ik reageerde niet wanneer ik werd aangesproken. Ik schonk geen aandacht aan de blikken die me zijdelings werden toegeworpen. Ik verbaasde me over het feit dat ik elke dag opstond.

Het Rode Kruis nam contact met me op. Of ik nog wensen had, werd me gevraagd. Ja, zei ik, een paar speurhonden graag.

De politie liet regelmatig van zich horen. Ze hadden amper iets nieuws te melden. En als ze dat wel hadden, was het nooit iets wat hoop gaf.

'We doen alles wat in ons vermogen ligt,' zeiden ze.

Ze stuurden een paar meisjes op pad die voorbijgangers vroegen hoe laat het was. Een paar minuten later hielden agenten dezelfde voorbijgangers staande, lieten hun foto's van de meisjes zien die ze net hadden gesproken en vroegen of die hen bekend voorkwamen. Nee, zeiden ze allemaal, nog nooit gezien. Zo betrouwbaar zijn getuigen, mevrouw Sirny.

Ze haalden zelfs de getuigenverklaring weer tevoorschijn die het meisje had afgelegd dat bij Natascha op school zat. Er zat een tweede man in het bestelbusje, stond erin. Dat stond er al twee weken, maar nu viel het opeens iemand op. Nu betekende het opeens iets. Nu, nu alle sporen doodliepen, was er opeens sprake van een medeplichtige. Koch kwam weer in beeld.

'U hebt ooit gezegd dat meneer Koch ook een wit bestelbusje heeft,' zeiden ze.

Toen Natascha jarig was, had hij met een wit busje berliner bollen laten brengen. Door een personeelslid van de bakkerij waarmee we toen zaken deden. De man werd opgetrommeld en ondervraagd. Niets. De gegevens van alle eigenaren van witte bestelbusjes die in aanmerking kwamen werden uitgeprint. Het waren zevenhonderd namen.

'Is dat witte busje van u?'

De man knikte.

'Wilt u even uw rijbewijs en het kentekenbewijs laten zien? Waar gebruikt u de auto voor?'

De man gaf de politie zijn papieren. 'Ik vervoer bouwafval.'
'Mogen we even kijken?'
De man schoof de zijdeur open en wees op een berg afval.
'Dat is in orde. Bedankt, meneer Priklopil. Prettige dag verder.'

Er werden duikers ingeschakeld. Ze zochten in de twee meertjes bij Süßenbrunn en Hirschstetten waar we vaak met Natascha waren geweest. De kranten en de tv brachten het nieuws breed uitgemeten. Nieuwsgierigen dromden samen achter de afzettingslinten en wachtten af. Net gieren, dacht ik. Net gieren. Ik kreeg het steenkoud.

Ze willen per se dat er iets wordt gevonden, dacht ik. Ze willen sensatie. Het maakt hen niet uit of Natascha ergens gevangen wordt gehouden en wordt bevrijd of dat ze hier uit het meertje wordt gevist. Levend of dood. Ze willen dat het verhaal een einde krijgt.

De duikers zochten naar een dode Natascha.

Ze leeft! Iets anders bestond voor mij niet. Tot nu toe had ik dit beeld altijd kunnen verdringen, maar nu de mogelijkheid van een dode Natascha ter sprake was gekomen, kon ik er niet meer aan ontkomen. Ik deed mijn ogen dicht. Het beeld bleef bestaan.

'Als iemand haar in de Donau heeft gegooid, is ze al door de stroom meegevoerd,' zei een agent.

'Dan vinden we haar vroeg of laat wel,' zei een collega.

Dan vinden we haar vroeg of laat wel. Dan vinden we haar vroeg of laat wel. Dan vinden we haar vroeg of laat wel. De zin bleef door mijn hoofd spoken, schoot heen en weer in mijn hersenpan. Een gepingpong van gruwelijkheden. Laat het ophouden, smeekte ik, laat het ophouden.

Nieuwe kranten. Nieuwe afgronden.

Ze beweerden dat ik mijn kind had geslagen. De tik uit het proces-verbaal was in kindermishandeling veranderd. Ik, de ontaarde moeder. Ik, het monster. Het noodlot had weer toegeslagen. Hoeveel kan een mens verdragen?

Ik liet me op de bank zakken en rolde me op. Ik trok de deken over mijn hoofd en kroop diep weg. Ik wilde niets meer zien. Niets meer horen. Niets meer denken. Ik dook weg in een poel van duisternis.

    Onder water heerst mosgroene rust lichtstralen spelen over waterlelies Natascha naast me ze pakt mijn hand haar vingers zijn warm we drijven een zwakke stroming voert ons mee we kunnen ademhalen een schaduw schiet over ons heen zwemt met ons mee Natascha draait zich naar me om ze lacht de schaduw weg een school vissen omringt ons Natascha steekt haar hand uit ze wil me iets laten zien een duiker verspert ons de weg hij draagt een rood windjack hij ziet ons niet een rooster houdt ons tegen de spijlen staan vlak naast elkaar ze zijn buigzaam Natascha zwemt erdoorheen ze trekt me mee aan de andere kant is het donkerder de vissen kijken alsof ze gaan lachen ik kijk naar beneden slingerplanten wenken naar me op de bodem ligt een scheermesje Natascha schudt langzaam haar hoofd een tweede rooster komt dichterbij de stroming duwt Natascha naar voren ze zwemt tussen de spijlen voor me een gezicht. Natascha opent haar dode ogen.

Vier

De afstand tussen leven en dood, zeggen ze, is niet zo groot. Bij mij was het slechts een armlengte. Ik hoefde alleen maar mijn hand uit te steken om de telefoon te pakken. Ik verroerde me niet.
 Ik weet niet hoe lang ik daar zo heb gelegen. Ik staarde een gat in de tijd en hoopte dat ik het minder koud zou krijgen. Had ik vandaag al iets gegeten? Dat deed er niet toe.
 Op het tafeltje naast de bank stond een kop koude koffie. De asbak zat boordevol. Ik zocht naar mijn sigaretten. Die had ik in de keuken laten liggen. Ik kroop onder de deken vandaan, liep naar de keuken en maakte een nieuw pakje open. Ik nam een flinke trek, blies langzaam de rook uit en keek hoe die opsteeg naar het plafond en daar bleef hangen.
 Het was bedompt in huis. De gordijnen zagen grijs van de rook. Ik schoof ze opzij en deed de balkondeur open. Buiten was het koel; ik ademde de zuurstof in en hoestte. Op een armlengte afstand van de rand bleef ik staan.
 Hoewel. Niet ik bleef staan. Ik werd staande gehouden.
 Mijn hersens functioneerden nog. Maar mijn lichaam niet meer. Het maakte zich van me los en bekeek het standbeeld dat daar op het

balkon stond, alsof de beeldhouwer me daar had laten staan.
Ik wilde een paar haren uit mijn gezicht strijken, maar mijn hand reageerde niet. Ledematen van steen bewegen niet.
Zo zagen de mensen me. De kunstenaar had goed werk geleverd. Een realist. Er ontbrak geen rimpeltje aan mijn gezicht. En elk ervan vertelde een verhaal. Alleen de saaie stukjes had hij weggelaten. En alles wat ooit was geweest.
Het was ooit zo mooi begonnen. In een gezin waar de kinderen geliefd waren. Met twee oudere broers die de wereld aan je uitleggen. Eentje acht jaar ouder, de ander veertien maanden. Bij hem had de navelstreng om zijn arm gewikkeld gezeten, hij was met slechts één hand ter wereld gekomen. Ik was zijn beschermster, ik nam het voor hem op wanneer andere kinderen hem voor 'kreupele' uitscholden. Wij zagen hem helemaal niet als gehandicapt. Toen we een keer de tram pakten, zei een vrouw tegen hem: o jeetje, waarom heb je maar één hand? Die heeft hij tijdens de Eerste Wereldoorlog verloren, zei ik tegen haar. Niet zo brutaal jij, zei ze toen. Een andere vrouw bemoeide zich ermee: je hebt gelijk, zei ze, dan moeten mensen maar niet zulke vragen stellen. Zo ging het toen.
Van mijn oudste broer heb ik alles geleerd wat ik nog niet kon. Op mijn vingers fluiten. En hij moest altijd op me passen en me meenemen als hij ging schaatsen. Op een dag ben ik gevallen en heeft hij me vijf rondjes lang voortgetrokken, totdat ik helemaal nat was. Later heeft hij me voor de kachel neergezet, zodat ik kon opdrogen, en toen kon hij eindelijk alleen schaatsen.
Mijn vader zei altijd dat je moest knijpen, krabben, bijten en spugen als iemand je iets deed, en daar heb ik me aan gehouden. Dat deed ik altijd wanneer iemand mijn broer pestte. Altijd.
Ik was opstandig. Op school zeiden ze altijd: het is een lief meisje, maar wat een scherpe tong! Ik was het lievelingetje van de directrice. Wanneer een juf me voor straf naar haar toe stuurde, zei ze altijd: kom, help me maar even de gatenplant af te stoffen.
Toen mijn broer naar de kleuterschool voor gehandicapte kinde-

ren ging, zag ik dat sommige kinderen helemaal geen handen hadden. Die tekenden met hun voeten. Dat probeerde ik thuis ook. Ik zat eigenlijk altijd te tekenen. Misschien wilde ik daarom wel naar de modevakschool, toen bleek dat ik geen meubelmaker mocht worden. Niet naar de deftige school in Hetzendorf, maar naar de opleiding tot coupeuse van dameskleding. Het toelatingsexamen was een makkie voor me.

In die tijd kwamen net de spijkerbroeken in de mode, toen moet ik een jaar of twaalf zijn geweest. Mijn vader had een rode voor me gekocht. Dat was me wat! Ik droeg altijd zijn truien, ook al waren de mouwen veel te lang, maar dat vonden we juist leuk. Toen had je ook van die wijde, bolle rokken, maar omdat mijn moeder geen geld had voor stof knipte ze een wijde mantel aan stukken en maakte daarvan zo'n rok voor me.

De eerste liefde, die begon ook goed. Hij heeft van het begin af aan gedronken, maar dat was me helemaal ontgaan. Bij ons thuis dronk niemand, en ik gebruik nog steeds geen alcohol, zelfs geen glaasje champagne met oud en nieuw. In een café bestel ik doorgaans wijn met mineraalwater, zodat ik niet vreemd overkom, en dan giet ik er zo veel water bij dat het eerder een glas mineraalwater is. Daar doe ik dan uren mee. Toen ik achttien was, werd Claudia geboren, zo gaan dat soort dingen nu eenmaal.

Sabina was evenmin gepland, toen was ons huwelijk eigenlijk al op de klippen gelopen. Maar het duurt gewoon even voordat je de knoop kunt doorhakken. De kinderen hebben een vader nodig, dacht ik altijd, maar hij is nooit een vader geweest. Alimentatie heeft hij nooit betaald. Van de staat kon ik 350 schilling per kind krijgen, maar ik heb gezegd dat ze dat geld net zo goed konden houden; het was te veel om te verhongeren en te weinig om van te leven. Geef het maar aan een ander. Vervolgens moest ik opdraven bij de kinderbescherming om uit te leggen waarom ik dat geld niet wilde aannemen. Ik voelde me voor schut gezet. Neem me niet kwalijk, heb ik gezegd, maar wat kan ik met 350 schilling beginnen? De crèche kost al vierhonderd. En toen gaven ze me opeens 1050 schilling per kind.

Ik heb altijd voor de meisjes gezorgd en mijn hele leven hard gewerkt. Tot 's avonds laat zat ik te naaien; blouses en rokken voor kennissen van me. Ik wist een behoorlijke klantenkring op te bouwen. Honderd broeken per week, of honderd blouses uitleggen. Soms zat ik tot vier uur 's nachts achter de naaimachine, maar dat kon me niet schelen. En in het weekend draaide ik vroege diensten bij tante Liesi en bij de folkloristische vereniging. Die hadden hun clubhuis in de Siemensstraße. Tante Liesi was niet op haar achterhoofd gevallen. Kijk eens, mop, zei ze altijd, dat mens drinkt, dat ziet je meteen, ze heeft geen kont en geen kuiten. Dat klopte altijd. Dus wanneer er eentje zonder kont en zonder kuiten bij ons de zaak binnenkwam, wist ik al hoe laat het was. Zo eentje ging dan bij Koch zitten, en dan werd het altijd een latertje. Bij hem was er altijd wat te drinken, en altijd voor niets.

Soms wilde hij ook mij trakteren, en dan vroeg ik altijd om een dubbele Bailey's en rekende hem er drie. Zo doe je dat, dat heb ik ook van tante Liesi geleerd. En hoe je een wodka-jus zonder wodka maakt. Eentje was iets beter bij de les, laat eens ruiken, zei hij dan.

Tja, dat heb je als je met een alcoholist getrouwd bent. Toen ik hoorde dat mijn eerste man was overleden, ben ik naar het kerkhof in Stammersdorf gegaan om te kijken of het echt waar was. Zijn naam stond niet op de steen, die van zijn schoonmoeder grappig genoeg wel, maar die was nog helemaal niet dood. Misschien was dat wel omdat zij van het platteland kwam, misschien doen ze dat daar op die manier.

Misschien...

Maar dat kan ik mijn ouders niet aandoen. Mijn vader heeft me nodig, ik doe altijd boodschappen voor hem. Hij heeft last van zijn knie en kan niet met zware flessen sjouwen. En mijn moeder, die heeft alzheimer. Het gaat op zich goed met haar, maar helemaal alleen? Goed, mijn kinderen, die zijn al volwassen, die hebben hun leven op orde. Die zouden hoogstens geen moeder meer hebben, maar de kleinkinderen? Dat kan ik niet maken.

Op dat moment besefte ik dat ik weer naar binnen moest gaan. Ik was niet langer van steen. Nog een seconde langer bij de rand, nog een stap verder naar voren, en ik lig daar beneden. Ik werd bang van mezelf, ik draaide me om, ik sloeg de balkondeur met een klap achter me dicht en deed hem maandenlang niet meer open.

Vijf

De duivel staat voor illusies.
Die uitspraak leidde me in elk geval af van de etensresten die op nog geen twee meter afstand op het aanrecht stonden. Het moest dagen geleden zijn dat iemand van die borden had gegeten; ze stonden daar op elkaar gestapeld en kleefden met oude groenten en brokjes vlees aan elkaar. De stapel kon elk moment omvallen en werd waarschijnlijk alleen door opgedroogde saus bijeengehouden. Het verbaasde me dat het hier niet zo rook als het eruitzag.

Ik keek naar de vrouw die tegen me praatte. Wie eet er nu met zo'n mens, vroeg ik me af, maar misschien waren het wel háár restjes. Af en toe knikte ik. Ze merkte niet dat ik haar niet kon volgen. Alleen de zin over de duivel was tot me doorgedrongen. Welke illusies had ik dan?

'... afhankelijkheid, vaste grenzen, het negatieve heeft de overhand. Begrijpt u?' Haar dunne, lange vingers streken over de kaart met de duivel. Het gebaar had iets teders. Ik antwoordde niet omdat ik haar niet wilde storen.

Ik keek naar haar terwijl ze met de duivel speelde. Haar haar was lang en rood. Een kleur rood die ik nog nooit eerder had gezien. Het viel los over haar rug, tot aan het zitvlak van een vreemde troon. In dikke lokken ontsproot het aan haar schedel en viel het langs haar gezicht naar beneden. Bij elke beweging leek het tot leven te komen en kringelden de lokken heen en weer, alsof ze ergens naar op zoek waren. Ik schoof een stukje achteruit op mijn stoel zodat het haar me niet zou kunnen raken.

Het onverwachte geluid deed haar opschrikken uit haar onderonsje met de duivel. 'Begrijpt u?' vroeg ze nogmaals.

Het gezicht van de vrouw paste niet bij het slangennest waardoor het werd omlijst. Ooit moest het mooi zijn geweest, smal en met fijne trekken, de mond een tikje scheef, ogen waarvan mannen het warm hadden gekregen. De jaren hadden hun sporen op die ragfijne vormen achtergelaten. Het leek wel alsof er dun, breekbaar perkament over haar kaken was gespannen dat elk moment kon scheuren.

'Het is de zot die de reis begint,' zei ze.

Ook dat was me volkomen duidelijk. Bij deze vorm van tarot ging het om de reis die de held maakt, had ze me uitgelegd. Met een held kon ik weinig, maar een zot lag me des te meer. Daar herkende ik wel iets in. Ga niet te snel, was mijn gedachte. Maar ik kan ook niet alleen maar blijven zitten, luidde mijn antwoord aan mezelf.

'De hogepriesteres staat voor contemplatie, voor naar binnen gericht zijn,' zei de roodharige vrouw, en ze schoof nog een kaart over tafel. 'En dat,' er kwam nog een kaart naar me toe, 'is de magiër, die symboliseert het handelen, het naar buiten gerichte.'

Kijk eens aan, dacht ik.

'Weet u,' zei de slangenvrouw, en haar lange, magere vingers wezen op het stapeltje kaarten, 'hier liggen de antwoorden op uw vragen. Uw vraag ligt voor de hand. Concentreert u zich. Ik ga de kaarten schudden.'

'Moet ik dat niet doen?' vroeg ik.

Ze schudde haar hoofd. 'Sommigen doen het zo, anderen weer anders.' Je kunt de klant laten schudden, die moet dan tijdens het schudden denken aan de reden voor zijn komst, maar dan kun je nooit zeker weten of hij daaraan denkt of reeds aan het antwoord waarop wordt gehoopt. Daarom deed ze het liever zelf. 'Ik weet waar ik mijn gedachten op moet richten, ik leg de kaarten...' Ze schudde. 'Met links,' zei ze, 'want dat is de hand van het gevoel.'

Ze zat een eeuwigheid te schudden. 'Sommigen doen het drie keer, maar voor mij is één keer voldoende.'

Eindelijk was ze klaar. 'We leggen een Keltisch kruis,' liet ze me weten, alsof ik ook iets in te brengen had.

Ze legde de kaarten langzaam en nadenkend. Stukje bij beetje verscheen er inderdaad een kruis voor mijn ogen. Het waren mooie kaarten, de symbolen hadden iets verhevens. Het leggen was rustgevend, en ik kon me weer wat meer ontspannen.

Toen de kaarten eenmaal waren gelegd, vertrok ze geen spier. Alleen het perkament van haar gezicht leek iets strakker te staan. Toen keek ze me aan en zei: 'Niet schrikken.'

Ik begreep niet waarom ik zou moeten schrikken.

'De dood,' zei ze, 'is slechts een kaart.'

Wat had ik nu weer op de hals gehaald? Zotten. Hogepriesteressen. Magiërs. Een smerig huis. Een heks met rood haar. De dood.

De dood betekende verlies, had de kaartenlegster me uitgelegd. Het loslaten van alle oude banden. Dat sloeg ook op mij, vond ze. Ik zat in een proces van verandering; meer viel er niet uit op te maken.

De magiër liet me niet meer los. Dat symbool paste bij wat ik voelde. Een paar weken lang had ik alleen maar naast de telefoon gezeten, zodat ik geen belletje zou missen en geen enkele flard informatie me zou ontgaan. Nu wilde ik naar buiten. De politie was geen steek verder gekomen, ik moest nu zelf iets doen. Ik ging naar de bibliotheek en haalde een paar boeken over de tarot die me meer konden vertellen over de reis van de held.

De zot is degene die met de reis begint, las ik, de zot staat voor alles open, als een klein kind, en heeft geen oog voor mogelijke gevaren.

Dat is waar, dacht ik. Wanneer je naar je vermiste kind zoekt, denk je niet aan het gevaar dat je zelf zou kunnen lopen.

De keizer en de keizerin symboliseerden de vader en de moeder; de keizerin stond voor het leven, voor ongeremde emoties, en de keizer voor orde en bescherming.

Koch, een beschermer? was mijn eerste gedachte, maar toen besefte ik dat niet Koch en ik werden bedoeld, maar mijn ouders.

De paus of hiërofant staat voor het traditionele weten, voor boekenwijsheid, en ook – maar niet uitsluitend – voor kennis op het spirituele vlak. Die kaarten vertegenwoordigen de jeugd van de held. De kaart van de geliefden geeft het einde van die jeugd aan, die kaart staat namelijk voor het verlangen naar een metgezel, naar liefde.

Daar kon ik op dat moment niet veel mee.

De zegewagen staat voor de wens bekend terrein te verlaten en op zoek te gaan naar nieuwe dingen.

Ja, ja.

Tijdens de zoektocht wordt de held zich bewust van de noodzaak tot rechtvaardigheid, en dat is de volgende kaart, maar als je de volgorde van Waite aanhoudt, staat de volgende kaart voor de kracht tot verder handelen.

Ja, dacht ik, nu zitten we op dat punt, wie die Waite ook moge zijn.

De kluizenaar staat de held met raad en daad terzijde en wijst hem erop dat je niet alleen door handelen, maar ook door nadenken ervaring kunt opdoen. Daarna volgt het rad van fortuin; door aan het rad te draaien kan de reiziger het vermogen tot handelen verliezen, maar ook inzicht krijgen in een bepaald doel. Door het draaien kan de reiziger kracht verkrijgen, of, in de volgorde van Waite, het inzicht dat rechtvaardigheid noodzakelijk is. Daarna kan hij als een ondersteboven opgeknoopte gehangene aan de reis naar de duisternis van de onderwereld of het eigen ik beginnen...

Ik moest het boek even wegleggen, maar pakte het meteen weer op.

De dood staat voor de overgang van de buitenwereld naar de wereld van het innerlijk of de onderwereld. De reiziger zal inzien dat matigheid noodzakelijk is, dat er een evenwicht en balans tussen tegengestelde krachten moet worden gevonden.

Ik begreep lang niet alles, maar de overeenkomsten gaven me een ongemakkelijk gevoel. Het was alsof mijn eigen verhaal werd verteld. De fasen die ik zou moeten beleven. En hoe ik die zou kunnen doorstaan. Ik stak een sigaret op en probeerde verder te gaan met ademhalen.

De dood staat voor illusies.

Daar was het weer.

De dood staat voor illusies, die de reiziger verblinden en gevangen houden, en vaak zijn ze de ogenschijnlijke vervulling van zijn verlangen.

Ik merkte dat ik kippenvel kreeg. Was alles voor niets? Waren het allemaal maar hersenschimmen?

De val van de toren staat voor de vernietiging van de illusies, en de kaart van de ster symboliseert dat de reiziger het doel van zijn zoektocht heeft bereikt of zijn innerlijke rust en evenwicht heeft gevonden.

Het doel van mijn zoektocht!

Deze reis, in het teken van de maan, is niet zonder gevaren, en wanneer de reiziger ongeschonden de zon bereikt, betekent dat nog niet dat hij ook zijn doel heeft bereikt. Het einde wordt gevormd door de kaart van de wereld, het uiteindelijke doel van de reis die een reis naar de eigen vervolmaking is. Onderweg wordt de reiziger zich niet alleen bewust van zijn lichamelijke krachten, maar ook van zijn innerlijke sterkte en leert hij hoe hij die kan gebruiken. De kaart van de rechtvaardigheid staat in eerste instantie voor een laatste hindernis, zoals ook Odysseus zich eerst nog van de vrijers rondom Penelope moest ontdoen.

De telefoon ging. 'Hallo, met de redactie van *Vera*. Spreek ik met mevrouw Sirny?'

Mijn odyssee begon.

Er kwam geen einde aan de gangen. Wie als gast over de drempel van het ORF-centrum op de Küniglberg in Hietzing stapt, wordt er meteen door opgeslokt. Afzichtelijke gangen kronkelden als slangen door het onmetelijke gebouw. Als een redacteur ons niet van de parkeerplaats had opgehaald, zouden we onherroepelijk zijn verdwaald. VISAGIE stond er boven de deur. De redacteur klopte beleefd en liet me plaatsnemen in een kappersstoel, voor een spiegel die was omlijst door een rij lampjes. De visagiste stond achter me en lachte me in de spiegel toe. De mensen om me heen zeiden meestal niet veel, ze wisten niet waarover ze met me moesten praten.

'We doen niet veel,' zei ze, 'wat aan uw haar, een klein beetje make-up, zodat uw huid niet gaat glimmen in het licht van die felle lampen.' Ze keek Margot aan en wees op de stoel naast me. 'Gaat u toch zitten.'

Margot ging zitten, maar liet haar hand op mijn leuning rusten. Ik pakte hem vast en gaf hem even een kneepje. Ik was blij dat ze mee was gegaan. Mij was dit wereldje totaal vreemd. Zo van de flats aan de Rennbahnweg in de meest bekeken talkshow van het land, dat was nogal een contrast. De camera's voor mijn flat waren anders, daar was ik slachtoffer, of verdachte. Hier werd ik als een ster behandeld. Margot was de enige die normaal tegen me deed.

Zij legde ook kaart. Ik was na mijn bezoek aan de roodharige vrouw meteen naar haar toe gegaan. Ik kende haar nog van vroeger, toen mijn schoonzus in scheiding had gelegen en had gevraagd of ik mee wilde gaan naar de afspraak met Margot. Aanvankelijk was ik alleen als gezelschap mee gegaan, maar mijn interesse was al snel gewekt. U zult nog een kind krijgen, had ze voorspeld, met Koch. Zijn naam had ze niet genoemd, ze had alleen gezegd dat ik iemand met bruin haar kende die nog heel erg aan zijn moeder hing. En dat was waar. Toen was ze nog iets verder gegaan en had me op het hart gedrukt goed op te letten omdat mijn schoonzus aan zelfmoord dacht. Margot deed me een beetje aan haar denken.

'Zo. Klaar,' zei de visagiste. Ze maakte de kapperscape los en hielp me overeind. 'Bent u tevreden?'

'Ja, bedankt.' Mijn uiterlijk was het laatste wat me interesseerde. Alsof er een teken was gegeven, verscheen de redacteur weer in de deuropening. 'We zijn veel te vroeg, mevrouw Sirny, dus als u wilt, kunt u nog even de repetitie bijwonen.'

We liepen door de eindeloze gangen terug naar studio 1. De redacteur hield de deur voor ons open en we zagen rijen oplopende stoelen, als in een bioscoop. Hij wees op de achterste rij, die niet bezet was. 'Gaat u daar maar zitten, dan valt u niet op. Ik kom u straks weer halen.'

De zaal onder ons was al tamelijk vol. Alles stond al op het podium. Het decor moest de sfeer van een woonkamer oproepen: de rode bank, bonte leunstoelen, een tafeltje, een lessenaar voor de presentatrice met erachter een gele wand met een deur in het midden en het reusachtige logo van het programma. In het midden van het podium stond een jongeman met lang haar in een paardenstaart die iedereen aanwijzingen gaf.

'We doen het nog een keer,' zei hij in zijn microfoon. 'Als mijn collega daar zijn bordje met APPLAUS omhooghoudt, wat doet u dan?' Het publiek begon te klappen. Het was net een kudde Duracellkonijnen. 'Was dat alles?' riep hij. Het publiek klapte nogmaals en stampte met de voeten op de grond. De man op het podium maakte een buiging. En daar zou ik straks staan. Ze zouden voor me klappen, omdat iemand mijn dochter had ontvoerd.

'En nu even het lachen,' zei de paardenstaart. 'Als mijn collega daar het bordje met LACHEN omhooghoudt, wat doet u dan?' Het publiek lachte. 'Dat kan harder,' zei hij. Het publiek lachte harder. Alsof ze naar een klucht zaten te kijken. 'Is dat alles?' riep hij. Het publiek lachte en stampvoette. De man op het podium maakte met zijn duim en wijsvinger een kringetje. En daar zou ik dadelijk zitten. Stel dat zijn collega zich zou vergissen en het verkeerde bordje zou pakken, zouden ze dan lachen en joelen?

Margot gaf me een por en duwde me in de richting van de deur. 'Dit is niet uit te houden,' zei ik.

'Daarvoor zijn we hier ook niet. Vergeet dat spektakel maar. Waar het om gaat, is dat elke aanwijzing ons naar Natascha kan leiden. Hoe meer mensen dit zien, hoe groter de kans op tips voor de politie.' Ze pakte me bij mijn arm. 'Je redt je wel.'

'Hebben de dames soms trek in een rustgevend drankje?' De redacteur was ongemerkt naderbij geslopen, we hadden hem helemaal niet gehoord.

'Ja,' zei Margot, 'rust kunnen we wel gebruiken.'

In de wachtruimte zaten nog meer gasten van het programma. Ik ging in de verste hoek staan. Margot haalde een glas champagne voor zichzelf en een glas mineraalwater voor mij. Een ober liep een rondje met een dienblad vol zalmkleurige hapjes. Margot tastte toe. Ik had geen hap door mijn keel kunnen krijgen, al had ik nog zo mijn best gedaan.

Mensen dromden in groepjes bij elkaar. Af en toe keek iemand even naar ons, maar we zagen er blijkbaar niet uitnodigend uit. Toch maakte een man zich van de anderen los en kwam naar ons toe.

'Pardon, u bent toch mevrouw Sirny?' Hij was bijna verlegen. 'Ik ben van het ZDF, van het programma *Aktenzeichen XY ungelöst*.' Hij hield mijn hand langer vast dan beleefd was. Waarschijnlijk wist hij hoe mensen op die naam reageerden. 'We willen u graag helpen en in ons programma aandacht aan uw zaak schenken. Zou u daaraan willen meewerken?'

'Ik doe alles wat in het belang van Natascha is.'

Hij gaf me een visitekaartje. 'Alstublieft, voor het geval u nog vragen mocht hebben. We zullen contact met u opnemen.' Toen hij wegliep, draaide hij zich nog even om. 'Het beste,' zei hij.

'Die viel best mee,' zei Margot met een mond vol zalm. Meer kon ze niet zeggen omdat de volgende alweer naar ons onderweg was.

'Hoe gaat het? Ik ben de regisseur. Zeg het gerust als ik iets voor u kan betekenen.'

Ik wilde het liefste dat alles achter de rug zou zijn, maar dat kon de regisseur niet voor me regelen. Ik nam een slok water.

De deur ging open en er kwam een vrouw binnen, gevolgd door een groepje jongelui met blocnotes, papieren en een stapeltje witte kaartjes.

'Daar staan de vragen op,' fluisterde Margot. Ik vroeg me af hoe ze dat kon weten.

De vrouw liep het vertrek door en kwam eerst naar mij toe. Ze was nog maar halverwege toen ze haar hand al uitstak. Ze greep de mijne vast en schudde die, ondertussen een vloedgolf aan bedankjes op me afvurend.

'U moet even het interview doornemen,' fluisterde een assistent haar in haar oor, en hij gaf haar de stapel witte kaartjes.

Margot had gelijk, die stonden vol vragen. De presentatrice nam ze snel door, we waren zo klaar.

'En u bent de helderziende,' zei ze.

Margot kon niet meteen antwoord geven omdat ze nog altijd een stukje brood in haar mond had. 'M-m,' zei ze, en ze slikte snel. 'Ik leg kaart.'

De presentatrice nam het voor kennisgeving aan. 'U zult dus uw uiterste best doen om Natascha te vinden. Wat denkt u te zullen ontdekken?'

'Dat kun je van tevoren nooit zeggen. Misschien zie ik wel helemaal niets.'

Daarmee leek de presentatrice geen rekening te hebben gehouden.

'Nog tien minuten!' riep een technicus.

En daarmee was de voorbespreking ten einde. De gasten die als eersten aan de beurt waren, werden gevraagd mee te lopen. Margot en ik liepen naar een paar stoelen. We waren als laatsten aan de beurt, hadden ze gezegd, want de beste verhalen vormden altijd de uitsmijter.

De wachtruimte liep langzaam steeds verder leeg. Ik was blij dat we nog even de tijd hadden. Ik was niet aan zo veel mensen gewend. Het was nog maar kort geleden dat ik uit mijn schulp was gekropen en me in de richting van Natascha had gewaagd. De reis kostte de no-

dige inspanningen, ik was nog altijd meer zot dan magiër.
En beiden moest ik achter de façade van Brigitta Sirny verbergen. Mensen hoeven niet alles te zien wat er in je omgaat, had mijn moeder altijd tegen me gezegd. Zoiets leg je niet zomaar naast je neer.

'Ben je ook zenuwachtig?' vroeg Margot.

Ik haalde mijn schouders op.

'Er zitten ik weet niet hoeveel mensen in de zaal, en ook nog eens heel veel thuis voor de buis,' merkte ze op. 'Ik ben zenuwachtig.'

Als ik al iets was, dan was het hoopvol. Mijn gevoelens beperkten zich intussen tot de hoognodige.

'Het is zover,' zei de redacteur, die wederom uit het niets opdook. 'U bent na de popgroep aan de beurt. Ik neem u mee naar het podium.'

Achter het podium gaapte een groot zwart gat. Een hal ter grootte van een hangar. Stangen, schoren, stutten. Technici liepen met enorme apparaten te slepen, andere reden met heftrucks af en aan. Eindeloos lange houten tafels vormden de enige plekken waar je kon zitten. Medewerkers van de omroep stonden te roken. Ik ging vlak bij hen staan en stak een sigaret op. Op een klein beeldscherm naast de enige deur in de hal was te zien wat de kijkers thuis op een donderdag zagen.

Ik had het beeldscherm niet nodig. De band speelde zo hard dat het geluid ook hier alles verdrong. Maar misschien lag dat wel aan mij. Ik kromp al bij de tune van het journaal in elkaar. Als je langere tijd je huis niet verlaat en alleen maar op het rinkelen van de telefoon zit te wachten, word je veel gevoeliger voor geluiden. De laatste maten van de band stierven weg en het publiek applaudisseerde, vermoedelijk alleen maar omdat het bordje omhoog werd gehouden. Iemand wenkte me, duwde me achter het podium, een trapje op, door de deur, en daar stond ik dan, in het licht van de schijnwerpers. Applaus.

Handen schudden. Hoe gaat het met u, mevrouw Sirny. Politie. Geen enkel spoor. Dat is toch onvoorstelbaar, hè? Radeloosheid. Natascha. Hoop. Dat drijft een mens toch tot waanzin, nietwaar? Zoeken. Nachtmerrie. Aanwijzingen. Er wordt toch geen mogelijkheid onbenut gelaten? Het bovennatuurlijke. Hulp van gene zijde. Dat gaan we hier in de uitzending proberen. Medium. Margot. Goedenavond. Kaarten. Schudden. Leggen. En waar staat die keizer eigenlijk voor? Uitleg. Ontgoocheling. En dan wensen we u natuurlijk het beste we leven met u mee bedankt voor uw komst.

'Je deed het heel goed, mama,' zei Sabina door het slotapplaus heen. 'Ik zou dat nooit...'

De telefoon ging.

'Hallo? Ja... Spreekt u mee... Ik sta voor alles open... Wichelroede? Ja... Waar? Nou, als u denkt... Belt u dan maar... Goed... Tot later.'

'Wie was dat?' wilde Claudia weten.

'Een wichelroedeloper, hij wil...'

De telefoon ging weer.

'Hallo... Ja? Nee, heb ik nog niet... Ja, natuurlijk... Ik sta overal voor open... Goed... Tot dan.'

'Wie was dat?'

'Iemand die aan pendelen doet, hij kan...'

De hele avond bleef de telefoon rinkelen. Helderzienden. Kaartenleggers. Astrologen. Tafeldansers. Koffiedikkijkers. Een paar van de beroepsbeschrijvingen had ik zelfs nog nooit gehoord. Iedereen wilde helpen, niemand wilde er geld voor hebben. Ik maakte afspraken.

'Ga je die mensen echt allemaal laten komen?' vroeg Claudia.

'Ja,' zei ik, 'misschien zit er eentje tussen die echt iets kan ontdekken.' Baat het niet, dan schaadt het niet, dacht ik. Maar misschien schaadt het jou, zei een stem vanbinnen, de zot is kwetsbaar. Ik wilde niet naar mezelf luisteren. En de telefoon ging weer. Sabina nam op.

'Ene mevrouw Puchinger voor je aan de lijn.'

Tina Puchinger woonde in de Reindlgasse, in de wijk Penzing. Ik vond het adres meteen. Een grote blonde vrouw deed de deur open. Ze leek helemaal niet op de roodharige heks, ze kwam op mij juist over als iemand die hier geboren en getogen was.

Ze nam me mee naar een soort praktijkruimte aan huis. Geen aangebrande pannen, geen etensresten, geen bovennatuurlijk getover. Het zag er bijna net zo uit als bij mij thuis. Ik kon gaan zitten zonder dat ik eerst hoefde te kijken of er iets aan de stoel kleefde.

'Zegt het begrip numerologie u iets?' vroeg Tina.

'Nee,' zei ik, 'maar ik vermoed dat het iets met getallen te maken heeft.'

Ze moest lachen. 'Getallen hebben voor ieder mens een enorme betekenis,' zei ze. 'Ze kunnen ons veel over ons leven vertellen, of over vorige levens. Ze vertellen ons wie we zijn. Alleen al je geboortedatum bepaalt wie je bent.'

'Ik wil niet weten wie ik ben,' viel ik haar in de rede, 'u weet waarom het gaat. Aan de telefoon hebt u gezegd dat u me misschien kunt helpen Natascha te vinden.'

Ze knikte geduldig. 'Je kunt het een niet los van het ander zien. Alles hangt samen, alles heeft invloed op elkaar. De getallen vertellen ons wat belangrijk is in het leven en wat we moeten leren. En daarom moeten we eerst weten wat voor mens we zijn.'

Mensen die vallen onder de vijf, legde ze uit, moeten bijvoorbeeld de waarde van geld leren kennen. Een acht moet leren balans te vinden.

'Goed, laten we eens kijken welk getal op u van toepassing is. Wanneer bent u geboren?'

Ik noemde mijn geboortedatum. Ze ging op in haar werk. Lange tijd leek ze me helemaal te zijn vergeten; ze zat op te tellen, dacht even na, begon weer op te tellen. Het kwam helemaal niet zweverig over, ze had net zo goed mijn boekhoudster kunnen zijn.

'U bent een zeven,' zei ze ten slotte.

Ik wachtte op meer.

'In de bijbelse symboliek der getallen staat de zeven voor geboorte, dood, magie.'
Magie?
'Zeven is een heilig getal.' Ze zweeg even. 'En het staat voor overwinning.'

Zes

'Natascha leeft.'
 Zo klinkt de waarheid, dacht ik. Ze zei het heel kalm. Er was geen spoor van twijfel te horen. Ze geloofde het niet alleen, ze zag het ook voor zich. In de getallen.

Ik wist het instinctief, Tina sprak het uit. Er waren niet veel mensen die dat tegen me durfden te zeggen. Niemand wilde me te veel hoop geven. Wie zelf nergens meer op rekent, heeft er moeite mee een ander moed in te spreken. De politie had het min of meer opgegeven. Ze zochten nog wel, maar meer uit plichtsbesef. Zodat hun niets te verwijten viel. Voor hen was Natascha een onopgeloste zaak, en dat zou ook zo blijven. Een open dossier.

'Ik weet het zeker, Natascha leeft nog,' zei Tina nogmaals.

'Dat weet ik,' zei ik.

Tina keek naar de getallen, en toen veranderde er iets in haar uitdrukking.

'Wat ziet u?'

'Er is geld in het spel,' zei ze.

'In welk opzicht?'

'Dat kan ik niet zien. Het heeft iets te maken met...' Ze hield midden in de zin op.

'Met wat?'

'Met haar vader. De vader is er op een bepaalde manier bij betrokken.'

Ik vertelde over zijn contacten, zijn schulden, het witte bestelbusje. Maar de getallen zwegen. Ze zat met haar kaarten te spelen. Zigeunerkaarten, legde ze uit.

'Wacht even, er is nog iets,' zei ze. 'Ik zie een huis, een huis tussen het groen, niet al te ver bij u vandaan.'

'Buiten Wenen?'

'Tja, adressen krijg ik niet door.' Ze lachte. 'Maar voor het huis, daar staat een...' Ze boog zich naar voren, alsof ze het zo beter kon zien. 'Een fontein of iets dergelijks. Zonder water.'

Waar kon dat zijn? Wie had er zo'n fontein in de tuin? Dat moest toch niet altijd te moeilijk te vinden zijn.

'Een gevangenis tussen het groen,' zei Tina. 'Daarop moeten we ons concentreren. De komende paar jaar.'

Die periode maakte me aan het schrikken. 'Zo lang?'

'Ik zie een zeven, nee, een acht. Dan duikt Natascha weer op. Over acht jaar.' Ze zag me schrikken. 'Misschien vinden we haar wel eerder. We hebben nu een paar aanwijzingen.'

Dat 'we' gaf me vertrouwen. Dit was iemand die me niet alleen wilde helpen, maar het ook kon. Ik was tijdens mijn reis niet helemaal alleen.

'... de Weense politie is ten einde raad.'

De presentator keek nog een paar tellen in de camera en verdween toen uit beeld. In scène gezet, vermeldde de inzet. Een meisje verliet een flatgebouw.

Dat was niet onze flat, dat was niet mijn kind.

'Ik kan het niet aanzien,' zei Sabina, maar ze bleef kijken.

Ik staarde naar het scherm. Volgde uiterst geboeid elke stap die het meisje zette.

Ik had me altijd afgevraagd wie er naar *Aktenzeichen XY ungelöst* keken, en waarom. Het was geen detective met een goede afloop. Dit was echt. En nu was het ons verhaal.

Het meisje liep verder. De camera vlak achter haar. Een tikje schokkerig. De kijkers moesten alles vanuit haar perspectief zien. Toen het witte bestelbusje in beeld kwam, deed ik heel even mijn ogen dicht. Sabina stond op.

Een man stond tegen de auto geleund. De Natascha van het filmpje was nog lang niet bij hem, had hem nog niet gezien, vervolgde haar weg als voorheen. Langzaam liep ze zijn kant op, steeds langzamer. Een hand greep naar het kleintje. Ze verdween in de auto.

'Waarom laten ze dat in slowmotion zien?' vroeg ik.

'Slowmotion?' Sabina begreep me niet.

'Dat ging allemaal zo langzaam, zo trek je iemand toch niet een busje in?'

'Dat was geen slowmotion, mama, zo leek het in jouw ogen alleen maar.'

Alsof mijn hersenen me probeerden te beschermen, dacht ik. Zodat de gruwelijkheden worden verzacht en het te verdragen is.

Het filmpje was afgelopen. De presentator kwam weer in beeld. En meteen daarna een spookbeeld. Het gezicht van een man: ogen, neus, mond, haar. Zo zagen duizenden mannen eruit.

'Hebt u deze man gezien, of hebt u op 2 maart in die omgeving iets gezien wat de politie verder zou kunnen helpen, neemt u dan contact op met de recherche te Wenen.'

Er verscheen een telefoonnummer in beeld. Ik kende het vanbuiten.

De smeedijzeren poort stond open. In de voortuin lag een border met tulpen, een bonte mengeling van kleuren. Het gazon was net een biljartlaken, en precies in het midden stond een magnolia. De afgevallen bloesem lag in het gras, dat bedekt leek met een wit-roze tapijt. Wat gek, dacht ik, een magnolia, zo laat in het jaar?

Ik bleef staan en keek om. Een mooie tuin, een mooie omgeving.

Döbling, een van de chiquere wijken van Wenen, en het was duidelijk waarom dat zo was. Een echt herenhuis. Okerkleurig, witte pilaartjes met hier en daar slingerende klimop. Ik liep verder, naar de voordeur. Ernaast hing een bel van glanzend gepoetst messing. Ik belde aan. Het goudkleurige bordje op het donkere hout van de deur was met nette zwarte krulletters beschreven. DR... De deur ging open.

Voor me stond een keurige heer met schouderlang, asgrauw haar in een tweed pak; een pochet bolde op naast zijn revers. Je zag meteen dat het geen goedkope stof was. Of misschien zag alleen ik dat.

'Welkom, mevrouw,' zei hij met de stem van een hypnotiseur. 'Komt u binnen.' Hij draaide zich om en maakte met zijn rechterarm een gebaar alsof hij rozenblaadjes verstrooide.

Hij maakte een merkwaardige indruk op me. Dit kan niet waar zijn, dacht ik, en ik liep naar binnen. Hij nam me mee naar een eetkamer en liet me aan het hoofd van een indrukwekkende tafel plaatsnemen.

Aan de telefoon was zijn aangename lage stem me al opgevallen; hij sprak als een toneelspeler. Wat hij precies deed, wilde hij niet zeggen, dat was te ingewikkeld. Hij was helderziende, hij moest de mensen persoonlijk zien.

'Hoe werkt u?' vroeg ik. Ik zag geen kaarten of andere hulpmiddelen.

'Met glazen.' Hij liep naar een vitrine, pakte een glas en haalde uit een la eronder een houten plaat met letters erop. Hij zette beide op tafel.

'Dit is een ouijabord. Dit zijn de letters van het alfabet.' Hij streek teder over het bord. 'En hier staan de woorden ja en nee.'

Ik knikte.

'Nu leggen we beiden onze rechtervinger op het glas en concentreren we ons op de vraag die we willen stellen. Dan zal het bord spreken. De seance kan beginnen.'

We raakten het glas aan. Het leidde ons rond, van A naar Z. Ik kreeg niet de indruk dat er hogere machten aan het werk waren. Minutenlang dwaalde het glas heen en weer over het bord, en het woord dat ten slotte het resultaat vormde, luidde xjghliutgdsw.

'Laat maar zitten,' zei ik. Het tafereel had iets lachwekkends. Ik voelde me niet op mijn gemak en schoof op mijn stoel heen en weer. Hij leek het niet te merken.

'Nu maken we een fles chablis open,' zei hij bijna vrolijk, alsof er iets te vieren was.

'Dank u, maar ik drink niet.' Zo helderziend was hij blijkbaar ook weer niet. 'Wat kunt u me over Natascha vertellen?'

Hij keek me lange tijd aan. 'Natascha.'

'Ja, daarom ben ik hierheen gekomen.'

'Tja, Natascha...'

'Ja?'

'Natascha is dood,' zei hij.

Ik sprong op, zodat de stoel omviel, en rende naar buiten.

In de auto leunde ik achterover en probeerde mezelf onder controle te krijgen. Mijn god, Natascha, dacht ik, wat een gek, we hebben toch helemaal geen tijd voor zulke idioten, je wacht op me en nu heeft hij mijn tijd verspild, maar hoe had ik dat moeten weten, aan de telefoon klonk hij zo serieus, ik moet voortaan meer navraag doen, sorry, van nu af aan zal ik beter opletten, hou vol, we redden het wel, we redden het wel.

Optimisme is een onbetrouwbare metgezellin.

Soms ging ze 's nachts op stap en liet mij alleen op de bank zitten. Ik sliep nog altijd op de bank, of deed daar in elk geval iets wat ik 'slapen' noemde. Sinds die dag in maart had ik mijn bed alleen tijdens het opruimen gezien. De dagen kwam ik op een bepaalde manier nog wel door. Hoop dreef me voort, van de ene afspraak naar de andere. De stroom helderzienden droogde maar niet op. Telkens meldden zich weer nieuwe. De telefoon bleef maar rinkelen. Ik sprak met iedereen, maar nu stelde ik gerichte vragen, zodat ik wist wat ik kon verwachten. Degenen die niet geloofden dat Natascha ergens gevangen werd gehouden, wimpelde ik meteen af. De dood verdrong ik, die bestond voor mij niet.

Een huis als dat in Döbling ben ik niet meer tegengekomen. Helderzienden wonen niet in dure buurten. Ze zijn een merkwaardig volkje en voelen zich op de gekste plekken thuis. Ze nemen het niet zo nauw met hygiëne, ze wonen tussen bergen kleren, vuile borden, porseleinen beeldjes en glazen bollen. Ze wonen ergens anders. Als er al iets bloeit, dan is het de fantasie. Bij slechts één kaartenlegster zwierven er overal sneeuwwitte, met kant afgezette kleedjes rond. Let maar niet op de kleedjes, zei ze. Alsof ik daar oog voor had.

Ik kwam niet bij iedereen thuis. Sommigen lieten me naar de onmogelijkste plekken komen die ze in hun kaarten, hun glazen bollen of hun koffiedik hadden gezien. Telkens weer ontboden ze me bij plassen en meertjes en waadden we tot aan onze knieën door het water. Het leek hen niet te deren dat we niets vonden. Ze verontschuldigden zich niet wanneer hun zesde zintuig weer eens tot niets had geleid. Het bovennatuurlijke is immers onberekenbaar. Ik leerde ook op die manier naar de zaken te kijken en ging ermee door. Ik weet niet of mijn familie het allemaal wel begreep, maar ze stonden in elk geval achter me.

'Mama,' zei Sabina, 'pas op dat het je allemaal niet te veel wordt.'

Ik kwam net terug van een astrologe. 'Het gaat best,' zei ik, 'het was een aardig mens.'

'Nog nieuws?'

'Ja. Ze heeft uitgerekend wanneer Natascha terugkomt. In 2000. Vanwege Saturnus.'

'Ga toch even een uurtje liggen,' zei ze.

'Nee, ik ga koffie zetten. Wil je ook?'

Terwijl de koffie doorliep, ruimde ik de tafel af. Die oude kranten moet ik nog doorbladeren, dacht ik, en ik schoof ze opzij. Eentje gleed van tafel. Opengeslagen op de pagina waar over ons werd geschreven. Mijn oog viel op een foto van een huis, en ik keek nog eens goed.

'Dat is een foto van Kochs huis in Hongarije,' zei ik, min of meer in mezelf.

'Wat?' Sabina keek over mijn schouder. 'Mooi, hoor. Daar vond Natascha het toch zo leuk?'

'Weet je wat,' zei ik, 'nu wil ik het ook wel eens zien. Ik rij erheen.'

Het was vreemd om zo'n lang stuk alleen in de auto te zitten. Het autorijden was anders; het leek wel alsof niet ik in een golf naar voren bewoog, maar alsof de weg op me af kwam. Net een loopband, dacht ik, zo kom ik nooit in Sopron. Wat moet je daar eigenlijk, hoorde ik mezelf vragen. Kijken, antwoordde ik, gewoon even kijken. En wat denk je daar dan te zullen zien? Waarschijnlijk helemaal niets. Aha, dus het gaat je niet om het vinden, maar om het zoeken. En wanneer? Nee, het is goed, nu moet het je wel duidelijk zijn. Wat? Dat de reis het doel is, en de reis duurt lang.

Ik deed het kalm aan en was een uurtje later in Sopron. Aan de grens was het rustig. De kaart lag naast me op de passagiersstoel, ik volgde de 15 en nam toen de 34 naar Sarvar, telkens maar rechtdoor, in zuidoostelijke richting. De hemel had een fris, lenteblauw kleurtje, de condensstrepen van de vliegtuigen losten maar niet op en vormden patronen, net grote vierkanten, alsof iemand ze met een liniaal had getrokken. Zo recht had ik de route nog nooit waargenomen. Ik haalde mijn zonnebril uit mijn tas.

SIMASAG, zag ik op een bordje aan de rand van de bebouwde kom staan. Ik zei het hardop, het was voor Hongarije een erg kort woord. Iemand had me ooit eens verteld dat in het Hongaars elke zin minstens de helft langer is dan in het Duits. Vreemde taal. Vreemde gedachten, zei mijn ik.

Tompaladony. Dat kon ik nog wel onthouden. Ik reed zo langzaam dat ik de borden kon lezen. Je kon rechtsaf slaan naar Chernelhazadamonya of iets dergelijks. Dat had de helderziende met het ashoofd beslist op zijn houten bordje kunnen spellen. Ik verdrong hem meteen uit mijn gedachten.

Zsedeny. Rabapaty. Nog vier kilometer tot Sarvar. Nu kwam het moeilijkste gedeelte. Sarvar was een kuuroord, de belangrijkste plaats van de hele gemeente, dat waren een hoop huizen. Toen Koch na dat gedoe over Italië weer met Natascha hierheen wilde rijden, had ik gezegd dat hij het adres moest opschrijven, voor het geval hij haar weer eens alleen zou laten. Ik hield de eerste de beste voorbijganger aan en liet hem het briefje met het adres zien, en daarna loodsten anderen me verder. Twintig minuten later stond ik voor het huis. Ik keek even naar de foto in de krant, die ik had meegenomen. Het was de villa van Koch. Tja.

Hij had altijd de mond vol van dingen gehad, had Natascha verteld, en in Hongarije had hij altijd de rijke stinkerd uitgehangen. Die Hongaren kun je blijkbaar alles wijsmaken. Want dit was een steenhoop, helemaal geel, geen grassprietje te zien, hier zou geen mens zich thuis voelen, en Natascha al helemaal niet. En het kerkhof lag ernaast. Zoek er niet te veel achter, zei de stem in mijn binnenste, kerkhoven heb je overal.

Ik stapte uit en liep naar het huis. Ik drukte de klink van de voordeur naar beneden, maar die zat op slot. De ramen waren al een eeuwigheid niet meer gelapt, je kon er amper doorheen kijken. Ik tikte tegen de ruit, maar er was niemand. Ik veegde het stof weg, hield mijn handen als een koker rond mijn gezicht en tuurde naar binnen. Een geluid deed me schrikken, maar toen herkende ik het. Ik keek om. Een zwarte kat kromde zijn rug en blies naar me. Was jij dat, vroeg ik me af. Maar ik kreeg geen antwoord.

De dame met het toverpotlood had nagels als klauwen. Verzorgd, maar vlekkerig rood, alsof ze er bloeddruppels op had gemorst. Ze staken uit, in een omgeving die zich in slechts weinig opzichten van de huizen van andere helderzienden onderscheidde. Alleen de keuken was opgeruimd. Maar aan die vrouw te zien at ze waarschijnlijk toch al nooit iets. Ze had een volmaakt figuurtje. De jurk met het luipaardmotief sloot als een tweede huid om haar heen.

Ze legde uit hoe haar contact met gene zijde verliep. Ze verkreeg haar informatie schriftelijk. 'Met dit potlood,' zei ze, en ze liet me een soort miniatuurkrukje zien. Drie poten ter grootte van een lange lucifer, met in het midden een vierde, een stift waarmee je kon schrijven.

'Een beetje als tafeldansen,' zei ik.

Ze keek alsof ik haar zwaar beledigd had.

'Ik bedoel, het ziet eruit alsof het zo werkt,' verbeterde ik mezelf.

'Niet echt, mevrouw Sirny.' Haar toon werd iets afstandelijker, ze zette haar professionele masker op.

Ik was graag over het Carpenter-effect begonnen, waarop ik tijdens mijn onderzoek naar helderzienden was gestuit en waarmee sceptici altijd op de proppen komen wanneer ze willen bewijzen dat dit soort dingen onzin zijn. Volgens hen waren de aanwezigen bij spiritistische seances al vooraf in zo'n stemming gebracht dat hun hersenen het teken tot onwillekeurige spierbewegingen geven. Door de gezamenlijke kracht die daardoor ontstaat, gaan voorwerpen vervolgens bewegen. Dat vond ik logisch klinken, maar ik was er nog niet uit of er echt meer tussen hemel en aarde was. Ook om die reden zei ik niets.

De luipaarddame zei daarentegen des te meer. Ik werd een beetje moe van haar uitleg, ik had liever gezien dat er iets uit dat potlood kwam. Maar ik had niet de moed haar te onderbreken tijdens haar uitwijdingen over het spirituele. Ten slotte stond ze op en dimde het licht. Helderzienden hebben het graag een tikje duister.

'Ik stel een vraag, en het potlood antwoordt met ja of nee,' zei ze.

Aan die uitleg had ik wel genoeg gehad, dacht ik. We legden onze handen op het kleine werktuig, bijna net zoals bij de ouijaspecialist en zijn glas.

'Bent u er klaar voor?'

Ik sloot heel even mijn ogen en was helemaal bij Natascha.

'Leeft ze nog?'

Het potlood bewoog. Een kartelig 'ja' verscheen op het vel.

'Gaat het goed met haar?'

Weer 'ja'.
'Is ze ontvoerd?'
Nog een keer 'ja'.
'Door haar vader?'
Het begin van een j, maar niets wat op 'nee' leek. Mij verbaasde het niet. Koch was al zo vaak verdacht geweest dat ik dat misschien onbewust uitstraalde en daarmee de uitkomst had beïnvloed. Volgens Carpenter was dat mogelijk.
'Wordt ze gevangen gehouden?'
Ja.
'Is ze gewond?'
Die letter zag er heel anders uit. Moeiteloos herkende ik slechts een grote N.
'Is ze in de buurt?'
Het potlood bewoog over het papier, tekende lijnen en een rechte hoek. Het was geen ja en geen nee.
Het medium hield op en bekeek de hiërogliefen.
'Herkent u iets?' vroeg ik.
'Dat is een...'
'Een?'
'Een soort schacht. Ze ligt in een schacht.'
'In een schacht?' Mijn stem leek de mijne niet te zijn.
'Zullen we haar vinden?' vroeg de vrouw.
Het potlood schreef 'nee'. Vrij duidelijk.
'Kunnen speurhonden haar vinden?'
Nee.
'Stel geen vragen meer,' zei ik smekend. Meer kon ik vandaag niet verdragen.

Tina luisterde aandachtig naar me. We zaten al sinds het begin van de avond bij haar in de woonkamer en ik had haar over de laatste haltes van mijn odyssee door de schaduwwereld verteld. Wat ik zo absurd vond en wat me zo dwarszat, was dat ik het nog kon geloven ook. Ze gaf haar mening, weersprak sommige van mijn vermoedens of voedde juist andere. We schoven de theorieën als puzzelstukjes in het rond. Tegen de tijd dat ik over de schacht begon te vertellen, schemerde het buiten al.

'Idioot, alweer zo laat,' zei ze.

Het was niet de eerste keer dat we in de afgelopen paar weken tot 's morgens vroeg hadden zitten praten. Na onze afspraak had ik nog niet genoeg van Tina, en soms kwamen haar getallen en kaarten niet eens op tafel. Zij was iemand met wie ik kon praten. Zonder dat ik me af hoefde te vragen wat ik beter voor me kon houden. Mijn familieleden wilde ik niet langer met alles opzadelen.

'Ben je moe?' vroeg ze.

Ik schudde mijn hoofd en wees op de kan koffie die voor ons op het tafeltje stond. Niet de eerste kan van die nacht.

'Zal ik nog een keer de kaart leggen?'

'Graag,' zei ik, 'misschien komen we dan meer over die schacht te weten.'

Dat kwamen we niet. Er was niets wat ons meer over de schacht kon vertellen. Er was wel een huis te zien, naast een vijver. Ergens in Burgenland, in de buurt van de grens met Hongarije.

Ik had al zo veel huizen en plassen gezien dat dit me niet echt opviel, maar Tina schrok even.

'Het zou iets kunnen betekenen,' zei ze.

'Maar je hebt geen idee waar dat is. Zelfs niet bij benadering.'

'Daar laat ik me niet door weerhouden. Ik laat me door mijn gevoel leiden. In het ergste geval hebben we alleen een beetje in het rond gereden, maar jij kunt wel wat frisse lucht gebruiken.'

Het enige wat duidelijk was, was de richting. De snelweg naar het oosten. Bij de afrit Neusiedl liet Tina's gevoel van zich horen en namen we de provinciale weg. Ik beschouwde het vooral als een uitje en keek naar de omgeving. Als mijn dochter niet ontvoerd was geweest, had ik hier leuk vakantie kunnen vieren. Dat doen we dan wel als je er weer bent, Natascha, je zou het hier mooi vinden.

'Podersdorf?' vroeg Tina.
'Dat moet je niet aan mij vragen, maar aan je gevoel,' zei ik.
Podersdorf, dus. Illmitz. Apetlon. Wallern. Pamhagen. Langzaam reden we door de dorpjes, sloegen hier en daar een zijstraat in, keken naar de huizen en wachtten totdat Tina's radar ergens op zou reageren. Een huis met een vijver, ergens in Burgenland. Het was de reis van een zot.

In een straatje in een dorpje van niets voelde Tina opeens iets. 'Dat ziet er goed uit,' zei ze, 'dat merk ik.'

We volgden het smalle straatje en kwamen aan bij een huis. Een vrouw was bezig de was op te hangen. We reden verder, dwars over haar erf. De vrouw balde haar vuist en schreeuwde naar ons. We konden niet horen wat ze zei, maar haar gebaren spraken boekdelen.

'Draai maar om,' zei ik.

'Nee,' zei Tina, 'daarachter gaat de weg verder, en daar staat nog een huis, zie je dat?'

In de zijspiegel zag ik dat de vrouw nog steeds stond te schelden.

'Daar is een brug,' zei Tina.

'Daar is de grens,' zei ik.

Een soldaat met een geweer zat op de brugleuning. Hij bleef naar ons kijken toen we overstaken en naar het huis aan de andere kant reden. Hij maakte echter geen aanstalten ons tegen te houden.

Kort daarop begreep ik waarom. 'Dat is een restaurant,' zei ik. 'Stop hier eens.'

Tina parkeerde de auto voor het pand. We stapten uit. De deur van het pand stond op een kier. Het was muisstil. We keken om ons heen. Rechts van ons was een lattenhekje. Met vissenkoppen erop, grote en kleine, met ogen van glas. Erachter lag de vijver. We slopen een stukje verder. Langs twee caravans, naar een traliehek waaraan iets was vastgebonden. Het leek wel alsof er een mens over dat hek hing. Angst welde in me op, en ik liep erheen. Het was een pop. Opgehangen aan de nek.

Terug naar het restaurant. Voorzichtig duwden we de deur open. Zachte geluiden, er moest iemand zijn.

'Ja? Zegt u het maar.' Een vrouw kwam naar ons toe. Dik, gezellig, met rode wangen.

Ik leunde even tegen de deurpost.

Tina nam het woord. Legde uit wat we kwamen doen. Natascha.

'Die is achter,' zei de vrouw.

Ik zakte bijna door mijn knieën. Heel even hield mijn hart op met kloppen.

'Papa!' riep de vrouw. 'Iemand zoekt je dochter.'

Zijn dochter? Mijn dochter!

In de gang verscheen een man. 'Goeiedag, mijn naam is Neger. Kan ik u helpen?'

Tina had zichzelf sneller onder controle dan ik. 'U hebt een dochter die Natascha heet? Hoe oud is ze?'

'Tien. Hoezo?'

'En ze is uw kind?' vroeg ik.

'Ja, natuurlijk. Hoezo?'

Tina vertelde wie ik was.

Het toeval is de schuilnaam van God, die Hij gebruikt wanneer Hij niet wil laten merken dat Hij er is. Hier was de goddelijke vingerafdruk overduidelijk zichtbaar, en Hij deed er zelfs nog een schepje bovenop.

'Neger?' vroeg Koch, toen ik hem over ons uitstapje vertelde. 'Neger? De waard, van dat restaurantje, een paar meter van de grens?'

'Ja. Ken je die?' vroeg ik.

'Ja, die ken ik. En die vrouw op dat erf, die jullie heeft uitgescholden, die ken ik ook. Dat is de moeder van Brigitte.'

'Welke Brigitte?'

'Mijn Brigitte. Brigitte Horvath.' De vrouw met wie hij toen iets had.

Gekker moest het niet worden.

Zeven

Het geluid klonk als een schot. Meteen daarna begon de auto te slingeren, er rammelde iets. Ik remde en botste tegen de betonnen rand aan de zijkant van de weg.
'Verdomme!'
Ik stapte uit. Lekke band. Je zult altijd zien dat dat nu gebeurt, dacht ik. De wichelroedeloper had er maar één dag aan willen besteden. We reden een heel eind bij Wenen vandaan en zagen een witte bus, maar het was een gewone schoolbus, die doorgaans in een ander dorpje rondreed. Het was allemaal maar verwarrend, en dat terwijl ik me er zoveel van had voorgesteld. Ik had nog nooit een wichelroede-expert tot mijn beschikking gehad.
'Ik ben radiësthesist,' had hij aan de telefoon gezegd. Inmiddels vroeg ik aan iedereen wat ze van plan waren, om te voorkomen dat ik zou worden meegesleept naar het zoveelste meertje waar ik in de modder kon gaan staan graven. Hij heeft vast een goede opleiding gehad, dacht ik. Ik had een uur met hem zitten bellen, en hij had me alles over radiësthesie verteld. Dat de roede altijd van het hout van een wilg of een hazelaar moet zijn, het liefst in de vorm van een katapult. Dat er in de tijd van Mozes al aan wichelroedelopen werd gedaan, dat

die al met een stok tegen een steen had geslagen en dat die stok in een slang was veranderd. Dat er vroeger vooral naar goud of steenkool werd gezocht en pas in de afgelopen decennia ook naar verdwenen voorwerpen. En dat een zekere Jacques Aymar door de bewegingen van zijn roede in de zeventiende eeuw voor het eerst misdadigers wist op te sporen. Het zal allemaal wel, dacht ik.

Het toverhoutje is een ongedempte klankkast, had hij uitgelegd, waarvan de frequentie overeenkomt met die van aardstralen. Is er sprake van een vondst, dan slaat de roede boven de zogenaamde stralingszone heftiger uit. Nou ja, had ik gezegd, we kunnen het proberen.

En nu stond ik daar dan, in een berm ergens in Niederösterreich, met een lekke band, en keek toe hoe hij de band verwisselde. Met de wichelroede was hij een stuk handiger.

Het duurde een tijd voordat we weer verder konden rijden. Ik bracht de helderziende naar huis, hij wuifde me uit met zijn wichelroede. Ik schrok heel even omdat ik zoiets inmiddels normaal vond. Ik zwaaide terug en reed naar huis.

Hopelijk gaat het nu in Passau wel goed, dacht ik onderweg. Nog zo'n ontgoocheling en ze zouden me kunnen opvegen. Maar de brief van de vrouw uit Slovenië klonk veelbelovend. Natascha was volgens haar door iemand met donker haar ontvoerd, en dat had tot nu toe niemand gezien. En de tekening van de man die ze had bijgevoegd, die kwam aardig overheen met het spookbeeld uit *Aktenzeichen XY ungelöst*. Het was de eerste concrete aanwijzing in maanden. Ergens stroomopwaarts aan de Donau zat hij, beweerde ze, bij Passau.

Mijn mobieltje ging. In eerste instantie reageerde ik niet, want het toestel was nieuw en had een onbekende ringtoon. Het duurde even voordat ik het uit mijn tas had gevist. Op het display stond: KAPPER.

'Hallo, stoor ik? Even kort: ik heb twaalf lui opgetrommeld, uit Meidling en overal vandaan, en die gaan allemaal mee naar Passau. Goed? Nee, niks zeggen. We vertrekken morgen om acht uur, hier bij de zaak.'

Goed. Ik zei niets meer. Twaalf mensen, wildvreemden, en Passau lag ook niet om de hoek. De tranen stroomden vrijelijk over mijn wangen.

Je zult zien dat de helft niet komt opdagen, dacht ik op de weg naar de kapperszaak, in de drukke Weense spits. Ik was op tijd vertrokken. Wijk zeven, daar stond 's morgens altijd de grootste file. Door al dat wachten ging ik zitten piekeren. De laatste tijd hadden we nergens resultaten mee geboekt, de teleurstellingen volgden elkaar op. En ook met de kapster had ik al een keer pech gehad. Een klant had haar over de Kreuzerlwiese verteld, en daardoor was ze ervan overtuigd geraakt dat Natascha daar was begraven. Weer zo'n vijvertip. Weer niets. Overwinning, had Tina gezegd, de zeven staat voor overwinning, je bent een zeven, je moet alleen een beetje geduld hebben. Geduld. Mijn kind zat ergens opgesloten. Ik sloeg een zijstraatje in en kon opeens doorrijden. Mijn stemming sloeg om. Dat gebeurde de laatste tijd wel vaker. Hoop. Vertwijfeling. Overwinning. Wijk zeven. Misschien hoefde ik niet zo heel veel geduld meer te hebben.

Ik bleef voor de kapperszaak staan. Een parkeerplaats, vlak voor de ingang. Ik liep naar binnen. Ze waren er alle twaalf. Ik werd begroet, ik bedankte iedereen, al kon ik niet veel uitbrengen, en daarna verdeelden we ons over de auto's. De volgende etappe van mijn odyssee kon beginnen. Wenen-Passau. 285 kilometer. Twee uur en drieënveertig minuten.

Eentje van ons groepje wist de weg in Passau. Hij zat in een van de achterste auto's. Nadat we de snelweg hadden verlaten, stapte hij over in de mijne. De plek die in de Sloveense brief was beschreven, moest ergens aan de rand van de stad liggen. Een opvallend dakraam, ergens aan een vierkante binnenplaats. Eengezinswoningen, tuinen, dat klonk als een rustige buitenwijk.

'Passau is een bijzonder fraaie stad,' vertelde mijn bijrijder lyrisch, 'een oude bisschopszetel. De dom uit de barok is de moeite van het bekijken waard, het hele centrum is dat. Maar daar hoeven we nu niet heen.'

'Misschien wel, als we hier dat dakraam niet vinden,' zei ik, al hoopte ik op het tegendeel.

'Hou hier maar links aan, anders belanden we bij de Marienbrücke over de Inn en in het centrum.' Hij vertelde dat zijn vroegere schoonzus met iemand uit deze buurt getrouwd was en dat hij daarom de weg wist. 'Ja, nu weet ik het weer, laten we eerst hier maar eens een kijkje nemen.'

We reden overal langs. We keken rond totdat onze ogen er pijn van deden. Er was altijd wel iets wat afweek van de beschrijvingen in de brief van de Sloveense. Soms leken de huizen precies op de schetsjes die ze had bijgevoegd, en de binnenplaatsen ook, maar dan waren er weer geen ramen. We gingen verder. We draaien steeds kleinere rondjes. Langzaam werd het avond.

'Daar!' riep mijn gids, en hij wees naar een restaurant. 'Daar is het raam!'

Het klopte allemaal. Het huis, de binnenplaats, elk detail, de kleur, de vorm, de verhoudingen. Dit dakraam met luiken, daarnaar hadden we gezocht.

'Onvoorstelbaar,' mompelde mijn gids. 'Dat is niet te geloven.'

Hij had niet dezelfde ervaringen als ik. Je rijdt met slechts een tekening op zak naar een vreemde stad in Duitsland om naar een dakraam te zoeken. Om naar luchtkokers te speuren. Mijn groepje helpers was meegegaan om me bij te staan. Of ze echt in wonderen geloofden, kon me niet zoveel schelen. Dit was mijn enige kans. En nu was ik er zeker van dat we vlak voor een doorbraak stonden. Dat Natascha hier was. Ergens achter dit raam.

Onze reisgezelschap werd in schemer gehuld. Er stak een zacht briesje op. Een vrouw gaf me een hoofddoekje aan. 'Doe dat maar om,' zei ze, 'dan wordt u niet herkend.'

Ik knikte slechts bij wijze van dank. 'We moeten naar binnen gaan,' zei ik tegen het groepje, 'op de achterste binnenplaats, in het volgende huis, daar zit Natascha.'

We gingen op pad, ik voorop. Klaar om mijn kind te bevrijden. Alle stukjes vielen op hun plaats. Alleen deze binnenplaats nog.
'Wat doet u daar?' Het Beierse accent was onmiskenbaar.
'We zoeken iemand.'
'Nou, wie dan?'
Ik gaf geen antwoord, wilde gewoon doorlopen.
'Zeg, dat gaat zomaar niet, dit is privéterrein.'
'U begrijpt niet wat...'
'Nee, u begrijpt mij niet. Ik wil dat u nu weggaat, met uw...' Hij keek onderzoekend naar het groepje om me heen. 'Anders bel ik de politie.'
'Dat kunt u rustig doen,' zei ik. 'Laat ze maar komen.' Ik was er zeker van dat Natascha hier werd vastgehouden, ik wist het gewoon.
De man pakte zijn mobieltje en toetste een nummer in. Mijn bijrijder pakte me bij mijn arm. Ik wilde hem afschudden. 'Kom maar,' zei hij bijna zacht, 'laten we maar doen wat hij zegt, anders arresteren ze ons nog.'
Hij bracht me naar de auto. Ik liep mee, als in een waas. Hij pakte mijn sleutel, zette me op de passagiersstoel neer en zei zacht: 'Natascha is hier niet. We gaan naar huis.'
Ik deed mijn ogen dicht.

Tijdens de rit bewoog ik geen enkele keer. Ik zweeg, ik volgde de witte strepen op het wegdek met mijn blik totdat mijn ogen pijn deden. Ik deed ze weer dicht. Ogenschijnlijk was ik heel erg afwezig, maar binnen in me was een wereld aan het instorten. Alles liep door elkaar, schoot alle kanten op, kwam op me af, dreigde me te vermorzelen. Ik kon er niets tegen beginnen. Ik zag het dakraam, kon erdoorheen kijken. Ik zag Natascha in een wit bestelbusje, in een schacht. Ik wilde dat allemaal niet meer zien, maar ik was niet sterk genoeg om mijn ogen te openen. De koplampen van de auto's die ons inhaalden, schenen door mijn oogleden heen. In hun schaduw zag ik donkere auto's de andere kant op rijden. In elk ervan zat Natascha. Céline Dion zong. 'My Heart Will Go On.' Een liedje dat me aan Natascha deed denken. De muziek veranderde in ondraaglijke dissonante klanken. De donkere auto's omsingelden me. In elk ervan zat Natascha. Ik gaf me over aan de waanzin.

Iemand schudde me door elkaar. 'We zijn er, mevrouw Sirny,' zei mijn chauffeur. 'U bent thuis. Moet ik even mee naar boven lopen?'

Hij deed de buitendeur open, drukte op het knopje van de lift, maakte de deur van mijn flat open en gaf me de sleutel aan. 'Redt u het verder?'

'Ja, bedankt voor alles,' wist ik uit te brengen. Misschien klonk het kalm. Hij nam afscheid.

De donkere auto liet me niet meer los. Ik wist niet meer waar die vandaan was gekomen. Had iemand hem gezien? Had er iemand gebeld? Hij was op weg naar Passau. Met Natascha. Dat was geen verbeelding, dat was echt.

Ik stortte me op de telefoon en belde Inlichtingen. Grenspolitie. Passau. Het meisje begreep eerst niet wat ik bedoelde en gaf me drie nummers, voor de zekerheid. Ik belde het eerste en kreeg een bandje. Het tweede was van de grenspolitie. Een donkere auto, zei ik, die is op weg naar Passau, en Natascha Kampusch zit erin. Houdt u die auto tegen, houdt u alle donkere auto's tegen. Ik hoorde iemand iets antwoorden maar praatte verder, over mijn dochter. U moet mijn dochter uit die auto halen.

Ik liet me op de bank vallen, de hoorn gleed uit mijn hand, en ik hoestte alsof ik net heel hard had gerend. Mijn mobieltje ging. Ik was meteen klaarwakker. 'Ja?' riep ik.

'Recherche.'

'Ja.'

'Mevrouw Sirny, wat bent u aan doen?'

'Wat?'

'We zijn gebeld door collega's aan de grens. Ze zeggen dat u helemaal van de kaart bent. Wat is dat voor verhaal over een donkere auto?'

'Natascha.'
'Die zit niet in een donkere auto, mevrouw Sirny. Houdt u daar toch mee op.'
'Passau.'
'Nee! Laat het speuren nou aan ons over. Bemoeit u zich er niet mee.'
Ik hing op.
Belde weer met Inlichtingen. Vroeg naar het nummer van een benzinestation in Passau. Weer kreeg ik meerdere nummers. Ik vergiste me bij het intoetsen. Probeerde het nog een keer. Een mannenstem.
'U moet op alle donkere auto's letten. Er zit een meisje in. Natascha. Natascha Kampusch. Ze is ontvoerd. Helpt u me. Help me toch!'
Tuut-tuut-tuut-tuut-tuut.

'Mevrouw Sirny, u moet sterk zijn.' De politieman van het team-Fleischhacker van de Weense recherche sprak op kalme, maar indringende toon. Hij had een hand op mijn schouder gelegd. 'We weten dat het niet zo goed met u gaat, en het zal nog moeilijker worden, maar het is niet anders.'
Ik had geen idee waar hij het over had.
'We hebben een paar videobanden in beslag genomen. Scènes met kinderen, u weet wel wat ik bedoel.'
Dat wist ik niet.
'Vreselijke taferelen, kinderporno. Wanneer het u te veel wordt, kunnen we elk moment ophouden.'
Hij zette de tv aan en drukte op PLAY. Er was geen inleiding, ik viel meteen in de gruwelijkheden. Een kind lag op een bed. Als het niet geboeid was geweest, had je nog kunnen denken dat het lag te slapen. Toen viel de onnatuurlijke houding op. En het gezicht. Dat leek in eerste instantie op dat van Natascha, en toen ik de overeenkomsten zag, leek het alsof de grond onder me werd weggeslagen.

'Is ze het?'

Ik schudde mijn hoofd. Hij spoelde de band door. Toen haalde hij iets uit de la van zijn bureau en liet het me zien. Het was een oorbel.

'Komt deze u bekend voor?'

Ik draaide hem tussen mijn vingers in het rond. 'Nee, die heb ik nog nooit gezien.' Ik balde mijn vuist rond het kleine sieraad, alsof het een reddingsboei was. De rechercheur gaf me even de tijd om op adem te komen.

Hij onderbrak het doorspoelen van de band. 'Nog ééntje, mevrouw Sirny, dan zijn we klaar.' Hij wierp me een zijdelingse blik toe. 'Moet ik een dokter voor u halen?'

'Nee, het gaat wel.'

De band ging weer verder. Die eerste scène bleek niet de ergste te zijn geweest. Er verscheen een meisje in beeld, de ledematen waren van haar romp gehakt.

'Mevrouw Sirny.'

'Mevrouw Sirny?'

'Ze is het niet.' Ik had amper mijn lippen bewogen, de man wachtte nog steeds op mijn reactie. Hij las mijn antwoord in mijn blik.

'Moet iemand u naar huis brengen?' vroeg hij. 'U kunt nu beter niet autorijden.'

Ik stond gewoon op en liep het bureau uit.

Het voelde alsof ik verdoofd was. De trap af, het trottoir op, naar mijn auto. Mensen slenterden voorbij, ik liep tussen hen door alsof ik door een onzichtbare tunnel liep. Het was alsof er een afgietsel van mezelf door deze stad liep. Ik startte mijn auto, voegde me tussen het overige verkeer, het ging allemaal vanzelf. Ik zag alleen mezelf op straat. Een verkeerslicht sprong op rood. Mijn auto bleef staan, had ik soms geremd? Ik was het, zei een stem in mijn binnenste, ik doe dat wel. Heb jij het ook gezien, vroeg ik. Ja, zei mijn andere ik. Wie doet er nu zoiets? Mensen, zei de andere stem.

Ik was weer aan het werk gegaan. De dagen duurden te lang om ze alleen maar uit te zitten, en door mijn mobieltje kon ik gaan en staan waar ik wilde. Waar ik wilde. Alsof ik nog wist wat ik wilde.

Ik reed mijn oude rondjes voor Tafeltje-Dek-Je. Haalde de maaltijden op in de Böcklinstraße, reed mijn kilometers. Net als vroeger. Alles was hetzelfde, behalve ik. Onderweg dacht ik vooral na over de dagelijkse dingen in mijn lege leven. Had ik nog genoeg eten voor de katten? Had mijn moeder nog iets nodig? Had ik de kleinkinderen nog iets beloofd? Zodra ik over de drempel van een huis stapte waar ik een maaltijd moest bezorgen, was het alsof er een knop in mijn hoofd werd omgedraaid. De moedersleutel, die alle medewerkers hebben om bedlegerigen te kunnen helpen en waarmee je toegang tot alle panden met een intercom kunt krijgen, werd de sleutel tot Natascha. Achter elke deur kon ze zitten. Ik hoorde kinderstemmen, soms heel zacht. Ik zag schoenen voor deuren staan, halfhoge zwarte schoenen. Soms ging Sabina met me mee. De dingen die mij opvielen, hoorde ze niet eens. Ze trok me mee wanneer ik ergens wilde aanbellen. Ergens waar een kind huilde.

De dagen waren eentonig. Belaagd door het onvoorstelbare, maar eentonig. De nachten waren kort. Ik sliep nog steeds hoogstens anderhalf uur achter elkaar, en dat waren geen verkwikkende uren. Ik droomde. Natascha lag op een bed. Als ze niet geboeid was geweest, had je nog kunnen denken dat ze lag te slapen. Pas toen viel haar onnatuurlijke houding op. En haar gezicht. Dat had ze niet. Ik schrok op, zat rechtop in bed, bezweet. Ik durfde niet meer te gaan slapen. Wanneer ik op mijn rug lag, kreeg ik geen lucht, en wanneer ik op mijn zij lag, kon ik mezelf niet beschermen tegen de onzichtbare gevaren die me bedreigden. Ik staarde voor me uit in het donker, en wanneer ik mijn ogen sloot, ging de film verder waar de nachtmerrie was geëindigd. Ik verlangde naar de ochtend, en 's ochtends verlangde ik naar de avond.

Ergens in die periode kreeg een helderziende uit Niederösterreich een visioen. Ik zie een witte stad, liet ze me weten, een plaats waar alles wit is. Athene, dacht ik meteen. Maar ik kon nu niet naar Athene gaan.

'Heb je zin om met mij en Michelle en René naar Ibiza te gaan, mama?' Sabina en Jürgen waren inmiddels uit elkaar, maar de vakantie was al geboekt.

Op Ibiza zijn de huizen ook wit. 'Ja,' zei ik, 'maar geen twee weken. Twee weken zijn te lang. Als er dan iets gebeurt, ben ik er niet, en dat kan niet. Ik ga mee, maar hoogstens een week.'

'Veel plezier,' zei de stewardess. Haar glimlach bleef hetzelfde, hield geen enkel verband met wat ze ons zo-even had gewenst.

Ze had me met mijn naam aangesproken toen ze me het dienblad met eten had aangegeven: kip met pasta in pastelkleuren en chocolademousse gegarneerd met een onnatuurlijke rode, kleverige halve kers. Misschien had ze op de passagierslijst gezien wie ik was, misschien was ik gewoon 15F voor haar. Een vrouw die zich achter een zonnebril had verstopt, zonder het humeur dat bij een party-eiland paste. Dat had ik inderdaad niet.

Na de airco in het vliegtuig was de hitte een klap in ons gezicht. Sabina en de kinderen liepen voor me uit. Het meisje voor hen lachte, haar vriend omhelsde haar, gaf haar een zoen, ze zagen er allebei gelukkig uit.

Een bus stond op ons te wachten, en we waren bijna de laatsten die instapten. Ik ging bij het raampje zitten. Het landschap trok aan me voorbij, soms leek het scheef te hangen, afhankelijk van naar welke kant de bus overhelde. De schommelende bewegingen maakten me slaperig. Ben je hier ergens, vroeg ik aan Natascha. De bus hield halt voor het hotel.

'Het strand van Figueretas,' zei Sabina. 'Die naam beviel ons wel.' Meer zei ze niet en ik vroeg er ook niet naar. We waren op onze eigen manier allemaal alleen.

Sabina opende de balkondeur, het gordijn bolde op in het warme briesje, en door de dunne witte stof heen zag ik de palmen, het zwembad en het strand. Vanaf hier moesten ze de foto's voor de brochure hebben gemaakt.

Sabina liep naar buiten. 'Kijk eens, daar beneden zijn nog ligstoelen vrij.' Ze draaide zich naar me om. 'Kom.' Ze gebaarde dat ik op het balkon moest komen.

Ik deed net alsof ik het druk had met mijn koffer. 'Straks,' zei ik. Ze hoefde niet alles te weten.

We hielden iets wat op vakantie leek. Die indruk zullen de andere gasten in elk geval hebben gekregen. We vielen niet op. De kinderen speelden in het water. We dronken koffie aan de bar bij het zwembad. We maakten wandelingen langs het strand. Eén keer namen we deel aan een excursie. Op woensdag, naar de hippiemarkt. Sabina hoefde niet haar hele vakantie aan te passen, ze had hem immers verdiend. We kochten souvenirs voor de andere kinderen. Ik vond een klein Mariabeeldje voor Natascha. Ik zocht naar witte huizen en liet niet merken hoe onrustig ik was. Weer hoorde ik de stem van mijn moeder: anderen hoeven niet te weten wat er in je omgaat.

Dat wist ik zelf niet eens. Tegen de avond werd het gevoel sterker. De hotelidylle verstoorde mijn kunstmatig geschapen evenwicht. Ongelooflijke hoeveelheden bougainvillea lichtten paarsrood op, in de schemering leken de kleuren meer verzadigd. Gitaarmuziek werkte me op de zenuwen, het ritme van de samba klonk opdringerig. Dansende mensen, lachende gezichten, probleemloze leventjes. Vreselijk, wilde ik hardop zeggen, maar dat zou niemand hebben begrepen.

We gingen naar Ibiza-stad. Tien minuten lopen. De lucht was aangenaam fris, de huizen werden witter. We liepen langs de eerste cafés, ik keek naar binnen, de kinderen dansten om ons heen. Mensen stonden drie rijen dik aan de bar, rond tafeltjes op de terrassen, hadden drankjes met parasolletjes en rietjes in hun handen. Geen omgeving voor een meisje van Natascha's leeftijd, maar toch zag ik haar in elk gezicht.

We liepen in de richting van de haven. Mannen met donkere ogen en witte colbertjes bekeken ons in het voorbijgaan aandachtig. '*Hola,*' zei er eentje, en hij keek Sabina met een blik voor boven de achttien aan.

'Mama, ik ga met de kinderen terug naar het hotel,' zei ze. Michelle en René hadden niet bij het kindermeisje in het hotel willen blijven; ze was wel aardig, maar sprak alleen Engels.

'Dat is goed,' zei ik, 'dan wandel ik in mijn eentje nog een stukje verder.'

Ik liep een kroeg in die niet zo overvol was en ging aan een tafeltje bij de muur zitten. Vlakbij zaten vier mannen, een van hen schudde een spel kaarten. Ik bestelde een glas mineraalwater, waarop de ober me aankeek alsof ik hem persoonlijk had beledigd. Een live orkestje speelde een Cubaans deuntje. Een zangeres van rond de vijftig kondigde het volgende nummer aan. *Lagrimas negras*. Ze vertaalde het met *black tears*, zwarte tranen. Tijdens het refrein kroop haar met pailletten bestikte jurkje langs haar bovenbenen omhoog. Iemand stak een sigaret op, op een tafeltje naast hem stond een lege fles whisky, omringd door rook. 'Jack,' zei een vrouw achter me liefdevol, 'net als in Panama, vind je niet?'

Ze hadden allemaal hun herinneringen. Ik had geen herinneringen aan Panama. Ik nipte aan mijn mineraalwater en keek om me heen. Aan het tafeltje van de kaartspelers was het rustig, ze hadden eerder hun drankjes gekregen.

Ik zag de hartenheer. De speler die met zijn gezicht naar me toe zat, keek aandachtig naar zijn kaarten en legde de hartenheer op tafel. Naast zijn linkeroog zat een litteken dat zijn wenkbrauw in tweeën deelde. Langzaam verscheen er een grijns rond zijn lippen, er blonk een gouden tand. De andere drie gooiden ook hun kaarten op tafel. Hij wendde zijn blik niet één keer van zijn medespelers af, niet toen hij de kaarten schudde, achteroverleunde in zijn stoel, zijn hand ophief en met zijn vingers knipte om de ober te wenken en op de lege tequilaglazen wees. Hij draaide de stapel kaarten om in zijn handen, legde ze neer, pakte ze weer op, spreidde ze in een halve cirkel voor zich uit, pakte er twee keer twee uit het midden en zette die schuin tegen elkaar aan op de tafel. De tequila werd geserveerd. Hij pakte zijn glas, dronk het leeg en smeet het op de grond, waar het in duizenden stukjes uiteenspatte. Hij trok weer een kaart, legde die dwars op de vier andere, liet heel voorzichtig los, zette er een spits op en keek naar zijn werk. Zijn tegenspeler sloeg met zijn vuist op tafel en de toren stortte in. Door de val van de toren worden illusies verstoord, en in de kaart met de ster ziet de reiziger het doel van zijn reis. Een van de kaarten viel fladderend op de grond en bleef met de voorkant naar boven liggen. Schoppen zeven. Zeven is een heilig getal, dat staat voor overwinning. Een spel bestaat uit tweeënvijftig kaarten, en als je vijf en twee bij elkaar optelt, krijg je zeven. Voor de bar stonden zeven krukken. In een klein houten doosje voor me op tafel lagen visitekaartjes met het adres van de kroeg, en het telefoonnummer eindigde op twee zevens. Ik stond op en liep naar buiten.

Een groepje jongeren waggelde me tegemoet, perste zich langs me heen, raakte me even aan. Eentje greep me bij mijn arm en wilde me meetrekken. Ik maakte me van hem los, en hij lachte en floot me na. De volgende kroeg opende zijn muil. Ik viel erin. Op een klein podium stond een Japanner met een rood gezicht 'My Way' te zingen. *And now the end is neal, and so I face the final cultain, my fliend...* Hij leek in de microfoon te willen bijten. Een knalgroen bolletje danste boven de tekstregels op het beeldscherm op en neer. Een roedel Duitsers trakteerde hem op boe-geroep. Een niet meer zo heel jonge vrouw klom op tafel en friemelde aan de sluiting van haar beha; de rest van haar kleren had ze al uitgetrokken. De Duitsers joelden.

Ik kwam bij de haven aan. Overal witte huizen, in het wit geklede mensen, witte boten met witte zeilen en witte vaantjes. Op een ervan stond Destiny II.

Bars, discotheken, bars, bars, discotheken, bars. Ik liep overal naar binnen, keek naar alle kleine meisjes. Naar iedere serveerster, naar iedere danseres. Sommigen hadden de goede kleur haar, anderen het juiste figuur, lengte, gebaren. Maar bij niemand kwam alles overeen. Een man doemde voor me op. 'Sjurmanie?' vroeg hij.

Ik liep door. Een paar huizen, de volgende kroeg. Een interieur dat door het licht van de stroboscoop in stukken werd gehakt. Gezichten doken op in het verblindende licht. Techno beukte tegen mijn longen. Ik had nog nooit van mijn leven zo'n drom mensen om me heen gehad. Een lichaam kronkelde zich om een paal. Ik baande me een weg naar de dansvloer, door de bespottelijke drukte heen. Schokkende lijven duwden me voort. Iemand greep me bij mijn T-shirt en riep iets. Ik gebaarde dat ik er niets van kon verstaan. Mensen met metaal door hun lippen, hun oren en hun neus. Mannen in vrouwenkleding. Vrouwen met helemaal geen kleding. Tieners met weggedraaide ogen waarvan alleen nog het wit te zien was. Een oudere man legde bij een jong meisje een roze pil op haar tong. In de gang naar de toiletten hing een zoet geurende damp. Ik drong me in de richting van het damestoilet. Uit één hokje kwamen twee mannen tevoorschijn, hun bovenlip vol wit poeder. Een vrouw stond bij de wastafel, ze had een bloedneus. Een van de beide mannen greep haar van achteren onder haar topje, en ze draaide zich om en gaf hem een kus. Haar bloed droop van zijn kin. De ander gaf hem een klap op zijn schouder, schreeuwde hem iets in zijn oor, knikte in de richting van de dansvloer. Het was net een startschot. De massa golfde naar voren. Ik drukte me tegen de muur. Ze trokken allemaal aan me voorbij. Ergens in het midden een fontein van schuim. Wit schuim.

Alleen maar zeepbellen.

Salida, uitgang.

Hou nu toch eens op, zei de stem in mijn binnenste. Dat kan ik niet, luidde mijn verweer. Denk eens aan Passau, denk aan Ibiza, dakramen, witte huizen, weet je nog? Ja, nou en, mijn kind wordt vermist, dan doe je nu eenmaal alles, dan ga je elk spoor na, ook al blijkt het bedrog. Hou toch je mond, het is jouw dochter niet. Maar als jij zo doorgaat, zal ze binnenkort ook geen moeder meer hebben. Ik ga net zo lang door totdat ik haar heb gevonden. Onder dat hertengewei, dat een van je helderzienden in haar glazen bol heeft gezien? Dat klonk heel logisch, iemand kan Natascha best in een jachthut hebben verstopt, met zo'n gewei boven de deur, zo heeft ze het gezien. Aha, een gewei, in een jachthut, in Oostenrijk, daar heb je echt wat aan. Ik ben alleen maar even bij een paar gaan kijken. Het waren er meer dan een paar, ik ben er toch elke keer bij geweest, ook toen met de pendelaars en die rare vlammenwerper. Die heeft alleen maar wat met kaarsen gedaan, daar heb ik verder helemaal geen aandacht aan geschonken. Ja, maar dat was alleen maar omdat hij echt geen aanknopingspunt had, trillingen, kosmische straling, esoterische lulkoek; als hij met dat hertengewei op de proppen was gekomen, dan hadden we al eerder in Tirol gezeten.

'Tirol? Brigitta, toe nou,' zei Tina. Sinds mijn terugkeer uit Ibiza hadden we elkaar alleen telefonisch gesproken, maar nu zaten we bij haar thuis en ging het helemaal niet goed. Ik was met positief nieuws gekomen. Nederlanders die me hadden gebeld en moed hadden gegeven. Onderzoekers van het bovennatuurlijke die alles wetenschappelijk benaderden en in Innsbruck wilden afspreken.

Tina wilde er niets van weten. 'Hou nu toch eens op,' zei ze nog voordat ik was uitgesproken, 'dat leidt toch helemaal nergens toe...'

'Wel waar!' onderbrak ik haar. 'Ze komen helemaal uit Amsterdam, ze hebben gezegd dat ze me kunnen helpen.'

'Dat zeggen ze allemaal.'

'Maar het zijn parapsychologen.'

'Dat betekent niet dat ze de wijsheid in pacht hebben.'

'Tina, neem me niet kwalijk, maar aan jouw getallen heb ik net zo weinig gehad als aan de aanwijzingen van anderen. En ze komen helemaal voor me uit het buitenland. We hebben in Kufstein afgesproken.'

'Doe het niet,' zei ze smekend.

'Maak je geen zorgen, Tina,' zei ik. 'Een reiziger moet je niet tegenhouden.'

Acht

Weer een ruk, toen een draai naar links. Ik werd opgetild, weer zachtjes neergezet. Ik had de grond nog niet aangeraakt of we dansten alweer de andere kant op, ik werd in veiligheid gewiegd, er werd geremd en ik tolde rond mijn as. Een keer, twee keer, mijn hoofd bleef op zijn plaats maar mijn lichaam maakte een pirouette, ik draaide bliksemsnel rond. Ik zweefde, ik hing heel even in de lucht, het was bijna alsof ik was vergeten en de zwaartekracht er niet langer toe deed. Maar we hielden ons aan de choreografie en kwamen weer neer. Pas toen we dwars naar beneden gleden, werd de dans minder soepel. De auto gleed door de bosjes en knalde tegen de bomen.

Ik zat klem tussen de voorstoel en de achterbank. De auto hing bijna verticaal langs de helling naar beneden, tegengehouden door twee boomstammen bij de radiator en de kofferbak, waarvan de klep was afgerukt. De achterruit was gebarsten, er stak een tak dwars de auto in die Markus bij zijn slaap had geraakt. Het bloed liep in zijn ogen. Op de passagiersstoel zat Claudia, zo te zien niet gewond. Markus begon te huilen. We hadden net achterin zitten dutten toen de auto in een slip was geraakt. Het ballet was voorbij. Nu was het een verkeersongeluk met gewonden, zo stond het in het proces-verbaal.

Ik wilde bewegen en vergat dat meteen weer. Waarom leef ik nog, dacht ik.

'Snel, help mama,' hoorde ik Claudia roepen. 'De auto is in brand gevlogen.'

Ik wist niet wat boven en onder was.

'Er is hulp onderweg,' zei iemand.

Dat zal wel goed zijn, dacht ik.

'Daar kunnen we niet op wachten,' zei iemand anders, 'we moeten hen er zelf uit halen.'

Inderdaad, dacht ik, de Nederlanders wachten op me, ik moet zo snel mogelijk naar Kufstein.

'Pas op, misschien heeft ze inwendig letsel of is er iets mis met haar ruggengraat.'

Ergens knapte een tak, de auto gleed een paar centimeter verder richting de afgrond. Ze tilden me uit de wagen. De bodem was helemaal scheef. Onder me was de vrije val.

'Heb je haar?'

Nee, wilde ik roepen, dat zou ik toch moeten voelen.

'Nog een paar meter.'

Heb ik het gas wel uitgedraaid, dacht ik opeens.

'Daar komt de ambulance, geloof ik.'

De kaart met de wagen staat voor het verlangen bekend terrein te verlaten en op zoek te gaan naar nieuwe dingen.

'Wie zorgt er voor het kind?'

Natascha?

'Is al geregeld. En die man met die schaafwond wordt ook opgevangen.'

Goed, dan kunnen we doorrijden.

'Hoort u me?'

Natuurlijk hoor ik u, dacht ik.

'Ziet u dat lampje? Kunt u het met uw ogen volgen?'

Ik volgde het lampje met mijn ogen.

'Ze reageert niet.'

Ze denken dat ik dood ben. Misschien is dat ook wel zo.
'Laten we meteen een infuus aanleggen.'
Ik neem nooit medicijnen.
'Ik knip nu uw spijkerbroek open.'
Nee, die is net nieuw.
'Voelt u dat?'
Wat?
'Dat ziet er niet best uit.'
Wat bedoelt hij?
'Ze moet meteen naar het ziekenhuis.'
Naar Kufstein!
'Nee, we hebben speciaal vervoer nodig, geef maar door.'
Aan wie dan?
'Dat duurt nog een uur, stabiliseer haar eerst maar. Ga alvast maar vooruit.'
Laat me alleen niet met hem.
'Ze is misschien vanaf haar middel...'
Opeens konden die Nederlanders me helemaal niets meer schelen.

Negen

Het lot had me tegengehouden. Wat Tina en mijn innerlijke stem niet voor elkaar hadden gekregen, was een hogere macht wel gelukt. Ik was een bezetene geweest, had voortdurend buiten de werkelijkheid gestaan, ergens tussen manie en zenuwinzinking. De enige manier om me tot stilstand te dwingen, was me lamleggen. De reis van de held was ten einde.

Nu lag ik in het ziekenhuis van Kufstein en kon me niet bewegen. Vanaf haar middel... hoorde ik nog steeds in mijn oor. Ik wist wat ze daarmee bedoelden. Gek genoeg dacht ik er niet te veel over na, en ik kon al helemaal niet bevatten wat het zou kunnen betekenen. Als de eerstehulparts had gezegd dat ik roodvonk had, had ik net zo gereageerd. Dat is ook erg als je dat als volwassene oploopt. Nu had ik gewoon niet het gevoel dat er iets heel ergs was gebeurd. Althans niet iets wat betrekking had op mijn gezondheid. Op een bepaalde manier was ik gedwongen geweest mijn odyssee door de schaduwwereld te staken, zoveel had ik instinctief wel begrepen.

De kamer was licht, maar niet bijzonder gezellig. Behalve een bed, een afzichtelijk tafeltje met twee stoelen en een antiseptisch plaatje aan de muur was er niets waarop je blik lang kon blijven rusten. Geen tv, geen radio, geen telefoon. Typische ziekenhuischarme, opdat je niet vergeet dat je ziek bent.

De deur ging open en er kwam een witte jas binnen. 'Goedemorgen, mevrouw Sirny,' zei de hoofdarts. 'Hoe voelt u zich?'

'Ik heb me wel eens beter gevoeld,' antwoordde ik.

'U zult weer snel opknappen,' sprak hij geruststellend. 'We hebben de uitslagen van de onderzoeken van gisteren binnen.'

Hij ging aan het voeteneinde staan, zette zijn metalen brilletje op en keek onbewogen voor zich uit. Met moeite haalde hij de röntgenfoto's uit een grote doos.

'Kijkt u maar eens,' zei hij, en hij wees op een melkwitte vlek waaraan mijn ruggengraat ontsproot. 'Kijk, de tweede lendenwervel is gebroken.'

'Ben ik nu...'

'Nee, nee, maakt u zich geen zorgen. Het is een fikse breuk, maar het komt allemaal goed. We lappen u wel weer op.' Hij zweeg heel even, wat op niets goeds kon duiden. 'Maar we moeten wel opereren. En daarvoor moeten we verdere onderzoeken doen.'

Hij zette zijn bril weer af en deed hem in zijn borstzak. 'Hebt u nog vragen?'

'Ja,' zei ik. 'Hoe is het met Markus?'

'Met zijn enkel gaat het goed. We hebben hem een nachtje ter observatie opgenomen; hij moest worden gehecht. Maar vandaag mag hij weer naar huis. Uw dochter is ongedeerd, en uw schoonzoon heeft een whiplash. Alles bij elkaar genomen hebt u behoorlijk veel geluk gehad. Meestal lopen dergelijke ongelukken veel slechter af.'

Hij wachtte op mijn toestemming, maar ik zei niets. Hoe kon ik het hem uitleggen?

Hij nam mijn zwijgen voor kennisgeving aan en draaide zich om. 'Ik stuur de verpleegkundige wel even.'

Hij liet de deur openstaan. Dat zie ik graag.

Ik had me het liefst even gewassen, in elk geval mijn gezicht. Onder het klaptafeltje links van me stond mijn handtas, daar zat mijn make-up in, en een borstel, alles op een armlengte afstand. Ik stak voorzichtig mijn hand uit. Dat ging best.

Een karretje op wielen werd naar binnen geschoven. Chroomkleurige sleutels, donkergroene plastic zakken, een bezemsteel, erachter een vrouw in een blauw-wit uniform die amper groter was dan het gevaarte dat ze voortduwde. Ze wenste me een goedemorgen, al geloofde ze dat duidelijk zelf niet, en begon op te ruimen.

'Kunt u me misschien mijn handtas aangeven?' vroeg ik.

Ze kwam naar me toe en bleef staan. 'Zeg, waarom liggen er eigenlijk blaadjes in uw bed?'

Op dat moment vergat ik mijn tweede lendenwervel. 'Misschien kunt u het even uit mijn haar halen, dan word ik niet overal vies,' zei ik tegen haar, en ik hees me aan het rekje boven het bed omhoog. 'Ik ben door het kreupelhout gesleept, maar niemand heeft de moeite genomen de takjes van mijn hoofd te plukken.' Ik zwaaide mijn benen het bed uit. 'En nu ga ik douchen.' Ik stond op en zakte in elkaar.

'Zuster! Dokter!' riep de schoonmaakster. Ze rende de kamer uit.

'O god, mama, wat is er gebeurd?' Claudia en Günter stormden naar binnen en hielpen me weer in bed.

'Laat me niet alleen,' zei ik smekend, 'ik hou het niet uit, ik wil me wassen, mijn haar kammen en dan terug naar Wenen.'

Günter greep de telefoon. Me zomaar in de auto zetten en van Kufstein naar huis rijden, dat ging niet, dat begreep zelfs ik. Ook wanneer we nog een auto hadden gehad. Mijn eerste gedachte was het Rode Kruis.

'Hoeveel?' Günters stem leek net een sirene. '42 000 schilling?' Hij keek ons aan alsof wij om dat bedrag vroegen. 'Bedankt,' zei hij zo beleefd als hij kon, en hij hing op.

Volgende poging. Samaritanerbund. Het ticket naar Wenen werd niet veel goedkoper. 29 000. Hij draaide het nummer van de ÖAMTC.

'Ja, ziekenvervoer vanuit Tirol... Gebroken wervel... Aha... dan bellen we nog wel.'

'Wat vragen die?' wilde Claudia weten.

'Nog altijd negenduizend.'

Negenduizend schilling, dacht ik, vanwege een stel Nederlanders. Maar het was te laat om mezelf iets te verwijten. Voor Natascha had ik al het geld ter wereld willen uitgeven.

In Günters broek ging een telefoon af, maar het was niet zijn ringtoon. 'Je mobieltje.' Hij wilde het aan me geven. 'Ik heb het gisteren meegenomen.'

Ik pakte het niet aan. 'Ik wil met niemand praten.'

Hij nam op. 'Met het toestel van Sirny.'

Een paar minuten lang luisterde hij, zei een paar keer ja, een paar keer nee, en toen stak hij me het toestel toe. 'Een journalist,' legde hij op zachte toon uit, 'hij heeft over het ongeluk gehoord en vraagt om een interview.'

Ik trok een lelijk gezicht.

'We zouden kunnen...' begon hij. 'Nee, stom idee.'

'Wat is er?' vroeg Claudia.

'Ik dacht alleen maar,' zei Günter, 'dat de krant ons misschien kan helpen. Die hebben toch die detective ingehuurd?'

'Pöchhacker,' zei ik. Soms ontging me helemaal niets. 'Als zij me naar Wenen brengen, dan praat ik met hem.'

Terwijl Günter met de man van de krant onderhandelde, kwam de hoofdarts weer binnen.

'Ik wil graag naar huis,' zei ik. Ik greep alweer naar het rekje.

De arts keek me onbewogen aan. Waarschijnlijk was hij het wel gewend dat patiënten hun gebreken niet wilden accepteren en gewoon verder wilden met hun leven. Alsof je gewoon op kon staan, de lendenwervels ter reparatie kon afgeven en ze na twee weken genezen en wel weer kon ophalen. Maar op een bepaald moment verdwijnt de opstandigheid en krijgt gehoorzaamheid de overhand. Oostenrijkers zijn erg gehoorzaam. Iemand heeft amper een uniform aangetrokken of zijn bevelen worden al opgevolgd. En wanneer dat uniform wit is en wordt gedragen door een halfgod met een scalpel tonen ze al helemaal geen verzet meer. Maar ik was anders.

'Kunt u misschien mijn ontslagpapieren tekenen,' zei ik. Het was geen vraag.

De arts begreep het. Zijn ogen werden heel even kleiner, alsof hij ze tot spleetjes kneep en me door een vizier aankeek. Toen hem duidelijk werd dat ik me niet onder zijn dak wilde laten opensnijden, trok hij zich beledigd in zichzelf terug. Stuk onbenul, leek hij achter zijn façade te denken, laat haar maar naar huis gaan, naar Wenen, naar de dure jongens, naar het Lorenz-Böhler-ziekenhuis of waar dan ook. Toen stond hij zonder iets te zeggen op en liep de kamer uit.

De ambulance was nieuw. De broeders legden me op een speciaal soort brancard, een luchtkussen dat me een centimeter of veertig boven de bodem van de auto liet zweven. Ik ben claustrofobisch, wilde ik zeggen, maar daar zou de auto niet hoger van zijn geworden. De nieuwe-autogeur was penetrant, ik verwachtte dat ik op zijn laatst vlak voor Salzburg misselijk zou worden.

Een van de broeders ging bij me achter in de wagen zitten. Erg spraakzaam was hij niet. Het kon me niet schelen. Ik lag doodstil, op het lichte schommelen van de ambulance na, en het luchtkussen ving alle oneffenheden in het wegdek op. De pijnstiller uit de infuus maakte me doezelig. Ik was op weg naar Wenen, over een paar uur...

Ik dommelde in. Zag wat er tegenwoordig op het witte doek van mijn gesloten oogleden werd vertoond. Tussen waanzin en inslapen zag ik soms een paar kalmerende taferelen. Een paar felle cirkels begonnen te dansen, warm licht, als van een klein vlammetje. Duizenden kaarsen flakkerden, als in een zachte windvlaag. Ik stelde mijn blik scherp. De lichtgrot in Mariazell, dacht ik, en ik spoelde mijn herinnering een paar banden terug. Toen Natascha drie was, hadden we de basiliek voor de eerste keer bezocht. Ze had met stralende ogen voor de kaarsen gestaan. Elke kaars staat voor een wens, had ik haar uitgelegd. Dat iemand weer gezond mag worden, dat iemand weer kan lachen, dat iemand niets akeligs overkomt of misschien wel alleen maar dat iemand een voldoende voor een examen mag halen. Ik wil er ook eentje aansteken, had ze gezegd, en ze had met haar kleine handjes naar een kaars gegrepen. Als je dat wilt, moet je betalen, had ik uitgelegd. Wensen zijn niet gratis.

De cirkels van licht veranderden in een caleidoscoop. Net als vroeger op tv. Een nieuwe film begon met een zachte kreet. De eerste keer dat ik de stem van Natascha had gehoord. Meteen daarna hadden ze haar in mijn armen gelegd. Een bundeltje dat bijna niets woog. Alleen haar gezichtje stak uit de witte, pluizige doek omhoog. Een volmaakt kunstwerk, een tikje gerimpeld, rood van het huilen en de inspanning die op de wereld komen nu eenmaal kost. Zodra ze mijn warmte voelde, werd ze stil. Ze sliep als een engeltje. Ik keek naar de fijne trekken, naar de bewegingen van haar gezichtje. Die waren amper te zien, en toch drukte het zoveel uit, was het onvoorstelbaar boeiend. Ik kon urenlang kijken naar haar bewegende mondje, haar opgetrokken wenkbrauwen, haar trillende neusvleugels. De kleine vingertjes die ze naar me uitstak, de ongelooflijke kracht waarmee ze me vastgreep. Ik weet nog goed dat ik voor de eerste keer haar naam zei. Natascha, wilde ik zeggen, omdat ik de klank wilde horen. Het voelde alsof ik watten uitspuugde.

Ik kreeg mijn lippen niet van elkaar, mijn tong kleefde tegen mijn verhemelte en werd steeds dikker. De broeder naast me was ingedommeld. Na een paar minuten wist ik in elk geval een geluidje te maken dat hem wekte. Toen ik eindelijk uit wist te brengen dat ik dorst had, had ik het idee dat mijn tong bij elke lettergreep klakte.

'We hebben geen rietjes,' zei hij, en daarmee was voor hem de kous af.

'Tankstation?'

'O,' zei hij, 'dat is een goed idee,' maar hij maakte geen aanstalten.

Vanuit mijn ooghoeken kon ik zijn horloge zien. We waren een uur onderweg. Ik vroeg me net af wanneer we bij het volgende tankstation zouden komen en of hij nog tegen zijn collega achter het stuur zou vertellen dat we daar moesten stoppen, of ik dommelde alweer in. De bioscoop in mijn hoofd was nog open, maar de films waren niet langer de moeite van het bekijken waard. Vreemde momentopnamen waarin ik niet eens gezichten kon herkennen. Af en toe deed ik mijn ogen open, merkte dat de tong in mijn mond steeds dikker werd en droomde van vaten vol water. Eindelijk minderde de ambulance vaart, helde bij een bocht naar rechts een klein beetje naar links en bleef toen staan. Misschien moest de chauffeur even een plasje doen.

Ik kreeg een rietje en dronk het flesje in één keer leeg.

'Hoe lang duurt het nog?' vroeg ik.

'Een half uurtje,' zei de broeder. 'We zitten een minuut of twintig bij Wenen vandaan.'

En zo had ik dus 280 kilometer lang dorst gehad.

Het was niet zo dat het Lorenz-Böhler-ziekenhuis nu zo veel leuker was dan dat in Kufstein. Een ziekenhuis is een ziekenhuis, en ik vond het al vreselijk wanneer ik er op bezoek ging. Maar het staat in Wenen, in de wijk Brigittenau, niet ver van mijn huis. Hemelsbreed lag ik maar een paar kilometer bij mijn flat vandaan, en dat was in elk geval iets.

Een operatie bleek niet nodig. Ik kreeg een gipskorset. Ik had weer een ruggengraat. En het gevoel dat ik snel weer op de been zou zijn. Ik drong er bij de verpleegsters op aan dat ze me zouden helpen de eerste stappen te zetten.

Tina remde me een beetje af. Je moet uitrusten, bracht ze me in herinnering. Meer hoefde ze niet te zeggen. Dat had ik in Kufstein wel begrepen. Ik wilde gewoon het ziekenhuis verlaten. Dat stomme ritme van ontbijt om half acht, middageten om half twaalf, avondeten om half zeven en tussendoor bezoek van artsen, onderzoeken en bezoek van familie – dat maakte me zenuwachtig. Nog los van het feit dat je er niet mocht roken en dat de koffie niet te drinken was.

Na twaalf dagen was de ellende voorbij. Een ambulance bracht me naar huis. Ik bewoog me met de gratie van een robot en de snelheid van een stoomwals, maar ik was weer eigen baas. Ik zette een dubbe-

le espresso voor mezelf en betrok mijn nest op de bank.
Erg veel afwisseling bood het leven thuis niet. Ik had ziekteverlof, ik hoefde niet te werken, maar mijn werk had me tot nu toe in elk geval een paar uur per dag afgeleid. Sabina zweeg beleefd wanneer ik zoiets zei. Ze dacht aan mijn manische fase met de helderzienden, de kinderstemmen die ik had gehoord, de deuren van huizen waar ik had willen aankloppen. Afgeleid was misschien niet het goede woord.

Claudia was blij dat we Kufstein hadden overleefd. Markus' litteken werd langzaam bleker en hij vertelde met steeds minder enthousiasme over zijn letsel. Het leven van alledag kreeg ons weer in zijn greep. Ik bracht de dagen door met denken aan Natascha en de nachten met wakker liggen. Van de tijd had ik amper besef; die verstreek gewoon, bleef af en toe staan, ging langzamer dan ik. Ik maakte me er niet meer druk om.

Ik leefde voor de paar vaste afspraken per week. Fysiotherapie en revalidatiegymnastiek in het ziekenhuis, het komen en gaan van de kinderen, de bezoeken van Tina. Heel af en toe een telefoontje van de politie, die niets nieuws te melden had.

Totdat Martin Wabl een brief aan het ministerie van Binnenlandse Zaken schreef.

Martin Wabl, dacht ik, de man met de zonnebloem. De gepensioneerde familierechter die zo graag anderen helpt. Die opeens voor de deur staat en onaangekondigd vrienden meesleept met wie hij dan samen wordt gearresteerd omdat hij ergens op zondag rondsluipt en zich voor politieman uitgeeft. Ja, meneer Wabl kon ik me nog goed herinneren. En hij zich mij blijkbaar nog beter.

Brigitta Sirny, schreef hij in zijn brief aan het ministerie, had een verhouding gehad. Met ene meneer Schor. Wie dat was, hoorde ik van de recherche. Het was de man die aan zijn auto had staan sleutelen en zijn vrouw had gevraagd of ze de politie wilde bellen omdat hij het maar verdacht vond dat een man op de Rennbahnweg naar de school had gevraagd. Ik had hem nog nooit gezien, maar nu had ik een verhouding met hem.

Verder, zo meldde de brief, had Brigitta Sirny niet alleen seksueel contact met genoemde heer Schor gehad, maar hadden ze ook samen het dochtertje van mevrouw Sirny seksueel misbruikt. Op dat moment werd ik al onpasselijk, maar Wabls drang tot openbaring was nog niet ten einde. Nee, de voormalige zwager van Brigitta Sirny, de heer Heinrich Sirny, had het liefdespaar geholpen zich van het tienjarige kind te ontdoen, zodat het niets zou kunnen verraden.

'Mevrouw Sirny,' zei de rechercheur tegen me, 'wat zegt u nu van zo'n verhaal?'

Soms is het een zegen als je iets niet meteen kunt bevatten. Aanvankelijk zei ik helemaal niets. Waarom zou ik? Wat moet je zeggen wanneer je, nadat je al maanden naar je vermiste kind hebt gezocht, er opeens zelf van wordt beschuldigd dat kind te hebben verborgen? Wat voor verklaring kun je afleggen wanneer een man die gewoon op straat aan zijn auto staat te sleutelen opeens je medeplichtige is, wanneer je van slachtoffer opeens in een vermeend misdadigster verandert? Wat moet je zeggen over een voormalige zwager die je slechts één keer van je leven hebt gezien, bij je eigen bruiloft in 1968?

Wat zeg je daarop? Nee, zo zit het niet. Toe, ik heb helemaal geen verhouding. En ik heb mijn dochter al helemaal niet seksueel misbruikt of ergens verstopt.

'Het is niet waar,' zei ik ten slotte. Wat leek de waarheid armzalig in verhouding tot die opgeblazen leugens.

Het voelde alsof ze me naakt aan de schandpaal hadden genageld, met alleen een gipskorset om me tegen vernederingen te beschermen. Een gipskorset dat me was aangemeten na een ongeluk dat me een paar maanden eerder bijna het leven had gekost. Een ongeluk dat onvermijdelijk was geweest omdat ik op de onzichtbare ontvoerders van mijn dochter had gejaagd. Omdat ik zo bezeten was geweest dat ik pas ophield nadat ik bijna mijn bekken had gebroken. Toen kreeg ik eindelijk rust. Maar alleen maar om kracht te kunnen verzamelen voor de strijd tegen iemand die me zonder enig bewijs als een perverse nymfomane afschilderde die haar kind op meedogenloze wijze zou hebben misbruikt.

Wat wordt een mens toch snel veroordeeld. Je goede naam is zo kapot gemaakt. Iemand is beledigd omdat hem op een zondagmiddag niet wordt verteld waar de school precies ligt en verzint dan een verhaaltje, en omdat hij niets beters te doen heeft, schrijft hij het nog op ook. En stuurt het aan het ministerie, wijk, Herrengasse. Geachte heer. Ik wil u op de hoogte brengen van het feit dat mevrouw Sirny schuldig is. En ik voel het als mijn plicht dat aan de recherche mede te delen.

Ze gingen bij mijn voormalige zwager langs en bezorgden diens zoon de schrik van zijn leven. Hij was alleen thuis, zijn vader was op vakantie. De politie doorzocht zijn woning en zijn weekendhuisje. Er werd niets gevonden. In de krant las ik dat Heinrich die fijne meneer Wabl wegens laster had aangeklaagd. Dagenlang vroeg ik me af of ik mijn ex-zwager moest bellen. Ik bedoel, wat moest hij er wel niet van denken? Wat moest ik ervan denken? Ik pakte de telefoon.

Het spijt me zo, zei ik wel vijftig keer. Daar kun je toch niets aan doen, zei Heinrich. Hij begreep alleen niet hoe hij bij de zaak betrokken was geraakt. Die vent had ze blijkbaar niet helemaal goed op een rijtje. Het idee dat hij de tijd had genomen een hele stamboom uit te pluizen, naar onderlinge verhoudingen te zoeken, wie wat met wie kan hebben gedaan, en dan uitgerekend een familielid op te sporen dat ik dertig jaar lang niet had gesproken. En ik werd niet alleen als misdadigster afgeschilderd, zei Heinrich, maar ook nog eens als een slet. Dat mocht blijkbaar in dit land. Bewijzen zijn niet nodig, en je kunt wel zeggen dat je onschuldig bent, maar dat zijn slechts woorden. Iedereen mag de politie aanwijzingen geven, dat is geen laster, en het is al helemaal niet strafbaar.

Zo luidt het civiele recht. En ik heb het proces verloren, vertelde Heinrich, dus ik moet ook nog eens de kosten van de advocaat ophoesten. Pas alsjeblieft op voor die Wabl.

Ik paste niet voldoende op. Hij belde me telkens weer op. Natuurlijk had ik meteen moeten ophangen, maar hij overrompelde me met zijn zonnebloemstem en onderbrak me gewoon. En toen vertelde hij me over het pakje.

Er was een pakje of iets dergelijks, dat zou iemand me hebben gestuurd, en daar zat een sleutel in, en die had met Natascha te maken. En waarom? Omdat het waar is.

Ik maakte een afspraak met hem, bij mijn advocaat. Wabl zat erbij met een gezicht alsof hij de sleutel van Natascha's gevangenis had. Hij wees op zijn colbertje en zei: daar zitten de sleutels. Hij stak zijn rechterhand in zijn zak, liet ze rinkelen, haalde ze eruit, hield ze tegen zich aan en borg ze weer op. Dat spel speelden we nog een paar keer. Ik weet ik weet wat jij niet weet.

Goed, zei de advocaat, die hem volkomen onbewogen aankeek, en op welk slot zouden die moeten passen? Wabl speelde verder; sleutels uit zijn zak, sleutels op tafel, sleutels weer in zijn zak.

De advocaat was sneller dan ik en pakte de sleutels af. Hij schreef het nummer op en verklaarde dat het onderhoud ten einde was. Hij zou de zaak onderzoeken. Een paar dagen later werd ik door hem gebeld. De sleutels waren van een van Wabls kennissen. Een lid van zijn fractie. Het waren de sleutels van zijn tuinhuisje.

Vanaf dat moment was ik doodsbang voor Martin Wabl.

Anderen moesten mij vrezen. Iedereen die de kranten las. De verwijten deden je haren te berge rijzen. Mishandeling, seksueel misbruik, de vrouw die waarschijnlijk haar kind heeft ontvoerd. Er werden heel veel 'misschiens' en 'mogelijks' gebruikt, maar wie wilde, kon alles geloven. Monster Sirny. De pers liegt niet. En het einde leek nog lang niet in zicht.

De vermeende kinderporno werd gepubliceerd. Foto's van Natascha toen ze nog heel klein was. Ze had bloot door het huis gelopen, mijn rijlaarzen zien staan en had eentje ervan aangetrokken. Wat schattig, had Claudia gezegd, en ze had het fototoestel gepakt. Natascha had naar de camera gelachen en geposeerd. Een blote driejarige op een hobbelpaard in de woonkamer. Foto's voor het familiealbum. Opeens stonden ze in de weekendbijlage, waar iedereen ze kon zien.

Zo gaat het er in huize Kampusch aan toe. Kinderporno, al jaren vóór de ontvoering.

Ik wist niet eens hoe ze aan die foto's waren gekomen. Misschien via de politie, misschien had een journalist ze uit mijn woning meegenomen, misschien had ik ze zelf aan iemand gegeven. Het deed er niet toe. Een paar onschuldige foto's kregen opeens een heel andere betekenis, en de media smulden ervan.

Het paste allemaal zo mooi in elkaar. Een willekeurige persoon beweert iets, maar ja, hij is vroeger familierechter geweest, en waar rook is, is vuur, en dan ook nog die foto's. Er moet toch iets heel erg mis zijn met dat gezin. Hoe meer je erover nadenkt, hoe voor de hand liggender dat is. Zo ontstaan complottheorieën. Zoek er gewoon een paar nieuwe puzzelstukjes bij, druk ze met kracht tussen de andere, en kijk naar het beeld dat je hebt gemaakt. Er ontstaat vanzelf een betekenis. Ik zag een vertekend beeld van mezelf. De onmacht die ik de eerste dagen had gevoeld, welde weer in me op.

In tegenstelling tot toen deed ik nu wel pogingen me te verdedigen. Mijn advocaat eiste voor de rechtbank dat Martin Wabl zijn pogingen tot laster zou staken. De rechter stond aan mijn kant. Weer een gek minder, dacht ik, maar dat was te vroeg gejuicht. Het volgende opgeblazen ego liet al snel van zich horen. Walter Pöchhacker. De privédetective die eerst in opdracht van de krant onderzoek had verricht en daarna op eigen houtje verder was gegaan. Hoe meer speurneuzen, hoe beter, had ik toen gedacht, maar ik had er geen rekening mee gehouden dat hij zijn pijlen op mij zou richten. 'Contacten met mannen' was de term die hij in zijn heksenjacht tegen mij gebruikte.

Contacten met mannen. Dat paste heel goed in het beeld van de alleenstaande moeder, die gefrustreerd was geraakt door haar relaties met alcoholisten en aan de ergste een baby had overgehouden. Logisch dat zo'n mens wel eens een verzetje wil. Hij had mijn hele omgeving uitgekamd, hij klopte zichzelf op de borst omdat hij de enige was die aan zoiets had gedacht. Hij was slimmer dan de politie. En weer moest ik mezelf verdedigen.

En het volstond niet te zeggen dat ik geen contacten met mannen had, of dat, als ik die wel had, mijn seksleven niemand iets aanging. Opeens was dat leven uitermate fascinerend, alleen maar vanwege een uit de lucht gegrepen beschuldiging. Een vrouw die haar dochter misbruikt, moet worden gevierendeeld.

Het was alleen vreemd dat niemand namen kon noemen. Eén minnaar was me opgedrongen omdat hij Martin Wabl niet had willen helpen. Maar waar waren de anderen? Met wie had ik al die one-nightstands, verhoudingen, affaires beleefd? Wie had ik uit de snackbar om de hoek geplukt en meegesleept naar mijn bed? Wie had ik tijdens de ouderavond in een stil hoekje op het schoolplein versierd? Bij wie had ik een maaltijd van Tafeltje-Dek-Je geserveerd en mezelf als toetje aangeboden? En hoe sexy is een vrouw in een gipskorset? Walter Pöchhacker wist meer. Dat dachten de mensen tenminste.

Ik werd heen en weer geslingerd tussen berusting en vechtlust. In het openbaar was ik een onmens, thuis was ik de moeder die verder niemand zich leek te herkennen. De moeder die haar familie wilde afzonderen en haar kinderen wilde beschermen. Ik speelde de rol van sterke vrouw. Maar ik had geen kracht meer. En niemand om mee te praten.

De kamer van de psychologe op het bureau voor jeugd- en gezinszorg leek net een woonkamer. Een gezellig kantoor, een mooi bureau, een paar planten, in het vertrek ernaast een bank. De vrouw was al even gezellig. Rond de veertig, een tikje mollig, het karakter van een golden retriever.

'Hebt u de ademhalingsoefeningen gedaan die ik u heb geleerd?' vroeg ze.

Bij mijn vorige bezoek had ze me in de eerste beginselen van de yoga ingewijd, in de hoop dat ik daardoor beter zou kunnen slapen.

'Ja,' zei ik. 'Erg veel heeft het niet geholpen, al kon ik me wel iets beter ontspannen.'

Ik was inderdaad iets rustiger geworden sinds ik hier een keer per week over mijn zorgen kon komen praten. De brief waarin ze me hulp hadden aangeboden, was precies op tijd gekomen. Ik had me aanvankelijk niet zoveel voorgesteld van een overheidsinstelling, maar het Weense bureau voor jeugd- en gezinszorg bleek precies te zijn wat ik nodig had. Ik had mijn twijfel snel opzij kunnen zetten.

'Hoe gaat het met de fysiotherapie?' vroeg de vrouw.

'Dat gaat prima, ik ben al bijna weer de oude.'

Ze glimlachte. 'En de dromen?'

'Die veranderen eigenlijk niet. Ik slaap anderhalf uur, zoals altijd, en droom vooral over Natascha. Nieuw is dat ik nu in afleveringen droom. Soms praat ik met haar. Een paar keer heb ik zelfs haar hand vastgepakt en wilde ik haar naar me toe trekken, maar ze is aan me ontsnapt. Vroeger werd ik daar bang van, maar nu weet ik dat het zo gaat. Het betekent verder niets.'

Daar scheen ze tevreden mee te zijn. 'Hebt u vandaag nog iets speciaals waarover u wilt praten?'

Ik aarzelde even en keek toen naar mijn tas, die naast me op de grond stond.

'Hebt u iets meegenomen?'

'Ja, nu u het zegt. Ik heb een brief ontvangen.'

Ze wachtte op verdere uitleg.

'Van een vrouw die haar zoon heeft verloren. Hij was bij een vriendje aan het spelen. Er was een wapen in huis, de jongens hebben ermee gespeeld, en haar zoon werd door een kogel getroffen.'

'En wat hebt u daarmee te maken?'

'De moeder heeft het pas nu, na twee jaar, verwerkt. Ze wil met me praten. Ze schrijft dat we bij elkaar moeten komen, vanwege Natascha, en ze wil me graag vertellen hoe ze met dit vreselijke verlies is omgegaan. Maar ik wil haar eigenlijk helemaal niet spreken omdat het bij haar om iets heel anders gaat. Haar zoon is dood. Dat is niet te vergelijken.'

'Ik vind het niet zo'n slecht idee,' zei de vrouw aan de andere kant van de tafel. Het zou me kunnen helpen het een en ander af te sluiten. Het hele verhaal. Van Natascha. 'Weet u, mevrouw Sirny, misschien kunt u maar het beste een graf kopen.'

Opeens vond ik het hier niet meer zo gezellig. Ik schoof mijn stoel naar achteren, stond op, pakte mijn handtas, draaide me om en liep naar de deur. Op de een of andere manier wist ik de straat te bereiken. Het regende. Ik liep naar mijn auto, deed het portier open en stapte in. Ik liet me op het stuur vallen en barstte in tranen uit. Een graf kopen. Natascha is toch al dood. Een graf. De hemel weent om mijn kind. Een graf.

Tien

Ik liet me in de Weißen Hof opnemen. Maanden geleden had ik al contact met de revalidatiekliniek gehad, maar toen was het idee van zeven weken rust ondenkbaar geweest. Nu had ik afstand nodig, en een andere omgeving betekende ook een vakantie voor de geest. Ik wilde rust vinden.

Klosterneuburg was daarvoor een goede plek. Even buiten Wenen, aan de Donau, waar mensen met geld graag een huis kopen omdat je vanaf daar nog altijd binnen twintig minuten in de binnenstad zit. De kliniek was niet zo deftig, het was een staatskuuroord. De verzorging was goed, maar het eten smaakte naar een ongevallenverzekering. Een van de andere patiënten dacht er net zo over, en we besloten een restaurantje in het dorp te zoeken.

'Hé, ben jij het?' De restauranthoudster spreidde haar armen uit. 'Brigitta!'

'Wat is de wereld toch klein,' zei ik. Ze had vroeger een levensmiddelenzaak in Kaisermühlen gehad. Als je in dezelfde branche werkt, kom je elkaar voortdurend tegen.

'Wat is er toch van de buurtwinkeltjes geworden,' zei ze enigszins weemoedig.

'Die zijn er niet meer, hè? De kleine zaakjes zijn allemaal weggeconcurreerd door de grote supermarktketens.'

'En de tankstations,' zei ze. 'Dat is snel gegaan, de dood van de winkel op de hoek.'

'Kun je je nog herinneren dat we vanuit het magazijn op proef verkochten?'

Ze knikte.

'Dat hadden we bedacht omdat ze bij het tankstation de sigaretten onder de toonbank verkochten.'

'Ja,' zei ze, 'maar dat heeft de buurtwinkelier ook niet kunnen redden.' Ze zweeg even. 'Ik had je nog willen bellen, Brigitta. Wacht even, dan kom ik zo dadelijk bij jullie zitten. Die daar,' ze wees op een tafeltje achterin, 'die wachten op hun varkenslapjes.'

We bestelden salade bij de serveerster. De drankjes stonden nog niet eens op tafel of de bazin schoof al aan.

'Vanwege Natascha,' zei ze, alsof dat meteen alles verklaarde.

Instinctief deinsde ik terug.

'Ik hou me namelijk bezig met stemmen op band.'

Meteen vroeg ik me af hoe ik het gesprek op een ander onderwerp kon brengen. Ik had genoeg van mijn uitstapjes naar gene zijde, daar wilde ik niet opnieuw aan beginnen. Maar ze was al bezig het een en ander uit te leggen. Ze experimenteerde er al jaren mee, en het was een echte wetenschap, geen vaag gedoe. Je hoefde er niet eens zoveel over te weten, het was vooral een kwestie van uitproberen.

'Wanneer je het een keer hebt gehoord,' zei ze, 'spreekt het voor zich. Het is natuurlijk niet gezegd dat we Natascha echt kunnen bereiken, maar het is niet uitgesloten.' Ze wachtte op mijn reactie.

'Goed dan,' zei ik. 'Laten we het proberen.'

'Volgende week, nu heb ik het te druk met de zaak. Dinsdag, is dat goed? Dan zijn we gesloten.'

Die paar dagen gingen snel voorbij. Ik moest de oefeningen doen die ik had opgekregen, ik moest naar fitness, mijn auto moest naar de garage. Door al dat gedoe was ik onze afspraak bijna vergeten.

'Moet ik je naar het restaurant brengen?' vroeg de patiënt met wie ik daar had gegeten. 'Je hebt immers geen auto.'

Dankbaar zei ik ja. Hij zette me voor de deur af. 'Ik kom je over een uur of twee weer ophalen,' zei hij. 'Dat moet wel lang genoeg zijn.'

De restauranthoudster had al van alles voorbereid. We gingen in de lege eetzaal zitten, met onze ruggen naar de muur. Tegenover ons was een soort veranda, mooie oude ramen met houten kozijnen, een oude houten vloer, houten tafels. Zonder gasten zag het er een beetje spookachtig uit.

Ze stopte een nieuwe cassette in de recorder en drukte op de opnametoets. Er gingen een paar minuten voorbij waarin niets gebeurde.

'Ik...'

Ze legde een wijsvinger tegen haar lippen. Ik hield mijn mond. Er gebeurde niets.

Ik weet niet hoe lang we daar hebben gezeten. Het was heel stil in de eetzaal. Geen geluid te horen. De cassette draaide door. In het begin luisterde ik ingespannen, maar langzaamaan ontspande ik me. Lege kilometers, dat is niet erg. Achter me kraakte iets. Het oude hout, dacht ik. Er kraakte weer iets. En deze keer leek het alsof er iemand achter me langs liep. Ik voelde de beweging, lucht die zich verplaatste. Ik kreeg het koud.

Opeens zette de vrouw het apparaat uit, drukte op EJECT en gaf me de cassette. Alsof het een aandenken was.

'Luister er maar eens naar,' zei ze. 'Meer zeg ik er nu niet over, we bespreken het volgende keer wel.'

Buiten claxonneerde iemand. De twee uur waren voorbij. Voor mijn gevoel was het maar een half uurtje. Ik nam afscheid van de restauranthoudster.

'Hoe ging het?' vroeg mijn chauffeur toen ik instapte. Toen veranderde zijn uitdrukking. 'Je brengt kou mee.' Ik kon me een antwoord besparen.

De rit verliep in stilte. Ik vertrouwde de zaak niet. Er was me iets eigenaardigs overkomen.

Op mijn kamer in de Weißen Hof luisterde ik naar het bandje. Dat liet niet de stilte in de zaal horen. Ik hoorde zachte stemmen, maar kon geen woord verstaan. Ook het kraken was te horen. Ik spoelde de cassette terug. Ik had me niet vergist. Telkens hoorde ik hetzelfde. Iemand zei iets, er klonk gekraak. Ik legde de cassette weg. Opeens had ik het steenkoud. Ik trok een trui aan. De cassette heb ik nooit meer aangeraakt.

'Er zullen heel wat idioten opbellen,' zei de technicus. Hij was bezig een apparaatje bij mijn telefoon te installeren dat inkomende gesprekken kon traceren.

'Ja,' zei een van de rechercheurs die aan de eettafel zaten, 'het kan vermoeiend worden.' Hij onderdrukte een geeuw.

Het was zes uur 's morgens en mijn woning zag eruit als een woongroep voor politieagenten. Ik stond op amper twee meter afstand in de keuken en hield me bezig met het zetten van koffie. We zouden heel wat koffie nodig hebben. De vier technici die aan mijn telefoon zaten te sleutelen dronken zoveel dat de kan voortdurend leeg was. Bij de recherche was iemand op het idee gekomen de bevolking te vragen of er nog tips waren. We hadden een telefoonnummer via de pers verspreid, zogenaamd mijn eigen nummer, zodat de telefoontjes direct bij mij terecht zouden komen. Dat de politie zou meeluisteren stond niet in de krant. De achterliggende gedachte was dat de ontvoerder zo uit zijn tent kon worden gelokt. Sinds de dag van Natascha's ontvoering was er zo veel tijd verstreken dat er bijna niet meer over haar werd bericht. Misschien zou de kidnapper nu overmoedig worden en contact met mij opnemen. De politie waakte ervoor in mijn nabijheid een bepaald woord uit te spreken. Moord was taboe wanneer ik in de buurt was.

'Het kan zijn dat hij zich in de val laat lokken,' zei de rechercheur nadenkend.

'Hoe bedoelt u?' Ik zette zijn kopje voor hem neer.

'Ik bedoel dat hij nu heel erg zeker van zichzelf is. Tot nu toe is hij aan ons ontsnapt, dat geeft hem zelfvertrouwen. Hij denkt dat we hem nooit zullen betrappen. Aan de andere kant krijgt hij nu ook niet de lof die hij volgens zichzelf verdient omdat hij de politie voor de gek weet te houden. Zulke figuren hebben een enorme drang om zichzelf te bewijzen, en die drang moet op de een of andere manier worden bevredigd. Met een beetje psychische terreur. Hij zal u kwellen en wil u horen lijden.' Korte pauze. 'Sadistische klootzakken,' mompelde hij in zichzelf.

'Alles staat klaar,' zei de technicus. 'Wat ons betreft kan de val dichtklappen.'

'Nog iets, mevrouw Sirny,' zei een andere rechercheur. 'Dit is heel belangrijk. Wanneer u denkt dat iemand niet goed wijs is, leg dan niet meteen neer. We hebben minstens anderhalve minuut nodig om te bepalen vanaf welk nummer er wordt gebeld, anders wordt het niets.'

'Het werkt zo,' vulde de man aan de eettafel aan, 'we begrenzen het gebied steeds verder, u moet aan steeds kleinere kringetjes denken die we om hem heen trekken. Deelstaat, stad, wijk, straat, huizenblok, woning, telefoon. Als hij lang genoeg aan de lijn blijft, weten wij hem te traceren.'

De tweede vervolgde: 'In het gunstigste geval duurt het dan een paar minuten, zeg drie à vier, voordat we weten van wie het nummer is.'

De derde rechercheur, die tot nu toe zwijgend op de bank had gezeten, stond op en klapte in zijn handen. 'Goed, jongens, het is zover. Nu wordt het afwachten.'

Dat deden we.

De telefoon ging. Ik wilde me op de hoorn storten, maar de rechercheur hield me tegen. 'Rustig aan,' zei hij. 'Laat ze maar een paar tellen langer aftappen.'

Hij liet me los, ik nam op. 'Sirny?' Mijn stem trilde een beetje.

'Mama,' zei mijn dochter, 'wat is er aan de hand? Ik zie net een telefoonnummer in de krant staan...'

'Claudia.' Ik ademde uit. 'Hang op, we zijn bezig... Ik leg het je later wel uit, goed?' Ik hing op.
We wachtten af.
De telefoon ging.
'Spreek ik met mevrouw Brigitta Sirny?' zei een hoog stemmetje. 'Een heel goede morgen, u spreekt met Gerlinde Gross, ik ben van HMS Marktonderzoek, is het niet te vroeg? We doen namelijk een onderzoek naar de ochtendgewoonten van Oostenrijkers, bent u al wakker? O, stomme vraag, hebt u een paar minuten tijd? Een paar korte vraagjes. Hebt u een vast ritme? Wanneer is...'
'Dit komt heel slecht uit, mevrouw... Ik heb geen belangstelling, dag.' Ik hing op.
De politieman schudde zijn hoofd. 'Dat is niet de bedoeling, mevrouw Sirny, dat waren hoogstens tien seconden. Ik zei toch dat we meer dan dat nodig hebben?'
'Dat was een enquête,' zei ik verdedigend. 'U hebt dat piepstemmetje toch ook gehoord?'
'Ja, maar iemand kan ook doen alsof, om de situatie te verkennen. Alles kan belangrijk zijn.'
'Nou ja, dit was...' begon zijn collega, die het voor me opnam.
'Volgende keer zal ik beter mijn best doen,' beloofde ik. 'Ik doe dit ook voor het eerst.'
We wachtten.
De telefoon ging niet.
We wachtten.
'De krant is nog maar net bezorgd,' zei een van technici geruststellend.
De telefoon ging.
'Sirny.' Nu klonk mijn stem veel minder beverig.
'Mijn naam is niet belangrijk,' zei een mannenstem.
De rechercheur, die het gesprek via zijn koptelefoon kon volgen, stak een arm omhoog en gaf de anderen een teken, alsof hij een startschot gaf.

'Wat mezelf betreft, ik ben ambtenaar, een hoge ambtenaar, maar inmiddels gepensioneerd. Zoals gezegd... Ik bel omdat ik iets belangrijks mee te delen heb. Wat u is overkomen, heeft te maken met mechanismen die in onze maatschappij tot een schandelijk verval van normen en waarden hebben geleid. Want waarden, dat weet u ook wel, dat is een term die tegenwoordig alleen nog maar in de materiële betekenis van het woord wordt gebruikt. De consumptiemaatschappij heeft een hele generatie jongeren voortgebracht wier leven niets meer is dan een zinloze aaneenschakeling van verspilde kansen... Nu weet ik niet meer wat ik... Er dreigt in elk geval iets... Nu even niet, Martha, je ziet toch dat ik... Waar waren we?'

'Bij de verspilde kansen,' zei ik. De rechercheur met de tweede koptelefoon op knikte en maakte een draaiende beweging met zijn hand, die aangaf dat ik zo door moest gaan.

'Ja, ja, de kansen. Die hadden wij vroeger niet, in de oorlog. Ik heb voor Stalingrad gelegen, begrijpt u, zoiets kent de jeugd van tegenwoordig niet meer. Tweeënveertig graden onder nul, kunt u zich dat voorstellen? Ik bedoel, als zo'n jonge man... Toen moesten we elkaar helpen, dat was een zaak van leven of dood, eentje heeft mij nog zijn schoenen gegeven, vlak voordat hij stierf, want die van hem hadden betere zolen...'

De rechercheur schreef iets op een briefje en schoof het me onder de neus. Natascha, stond erop, met een vraagteken.

'Luister eens,' onderbrak ik de ambtenaar, 'dat vind ik allemaal heel erg voor u, maar u weet dat het om mijn dochter gaat, en we hopen op aanwijzingen over Natascha.'

'Ja, daar heb ik het ook over. Vanuit sociaal-filosofisch oogpunt gezien een erg interessant geval, dat ik vanaf het begin heb gevolgd, dat kind, ik zei al tegen Martha...'

De rechercheur streek met zijn vinger langs zijn keel. Ik hing op.

'Ik zei al dat het vermoeiend kon worden.' Hij klopte me op mijn rug. 'U doet het prima.'

Ik wilde een kop verse koffie inschenken, maar de telefoon hield niet meer op met rinkelen. De volgende bellers waren niet bepaald beter te volgen. Ik ben er altijd van uitgegaan dat de rest van de wereld net zo denkt en doet als ik. Ik ben vriendelijk, ik zeg de mensen gedag, ik kwets niemand en zit niemand dwars en heb altijd gedacht dat anderen net zo zijn. Met uitzondering van de gek die mijn dochter gevangen hield. Maar in de uren die volgden, ontdekte ik dat zeventig procent van de bevolking gestoord was. Niet goed bij hun hoofd, van hoge ambtenaar tot werkloze.

Uit wijk 16, uit de Thaliastraße, kwam een telefoontje dat aanvankelijk veelbelovend leek. Een man zette vraagtekens bij zijn buurman, hij vond dat die zich vreemd gedroeg. Soms hoorde hij kinderstemmen uit die woning komen, vertelde hij, maar de buurman had helemaal geen kinderen. Hij had voornamelijk meisjes gehoord, eerder huilen dan lachen, en dan was het weer geheel stil geworden. De rechercheurs gingen rechtop zitten. Dat was te verklaren, vervolgde de beller, door aardstralen. Die waren overal, als een netwerk door heel Wenen, en die waren natuurlijk het werk van buitenaardse wezens. Die hadden menselijke organen nodig om het voortbestaan van hun soort te waarborgen. Harten, levers, maar vooral nieren, al wist hij nog niet precies waarom.

Het antwoord is Falco, riep iemand anders door de telefoon, heb ik nu een prijs gewonnen? Op dat moment greep de rechercheur zelf in.

Vreemd genoeg belden de eerste paar uur voornamelijk mannen op. Eentje wilde met me afspreken in Café Servus in de Mariahilferstraße. Hij had mijn foto in de krant zien staan en vond dat ik er best mee door kon. En het praatte toch gemakkelijker, van mens tot mens.

Tussendoor belden er altijd wel een paar snotneuzen. Schoolkinderen die een grap wilden uithalen en in de pauze stoer probeerden te doen. En jonge mannen met vreemde accenten die wilden weten of ik een Lada met een gereviseerde bak in topconditie wilde kopen.

'Goeiedag,' lalde er eentje tegen de middag. 'Dat komt allemaal door die lamzakken van de pliesie... doen niks, vinden niks, voeren geen zak uit. Pliesie, verbaliseren, onderzoeken, mensen arresteren, met zwaailichten rijden, tètu tètu, beetje bij de Italiaan parkeren, pizzeria Da Luci, voor een kleine cappuccino, weet je? Je beste vriend, laat me niet lachen. Tot horens, mevrouw Na... Natascha.'

En een heleboel mensen die een ander erbij wilden lappen. Zoals de vrouw uit de Per-Albin-Hanson-flat die haar huismeester niet vertrouwde. Die ziet er zo verdacht uit, fluisterde ze, als de meisjes uit school naar huis komen, geeft hij hun een snoepje, dat deugt toch niet.

De bellers die echt aanwijzingen dachten te hebben, waren schaars. Eén man had iets over een wit bestelbusje te melden, maar dat bleek ook weer een gek die klonk alsof hij zijn informatie uit het heelal kreeg. Een oudere dame vond Natascha lijken op een tienermeisje dat een paar huizen verder woonde. Hongarije passeerde nog een paar keer de revue, en een van de sporen zou naar Wels voeren. Na een tijdje was ik doodop.

Ik maakte net mijn derde pakje sigaretten open toen iemand een paar seconden lang zwaar in de hoorn ademde, zijn keel schraapte en zei: 'Ik heb Natascha.'

Opeens leek de woonkamer onder stroom te staan. Ik moet iets zeggen, dacht ik, ik moet hem minstens anderhalve minuut aan de lijn houden. Geen directe vragen, had de rechercheur gezegd.

'Hoe bedoelt u dat?'

'Precies zoals ik het zeg.' De stem klonk niet eens zo onvriendelijk. Rustig en zeker, je geloofde het.

'Gaat het goed met haar?'

Geen antwoord.

'Kan ik haar spreken?'

Stilte.

'Bent u daar nog?'

Ademen.

'Hoe kan ik weten of u de waarheid spreekt?'

'Dat kun je nooit zeker weten. Wat wilt u?'

'Haar stem horen.'

Er was een minuut verstreken.
'Goed, wat moet ik doen?'
'Op de post wachten.'
'Waarom?'
'Misschien stuur ik wel iets van Natascha. Een vinger.'
Mijn maag draaide zich om. Ik wilde schreeuwen. Nog twintig seconden.
'Doet u haar niets. Ik zal alles doen wat u zegt.'
'Alles. Dan kan ik wel een paar leuke dingen bedenken.'
'Doet u met mij wat u wilt, maar laat mijn dochter gaan.'
Nog acht seconden. Ik moest nog even vol zien te houden. De rechercheur knikte, hief zijn handen op en telde af op zijn vingers. Zeven. Zes. Vijf.
'Ik ben heel dicht in de buurt,' zei de man.
Drie. Twee.
'Waar dan? Waar bent u dan?'
De verbinding werd verbroken.
'Hebben we hem?' riep de rechercheur.
'Dat weet ik nog niet, het was kantje boord,' zei de technicus.
'Toe,' zei de andere rechercheur, 'dat moet genoeg zijn, het was anderhalve minuut.'
'Ik heb 'm,' zei de technicus. 'Millennium Tower.'
'Eenheid Millennium Tower,' zei de derde in zijn mobieltje. 'Doel onbekend. Mannelijk, middelbare leeftijd.'
'Ik heb de details,' zei de technicus. 'Het is het nummer van een winkel in lederwaren.'
'We gaan erop af.'

Jager één in positie. Zaak wordt geobserveerd. Vier personen. Drie vrouwen, een man. Jager twee: oprukken. Jager drie: halt. Voorbijgangers uit de vuurlinie. Jager één: zicht op mogelijke verdachte. Man, blank, midden dertig, een meter vijfenzeventig lang. Donker haar.

Jager twee: bevestigd.
Jager drie: gereed.
De leden van het arrestatieteam hadden hun machinegeweren in de aanslag. Het gebied rondom de lederwarenzaak in het winkelcentrum Millennium City werd hermetisch afgesloten. Voorbijgangers maakten zich uit de voeten en renden naar de uitgangen. Een helikopter draaide rondjes boven de wolkenkrabber.
De man in de winkel hielp een klant. Twee vrouwen keken wat rond, en eentje liep naar een rek met handtassen dat langs de wand stond. De andere snuffelde in een vitrine met portemonnees.
Jager één: over drie seconden aanvallen.
Jager twee gereed.
Jager drie gereed.
Bijna geruisloos stormden de drie mannen in kogelwerende vesten het pand in. De commandant was al om de kassa heen gelopen en had de verdachte bij de schouders gepakt, draaide hem om en trapte hem met zijn rechterbeen in zijn knieholten, zodat hij vooroverviel. Hij draaide de arm van de man op diens rug, drukte hem tegen de grond, duwde zijn rechterelleboog in zijn kruis en deed hem met één beweging handboeien om. Zijn collega's schermden de drie vrouwen af en brachten hen in veiligheid.
Jager één: verdachte opgepakt, einde actie.

'Mevrouw Sirny,' zei de man van de recherche.
'Eindelijk!' De hand waarmee ik de hoorn vasthield, beefde.
'Ik heb slecht nieuws.'
'Over Natascha?'
'Nee, nee, dat niet, blijf kalm. Het gaat om de beller. We hebben hem gearresteerd, maar hij is het niet. Het was gewoon iemand die een grap wilde uithalen. Een erg zieke grap. Ten koste van u.'
De man was drie dagen geleden vader geworden, legde de rechercheur uit, en dat had hij nog niet helemaal kunnen verwerken. Hij was niet dronken geweest, maar er had blijkbaar altijd al een steekje

los aan hem gezeten. Aanvankelijk had hij alles ontkend, maar nadat de politie hem de opname had laten horen, had hij alles toegegeven. Hij had er verder niet over nagedacht, het was een opwelling geweest. Nu wilde hij me bellen om zijn excuses aan te bieden.

'Nee, alsjeblieft niet,' zei ik. 'Zeg dat hij me met rust moet laten.'

'Zo gemakkelijk komt hij er niet van af,' zei de politieman. 'We hebben nota bene een arrestatieteam ingezet. Dit was heel iets anders dan zomaar voor de lol de brandweer bellen, en zelfs daar maken we al werk van.'

'Wat bezielt zulke mensen?' vroeg ik, zonder echt op een antwoord te rekenen.

'Tja,' zei de rechercheur, 'dat vragen wij ons voortdurend af, mevrouw Sirny. Ik hoop dat u de slaap kunt vatten.'

Daar hoefde ik niet eens aan te denken. Een paar uur geleden had iemand nog beweerd dat hij mijn dochter had ontvoerd, en nu bleek het allemaal verzonnen. Ik deed de balkondeur open omdat het binnen blauw stond van de rook. Ik stak mijn tweehonderdste sigaret op sinds de afluisterapparatuur was geïnstalleerd, maar dat kon me niet schelen. Blijft u kalm, had de recherche tegen me gezegd. Hoe moest ik dat doen?

Ik had echt gedacht dat ik Natascha's ontvoerder aan de lijn had. Ze was zo dichtbij geweest. We leken zo dicht bij haar bevrijding te zijn. En nu bleek het allemaal maar een misselijke grap te zijn geweest. Het was alsof iemand me in een achtbaan had gezet en me eindeloos op topsnelheid rondjes liet rijden. Naar boven, naar beneden, naar links en naar rechts. Heen en weer geslingerd door de grillen van het lot. Het lot in de gedaante van een verwarde idioot die niet wist hoe hij met het vaderschap moest omgaan. Het was allemaal zo absurd, zo ontzettend absurd.

Het gedoe met de telefoon was gelukkig bijna voorbij. Zoals de politie al had voorspeld, werd er tegen de avond amper nog gebeld. Tegen middernacht moest het min of meer afgelopen zijn, hadden ze gezegd. Neemt u op, hou de bellers aan de praat, we blijven er niet meer bij zitten, maar we luisteren wel mee. Ik haalde mijn beddengoed uit de slaapkamer en maakte het me op de bank gemakkelijk. Een paar keer deed het geluid van de telefoon me opschrikken uit mijn gedachten, maar het was niets wat serieus te nemen was. Een keer was het zelfs een fax.

Om twee uur 's nachts belde er een man op.

Zijn stem klonk schor. 'Ik weet hoe je eruitziet.'

'Wat heeft dat met Natascha te maken?'

'Heel veel. Ik kan je vertellen waar ze is.'

'Maar?'

'Dan moet je wel iets voor me doen.'

'Je bent niet de eerste die zoiets zegt.'

'En? Heb je het voor anderen gedaan?'

'Waar is Natascha?'

'Niet zo vlug. Vertel eens wat je draagt.'

'Een flanellen pyjama in grijs en bruin.'

Hij kreunde, maar niet op de manier die ik wilde.

'Goed, nog een keer van voor af aan,' zei hij. 'We spreken het volgende af: jij en ik houden een lekker potje telefoonseks, en in ruil daarvoor vertel ik waar Natascha is.'

'Nee, we doen het omgekeerd. Je zegt nu meteen wat je weet en daarna praten we wel over telefoonseks. Dat is net zo eerlijk.'

'Hé, vieze trut, zo werkt het niet,' riep hij opeens uit.

'Dan gaat het hele feest niet door,' zei ik. Ik legde neer. Dat was het laatste telefoontje van die nacht. Tot half acht 's morgens bleef het stil. Bij het eerste rinkelen schrok ik op; blijkbaar was ik ingedommeld. Er was een vrouw aan de lijn, en je kon meteen horen dat ze had gehuild. Ze vertelde dat ze kort geleden haar dochter had verloren. Die was overvallen, ze had binnenkort vijftien moeten worden. Een paar minuten lang kon de vrouw geen woord uitbrengen en hoorde ik haar slikken. Vanwege vijftig schilling, zei ze telkens weer, dat is toch niet te geloven. Een mensenleven is vijftig schilling waard.

Elf

Nikolaus Tsekas kwam op de fiets. Het was niet echt weer om te fietsen, en vanuit wijk 5 was het ook nog eens een eind rijden naar mijn woning. Dat kon hem niet schelen, zei hij, het was een goede vorm van lichaamsbeweging en voor meer had hij nu toch geen tijd. Dat was ook niet nodig; hij was slank, je zag meteen dat hij vaak beweging nam.

Hij was praktisch ingesteld, had hij me bij onze eerste ontmoeting verteld. Neustart, de organisatie waarvoor hij werkzaam was, hield zich bezig met slachtofferhulp en zette zich in voor mensen die waren overvallen, verkracht, gewond, misbruikt, bedrogen of op een andere manier lichamelijk of geestelijk mishandeld. En ook familieleden konden bij hen terecht. Tsekas was sociaal werker. In tegenstelling tot psychologen, psychotherapeuten en psychiaters deed hij meer dan luisteren en vragen stellen. Hij gaf ook antwoorden en goede tips. Hij ging met de mensen mee naar instellingen, vertelde hij, zodat hij kon helpen allerlei formaliteiten te regelen, en ook in alle andere opzichten ben ik er voor u. Het was alsof de hemel hem had gezonden.

Ik besprak al lang niet meer alles met mijn familie. Ten eerste omdat ik hen niet te veel lastig wilde vallen; inmiddels begon ik zelfs mezelf vervelend te vinden. Er was niets nieuws te melden. Waar zal ze zijn? Hoe zal het met haar gaan? Wat doet ze nu? Alleen maar vervelende vragen en nooit een antwoord. En de kranten boden ook niet bepaald stof voor ontspannen gesprekken. Hebben jullie het al gelezen? Nu ben ik weer een moeder die haar kind mishandelde, een bijgerecht voor bij de lasagne, o mag ik de Parmezaanse kaas even? Contacten met mannen die ik over de pannenkoeken voor de kleinkinderen kon strooien.

We hadden het nog steeds voortdurend over Natascha, maar op een andere manier. De meeste zinnen begonnen met: weet je nog dat... Over mijn angsten en nachtmerries sprak ik net zo zelden als over mijn radeloosheid en beklemmende gedachten. Je moet geen kind voor je eigen kinderen worden, dacht ik vaak.

Bij vrienden was het nog moeilijker. Die hadden in het begin allemaal heel vaak gebeld en gevraagd of ze iets voor me konden doen, maar ik had altijd 'Nee, dat hoeft niet' gezegd. De maanden waren verstreken, hun kinderen waren groter geworden. Net zo groot als Natascha nu zou zijn. Maar in tegenstelling tot mij hadden die ouders wel iets te vertellen. Dat hun kinderen aan het puberen waren, hoe het op school ging, ze kenden de grapjes waarom kinderen moesten lachen, de uitdrukkingen die ze gebruikten en de stopwoordjes die nu weer in zwang waren. Onder normale omstandigheden zouden we om al dat pubergedoe hebben gelachen, maar mijn omstandigheden waren niet normaal. En ik kon aan hun gezichten zien dat het heel moeilijk was om vrolijke gespreksonderwerpen altijd maar te moeten vermijden. Wanneer ze over een slecht gemaakt proefwerk, een ruzie met een beste vriendin of de rommel na een verjaardagsfeestje wilden vertellen, slikten ze het verhaal altijd op het laatste moment in, wanneer het al op het puntje van hun tong lag. We zagen elkaar steeds minder vaak.

Tegenover Nikolaus Tsekas hoefde ik me niet in te houden. Aan hem vertelde ik alles. Van de berg strijkgoed die al twee weken in de wasmand lag tot mijn donkerste momenten vol vertwijfeling. Hij deed niet mijn was, maar hij kon wel mijn tranen drogen.

'Hoe verloopt een gemiddelde dag bij u?' was het eerste wat hij wilde weten.

Dat was op een van die dagen waarop ik niet kon ophouden met praten, en ik gooide alles eruit. Ik sta vroeg op maar weet eigenlijk niet waarom. Dan ga ik douchen, poets mijn tanden, doe mijn haar. Ik kijk in de spiegel, maar zie mezelf niet. Het gaat allemaal vanzelf. Gewoonten hebben een heilzame macht over een mens. Je doet dan net alsof alles normaal is.

'Ja,' zei Tsekas knikkend, 'dat snap ik, en het is goed dat u zich aan die gewoonten houdt.'

Ik hoorde zijn lof graag. Niet omdat ik verder geen erkenning kreeg: bekenden, maar ook wildvreemden die me af en toe op straat of in een winkel aanspraken, zeiden keer op keer dat ze zo veel bewondering voor me hadden. Voor mijn kracht, mijn positieve instelling. Dat deed me goed, maar niemand begreep hoeveel moeite het me kostte om al die kleine dingetjes in het leven voor elkaar te krijgen. Dat juist de kleinigheden een marteling konden zijn. Andere mensen gaan naar de supermarkt en kopen ingrediënten voor een groot familiediner in het weekend. Bij hen zit iedereen rond een grote tafel en vertelt onbeduidende verhalen en lacht om niets. Het kostte mij al de grootste moeite om een zak aardappelen te kopen die ik soms 's avonds klaarmaakte en met wat boter at. Of om een voorraad pasta in te slaan die ik kookte en wat met knoflook en uien opbakte; dat was inmiddels mijn lievelingseten geworden. Voor zover iemand die nooit trek heeft daarvan kan spreken. Er waren ook dagen waarop ik simpelweg een zak maïskorrels in de oven stopte en wachtte totdat de popcorn klaar was.

'Dat eet ik ook graag,' zei Tsekas. 'Het is zo klaar en vult goed.'

Wanneer ik naar buiten ging en naar het uitgiftepunt voor de maaltijden van Tafeltje-Dek-Je reed, ging het vaak wat beter, vertelde ik hem. Dan kon ik me op het verkeer richten en dwaalden mijn gedachten enigszins af zonder dat ik ze heel erg moest intomen. Als ik een wens kon doen, zou ik vragen om een knop waarmee ik mijn gedachten kon uitschakelen. Dat zou nog eens een wens zijn.

'Ik weet precies wat u bedoelt,' zei Tsekas. 'Dat zou ik ook wel willen.'

Ja, en dan ben ik de hele dag op pad, vervolgde ik. 's Morgens bezorg ik de maaltijden. Het ene adres na het andere, al die verschillende mensen, uitstappen, het eten naar binnen brengen, even kort babbelen, terug naar de auto, instappen, starten, rijden, parkeren, uitstappen, het eten naar binnen brengen... En daarna alle andere dingen die moeten worden geregeld. Totdat het donker wordt alleen maar kleine stapjes, tot aan middernacht alleen maar kleine dingetjes. Die dagen waarop ik maar blijf rennen, die vind ik het fijnst, want daar word ik moe van. Dan plof ik op de bank neer en ben ik blij dat mijn voeten pijn doen.

'Dat kan ik me voorstellen,' zei Tsekas. 'Vermoeidheid is een fantastische uitvinding, lichamelijke vermoeidheid.'

Het enige wat ik echt goed heb geregeld, zei ik tegen hem, is mijn voorraad sigaretten. Twee pakjes per dag, die ik haal in tabakszaken die ik onderweg toevallig tegenkom. Dat functioneert. Trouwens, functioneren, dat is een woord dat veel beter van toepassing is dan leven. Ik weet niet of we in het jaar 1999 of 2001 zitten, ik beweeg me voort door de tijd alsof ik verdoofd ben.

Tsekas glimlachte naar me, haalde zijn handen door zijn haar dat hij voor zijn leeftijd – ik schatte hem halverwege de veertig – een tikje lang droeg, en deed zijn trui aan.

'Tot de volgende keer, mevrouw Sirny,' zei hij. Hij zocht in zijn broekzak naar de sleutel van zijn fiets. 'We zien elkaar over twee weken weer, maar als u eerder iets nodig hebt, dan...' Hij haalde een mobieltje uit zijn jaszak en zwaaide ermee voor mijn ogen heen en weer, 'dan belt u maar en dan kom ik,' zei hij.

De hemel had die man gezonden.

Er waren dagen waarop ik helemaal niets zei. Waarop elk woord me te veel was. Je moet een woord bedenken, het langs de stembanden de mond in duwen en dan met de tong vormen en over de lippen heen de wereld in sturen. Soms was dat me te veel moeite. Meestal merkte ik het al zodra ik wakker werd. Vandaag hou ik mijn mond, besloot ik dan, en dan beperkte ik me tot stommetje spelen.

Het was niet echt zoals in die film waarin een man telkens weer dezelfde dag beleeft en waarin hij steeds beter leert hoe hij op bepaalde zaken moet reageren omdat hij ze al eerder heeft meegemaakt. Mijn dagen waren amper van elkaar te onderscheiden, en er werd niets beter. Het enige wat veranderde, was dat ik mezelf aanleerde de leegte met min of meer nuttige bezigheden te vullen.

Gewenning. Dat is zo'n weldaad in het menselijk bestaan. Zelfs wanneer je leven onmenselijk is, kun je nog op de gewenning rekenen. Het is onvoorstelbaar wat een mens allemaal kan verdragen, dacht ik vaak. Ik was niet de eerste die door een dergelijk lot werd getroffen, en wanneer ik me niet zo beroerd voelde, zei ik vaak tegen mezelf dat het altijd erger kon. Denk maar aan wat mensen tijdens de oorlog hebben meegemaakt. Af en toe hadden de mensen bij wie ik een maaltijd bezorgde behoefte aan iets meer dan 'Goedemorgen' of 'Eet smakelijk', dan werden hun herinneringen hen te veel en moesten ze het over hun ervaringen van toen hebben. Hoe het was wanneer er een bombardement dreigde, wanneer de sirene ging en ze naar de dichtstbijzijnde schuilkelder moesten rennen, met hun kinderen aan hun rokken en in een klein koffertje het weinige wat ze snel hadden kunnen inpakken maar wat over een paar minuten misschien nog hun enige bezit zou zijn. Een oude man had me verteld dat hij als enige van zijn hele familie het concentratiekamp had overleefd en nog steeds geen enkele nacht kon doorslapen. Dat zijn pas beproevingen, dacht ik. En een paar uur lang had ik genoeg aan zo'n vergelijking. Ik had immers altijd nog hoop.

Tijdens een gesprek met Tsekas had ik het daar uitgebreid over.

'Hoop,' zei hij, 'wat een woord.'

Ik stak een sigaret op, en nog voordat ik de rook kon uitblazen, vervolgde hij: 'Ik heb het laatst in het woordenboek en op internet nagezocht. Er stond: hoop is een wens of een verwachting. Een diepgaande, emotionele, optimistische, innerlijke kijk op de toekomst.'

'Ja,' zei ik, 'zo had ik het zelf niet kunnen omschrijven, maar zo ervaar ik het ook.'

'Jean-Paul Sartre,' zei hij, en hij keek me even aan. 'Dat was een Franse filosoof, een van de bekendste en invloedrijkste intellectuelen van de twintigste eeuw. Schrijver van boeken, toneelstukken en essays. Zijn verhouding met Simone de Beauvoir was trouwens...' Hij zag mijn blik. Het was niet zo dat ik nog nooit van Sartre had gehoord, maar ik vroeg me af waarom Tsekas opeens vol lof over een dode Fransman sprak. 'Doet er niet toe,' zei hij. 'Sartre beschouwt hoop als de opwekkende tegenstelling van angst, het beste en sterkste wat er is. En nu we toch bij de filosofen zitten: volgens Immanuel Kant heeft de hemel de mensheid drie zaken geschonken als tegenwicht voor de vele beproevingen van het leven, en wel de hoop, de lach en de slaap.' Hij keek me grijnzend aan. 'Daarvan hebt u er in elk geval al twee. En met die slaap komt het ook wel goed, wacht maar af.'

'En hoe denkt u over hoop?' Zijn uitstapje naar de filosofische bespiegelingen had indruk op me gemaakt. En ik wist zeker dat hij dat niet allemaal had hoeven opzoeken. Tsekas was bescheiden en liep niet snel met zijn kennis te koop.

'Ik zie het op vergelijkbare wijze,' antwoordde hij. 'De psychologie zegt het heel fraai, die ziet hoop als een soort motivatiesysteem dat ons, indien nodig, een bovenmenselijke kracht geeft om elk doel te bereiken, mits dat niet utopisch is.' Voor die laatste halve zin had hij een tel lang geaarzeld en gehoopt dat ik er niets van had gemerkt. Het was me niet ontgaan, maar ik zei er niets over. Voor mij was Natascha's terugkeer geen utopie. Er hoorde alleen geen datum bij die je op de kalender kon aankruisen, zodat je de dagen kon afstrepen.

Dat was nog het ergste, dat er geen tijdstip aan te verbinden was. En het werd steeds moeilijker om dat te accepteren. Hoe langer we in deze uitzonderlijke situatie verkeerden, hoe duidelijker we ook de effecten op de kinderen zagen. Claudia, Sabina en ik hadden ons best gedaan de kleinkinderen voor het ergste af te zonderen, maar het instinct van zulke kleintjes is onfeilbaar. Ze hoeven niets te horen, ze voelen het vanzelf wel. En ze hadden er problemen mee. Markus was in de eerste klas van de lagere school blijven zitten. Hij had zich niet goed kunnen concentreren, zijn prestaties waren veel slechter geworden, zijn cijfers waren een ramp. En met René ging het nog slechter. We moesten bij de directeur komen omdat hij een ander kind had geslagen, zonder reden.

'Hij moet ook zijn agressie kwijt en zich afreageren,' zei Tsekas. 'We kunnen ons helemaal niet voorstellen wat er in zo'n klein hoofdje omgaat, en kinderen zijn nog niet in staat hun problemen op een analytische manier te bekijken.'

Met die woorden zette hij me aan het denken. Op een analytische manier vroeg ik me af waarom ik nog steeds naar die stomme talkshows op tv keek of een muziekzender opzette. De tv stond altijd aan wanneer ik thuis was. Het kon geen kwaad, was mijn uitleg. In zulke programma's babbelden mensen over wat er wel en niet bij hun lifestyle paste, of ze wel of geen piercing moesten nemen, of lieten ze de wereld weten met welk dieet zij waren afgevallen. Dat waren niet mijn beslommeringen. Op een analytische manier zocht ik een antwoord op de vraag waarom ik Rosamunde Pilcher-verfilmingen zo erg vond. Niet alleen omdat het zo'n vreselijke kitsch was; de hele idylle maakte me misselijk. Dat voorspelbare happy end. Zelfs in politieseries liep alles altijd goed af, was er voor alles altijd een oplossing. Behalve voor mij.

Het verlangen naar een leven zoals anderen dat leidden, was heel sterk. Ik probeerde alles op dezelfde manier als zij te doen en me niet van de rest van de mensheid te onderscheiden. Maar elke dag faalde ik in mijn pogingen. Soms, wanneer ik langs een modezaak liep, bleef ik staan om naar de etalage te kijken en dwong mezelf iets uit te kiezen. Wat zou ik hebben gekocht als ik nog belangstelling voor de mode had gehad?

Ik was opgeleid als coupeuse, al sinds mijn opleiding had ik er altijd piekfijn uitgezien: niet volgens de nieuwste trends, daarvoor ben ik te eigenzinnig, maar ik zag er wel uit als iemand die wist wat de mode van nu was. Ik keek naar de kleren die de poppen in de etalage droegen en liep weer verder. Twintig meter verder had ik niet kunnen zeggen of de broek die ik zo-even had gezien geel of groen was geweest.

Ik maakte ook geen kleren meer voor mezelf. Af en toe kwam een van mijn dochters aanzetten met een broek of rok waaraan iets moest worden veranderd. O, dat doe ik wel voor je, zei ik dan, en ik legde het kledingstuk in een andere kamer en vergat het volledig. Maar broeken worden niet uit zichzelf korter. Pas wanneer de meisjes drie weken later vroegen of ze hun kleren weer konden meenemen, begon ik er eens aan.

'Niemand kan u iets verwijten,' zei Tsekas geruststellend, en hij pakte een krant van de stapel op de eettafel. 'Ook alweer vier weken oud,' zei hij na een blik op de datum. 'Zelfs te laat voor de vis van gisteren.'

Ik begreep niet wat hij bedoelde.

'Een krant van gisteren is alleen nog goed om vis in te verpakken. Een oude journalistengrap.' Hij legde hem weer terug. 'Leest u de krant nog?'

'Ja, af en toe,' zei ik. 'Mijn schoonzoon neemt hem altijd trouw voor me mee. Maar ik vergeet meteen weer wat ik heb gelezen.'

'Er staat toch niets bijzonders in,' zei hij.

'O, meneer Tsekas.' Ik wist opeens weer wat ik nog met hem wilde bespreken. 'Ik heb een nieuwe auto nodig.'

'Ik ben op de fiets,' zei hij.

'Ik wilde ook niet uw auto lenen. Maar die van mij heeft zijn beste tijd gehad, en ik vraag me al een paar dagen af wat voor eentje ik moet kopen. Een rode, dat weet ik wel.'

'Is dat uw lievelingskleur?'

'Ja, dat ook, maar dat is niet de reden. Mijn huidige auto is rood,

dus ik dacht: als Natascha op auto's let, dan zal ze kijken of ze een rode ziet.'
'Slim bedacht,' zei hij. 'Dan kunt u het beste een rode auto kopen. En hebt u al nagedacht over het slot?'
Ik had verteld dat de politie me had aangeraden een nieuw slot op de deur te zetten. Zodat me niets kon gebeuren.
'Ik zet er geen ander op,' zei ik. 'Ten eerste heeft Natascha de sleutel. Mocht ze terugkomen en ik ben er niet, dan kan ze in elk geval naar binnen. Ten tweede vraag ik me af wie hier zou moeten komen. Als het degene is die haar heeft ontvoerd, mag hij me rustig ombrengen.'
'Dan zijn we wel klaar voor vandaag,' zei Tsekas. 'Of niet?'
'Nog niet helemaal,' zei ik. 'Ik heb nog een nieuwtje.'

Zoekt u een nieuwe baan? Flexibele werktijden, interessante uitdagingen in het verzekeringswezen, uitstekende beloning. Reacties onder nummer 84646.
Ik had op de advertentie gereageerd. Tafeltje-Dek-Je was leuk werk, maar ik kreeg behoefte aan afwisseling. Sinds kort deed ik ook nog de boekhouding voor het bedrijf van een oude vriend, en ik had gemerkt dat dat weer andere hersencellen aan het werk zette. Ik vond het fijn dat hij aan mij had gedacht; hij was een van die vrienden op wie ik na twintig jaar nog steeds kon bouwen. Het werk kostte me twee tot drie uur per week en was dus niet eens avondvullend, maar het hielp. Het zou triest zijn geweest als ik alleen maar met maaltijden door Wenen had kunnen rijden. En ik moest het huis uit, anders had ik het gevoel dat de muren op me af zouden komen. Tsekas had enthousiast gereageerd op het nieuwtje van de advertentie. Per omgaande post had ik een folder ontvangen. Financiële analyses, de opleiding kon op elk gewenst moment beginnen.
Tijdens de cursus waren we met ons tienen. Ik hoop maar dat niemand me herkent, dacht ik toen ik aan het uiteinde van de grote tafel in de vergaderzaal ging zitten. Het bleek dat ik me onnodig druk

had gemaakt. De andere cursisten waren bijna allemaal jonger dan ik en vooral met zichzelf bezig. Niemand wist precies wat we konden verwachten. Het onderwerp klonk ingewikkeld. Als je er niets van snapt, ga je gewoon iets anders doen, hield ik mezelf voor.

Er kwam een donkerblonde man van gemiddelde lengte binnen, gekleed in een lichtgrijs pak. Jij wordt verzekeringsadviseur, had iemand vóór zijn geboorte al bepaald. Stoppeltjeshaar, stropdas die waarschijnlijk aan zijn nek was vastgegroeid, horloge van deels staal deels goud, schoenen met metaal in de zolen zodat je al aan zijn voetstappen kon horen dat hij belangrijk was. Zo op het eerste gezicht leek hij me helemaal niet aardig.

Zodra hij zijn mond opende, werd mijn weerzin iets minder. Hij sprak met krachtige stem en articuleerde alsof elk 'en' ertoe deed. Hij drukte zich keurig uit en had tv-priester kunnen worden als hij niet af en toe een beetje pech met de 'L' had gehad. De 'Meidlinger L' noemen de inwoners van Wenen die uitspraak, en daarmee bedoelen ze dat de spreker eigenlijk een beetje een proleet is. Een compliment is het in elk geval nooit, en ik kan het weten, want ik kom uit Meidling.

'Wilt u graag geld verdienen?' vroeg hij bij wijze van begroeting. En toen legde hij uit hoe we dat konden doen.

'Voor het geval we elkaar verkeerd begrijpen: ik heb het over veel geld verdienen. Dat is helemaal niet zo moeilijk. Weet u, dames en heren, ik heb het over de mooiste baan die u zich kunt voorstellen. Geld verdienen in een handomdraai. Geld verdienen door gewoon met de mensen te praten, iets wat u normaal gesproken ook al doet.'

Ik niet, dacht ik.

'Geld verdienen door de mensen te helpen. We zijn hulpverleners met een jaarinkomen van zes cijfers.' Hij wachtte op het gelach waaraan hij blijkbaar was gewend. Dat kwam niet.

Hij ging soepeltjes verder, alsof er niets aan de hand was. 'En hoe doen we dat? Niet dat u denkt dat we mensen verzekeringen opdringen. Nee.' Hij hief zijn arm op, alsof hij bezig was met de bergrede. 'We weten wat we doen, en daarom schenken mensen ons hun vertrouwen. En terecht. Met onze omvangrijke potpourri...' Dat woord leek bijna te veel voor hem, '... aan keuzes kunnen onze cliënten elke maand honderd tot driehonderd euro besparen, en wij kunnen al snel het dertigvoudige verdienen.'

Enkele aanwezigen hapten naar adem. De mond van Stoppeltjeshaar vertrok een beetje, alsof hij lachte, en toen trok hij even zijn schouders op, zodat zijn manchetknopen zichtbaar werden en hij die kon aanraken. Het trucje werkte, we hadden allemaal het goud rond zijn polsen gezien.

'Ik ga u nu iets laten zien,' vervolgde hij. Hij liep met zo'n overdreven ferme pas naar een bijzettafeltje langs de wand dat zijn schoenzolen kleine inkepingen in het muisgrijze tapijt achterlieten. Hij maakte een klem los die een stapel papier op zijn plaats hield en haalde een folder te voorschijn; twee keer vier kantjes, in elkaar gevouwen. 'Dat is de sleutel tot uw rijkdom, het geheim van uw succes.' Hij gaf een stapeltje folders aan de man die vooraan zat. 'Geeft u die even door.'

'Alstublieft' kan er zeker niet van af, dacht ik.

Hij wachtte totdat iedereen een folder had gekregen, omdat het beneden zijn waardigheid was de aandacht met een simpel stukje papier te moeten delen.

'Met deze financiële analyse kunnen we de huidige situatie van onze cliënten bepalen.'

Interessant, dacht ik. Ik was de laatste die de folder had gekregen, hij lag voor me. Het was niet meer dan een vragenlijst.

'Voordat we onze cliënten optimaal financieel kunnen adviseren dienen we eerst vast te stellen wat zij bezitten. Geld. Leningen. Verzekeringen. U ziet...' hij raakte even de papieren aan die voor hem lagen, '... dat hier de naam wordt ingevuld, en hier het adres...' Alsof we op de lagere school zaten.

'U neemt als financieel adviseur deze punten met uw cliënt door en komt daardoor alles van de cliënt te weten. Mits u hem natuurlijk kunt verleiden alles mede te delen. Maar ik twijfel er niet aan dat u dat kunt. Ik twijfel aan geen van u.' Hij keek ons een voor een recht aan. Hij liep naar een overheadprojector en zette die aan. Op de witte wand tegenover ons verscheen een felgekleurde vlek met drie bonte rechthoeken erop.

'Dat,' zei hij, terwijl hij door de zaal liep, 'is het drie-kolommenprincipe van de financiële zekerheid.' Hij pakte een aanwijsstok en tikte tegen de linkerkolom. 'Dat is het inkomen dat door middel van arbeid wordt verkregen.' Tweede kolom. 'Pensioen, voor zover dat aanwezig is.' Derde kolom. 'Maar dit hier…' Korte stilte. '… is de voorziening die men zelf heeft getroffen.' Lange stilte. 'U ziet, dames en heren, dat het belangrijkste in het leven wordt verwaarloosd. De mensen denken niet aan morgen. De mensen leven in het hier en nu.'

Hij haalde het volgende vel uit zijn stapel en schoof dat onder de projector. 'De statistiek van morgen' stond bovenaan, met eronder de jaartallen 2002, 2012, 2022 en kleine zwarte poppetjes die in de laatste paar rijen maar voor de helft waren ingekleurd.

'Het pensioenstelsel is ziek. Nog niet zo lang geleden,' met zijn arm dirigeerde hij een onzichtbaar orkest, 'waren er drie werkenden per gepensioneerde. Dat was goed. Maar de mensen worden steeds ouder. Nu is het al zo dat iedere werkende een gepensioneerde moet onderhouden. Hoe ziet dat er over tien jaar uit, dames en heren?' Aanwijsstok. 'Een werkende moet twee gepensioneerden onderhouden. Dat kan niet eeuwig zo doorgaan. En over twintig jaar?' Hij keek ons vol verwachting aan. 'Nou?'

De vrouw die twee stoelen bij me vandaan zat, was nu al overijverig. 'Drie gepensioneerden,' zei ze. 'Dan moet iedere werkende drie gepensioneerden onderhouden.'

'Goed zo,' zei het lichtgrijze pak alsof hij het tegen een wijsneuzig kind had. 'Wat er wederom op wijst dat het systeem niet langer functioneert. De oplossing heet…' Hij maakte het nu echt spannend. 'Zelfvoorziening. We stellen mensen in staat door middel van levensverzekeringen een eigen reserve voor later op te bouwen.' Het klonk alsof hij net een geneesmiddel tegen kanker had uitgevonden, namelijk geld. 'We kennen allemaal minstens honderd mensen. En dat is uw startkapitaal. Met hen begint u. Op hen voert u een financiële analyse uit.' De folder schoot omhoog. 'Wanneer u slechts drie analyses per dag uitvoert, wat erg bescheiden is, dan bent u binnen een maand klaar. Zeven van de tien mensen kiezen voor onze hulp. Provisie: minstens honderd euro. Maal zeventig, dat is zevenduizend. Zevenduizend euro. Dat is geen slecht begin, hè?'

Voor mij zou het genoeg zijn.

Twaalf

Het werk liep lekker. Ik verdiende geen zevenduizend euro per maand, maar ik werkte dan ook niet zoveel als de anderen, die carrière wilden maken en er al hun tijd instaken. Ik had vooral voor verzekeringen gekozen omdat ik onafhankelijk wilde zijn, en niet zozeer vanwege het geld. Ik kon zelf mijn tijd indelen en hoefde geen minimale prestatie te leveren. Het verkopen kostte me weinig moeite, en op minder goede dagen maakte ik gewoon geen afspraken. Vandaag had ik drie afspraken, het was geen stille dag.

Mijn cliënt – om in de termen van Stoppeltjeshaar te blijven – was een vijftigjarige yogaleraar. Voor iemand met een boeddhistische inborst reageerde hij vrij gretig. Kort geleden, bekende hij me bij een kopje jasmijnthee, had hij een vriend gesproken die zich met tantra bezighield en ze waren tot de conclusie gekomen dat ze met hun werk nooit van hun leven een pensioen bij elkaar konden schrapen. Ja, zelf een regeling treffen, dat was wel iets voor hen, dus laten we maar beginnen. Toch deed hij heel moeilijk over het invullen van de vragenlijst. Het was voor hem heel wat om zijn financiële situatie prijs te moeten geven. We waren net bij de op een na laatste vraag toen mijn mobieltje ging.

Normaal gesproken neem ik tijdens een gesprek met een cliënt nooit op, maar de monnik zat net bij de vraag 'mogelijke inleg' yin en yang tegen elkaar af te wegen, en zo te zien kon dat nog wel even duren. Ik keek naar het display. Onbekend nummer. Het was een journalist van een opinieblad die me vroeg wat ik van het boek vond. Welk boek, was mijn wedervraag. Dat van Pöchhacker, zei de journalist, de privédetective, dat wist ik vast wel, hij schilderde me niet bepaald florissant af.

Op weg naar huis vroeg ik me even af of ik langs een boekhandel moest rijden, maar ik besloot het niet te doen. Dat betekende echter niet dat ik eraan kon ontkomen. Toen Claudia die avond bij me langskwam, smeet ze het broddelwerk op tafel.

'Pagina 237,' zei ze. 'Lees maar.'

Dat deed ik. 'Het belangrijkste was het controleren van mijn gegevens, en dan misschien nog vijftien getuigenverklaringen, twee verhoren, het lijk opgraven, en klaar!'[1] Ik liet het boek zakken.

'Lees eens verder,' droeg Claudia me op.

Ik las verder. '"Ik ben een teddybeer die zonder enige aanleiding in een grizzly kan veranderen."'[2]

De rest mocht ze me vertellen. De grizzly wist alles; dat Natascha was vermoord, dat ze in een plas bij Marchegg was gedumpt. Dat ik er iets mee te maken had.

'Neem dat alsjeblieft weer mee,' zei ik tegen Claudia, wijzend naar het boek. Ik wilde het niet eens meer aanraken.

'Hij is zeker geen Hemingway,' zei ze, in een poging me op te vrolijken.

Ik lachte niet.

'Dat verhaal over die leugendetector staat er ook in,' zei Claudia. 'Weet je nog?'

---

[1] Walter Pöchhacker, *Der Fall Natascha. Wenn Polizisten über Leichen gehen*, Wenen 2004; pag. 237
[2] Walter Pöchhacker, *Der Fall Natascha. Wenn Polizisten über Leichen gehen*, Wenen 2004; pag. 238

Ik knikte. Dat had nog het meeste op een slechte misdaadfilm geleken. De privédetective had zich vastgebeten in een ongerijmdheid in mijn verklaring over de gebeurtenissen op de ochtend van Natascha's verdwijning. De tijdstippen zouden niet kloppen, ik zou de politie iets op de mouw hebben gespeld. Met de bedoeling mijn eigen rol in haar ontvoering te verhullen. Een leugendetector kon helpen aan te tonen hoe het precies zat, had hij gezegd. Ik had meteen aangegeven dat ik dat wel wilde doen. Toen was Pöchhacker helemaal niet belangrijk voor me geweest. Het was gewoon iemand die naast de politie ook nog wat speurwerk verrichtte, en op dat moment was ik iedereen dankbaar die wilde helpen Natascha te vinden. Pas nu bekeek ik alles met andere ogen. De grizzly had me van het begin af aan in het vizier gehad.

Ik was alleen gegaan. Detectivebureau Pöchhacker, Landstraßer Hauptstraße. Voor de test, waaraan ook andere getuigen zouden worden onderworpen, was speciaal een expert uit Duitsland gekomen. Een professor in de psychologie van de universiteit van Keulen en zijn assistente Gisela. Ik was met een zakelijke beleefdheid ontvangen, niemand bood me koffie aan. De beide deskundigen hadden uitgelegd hoe het apparaat werkte.

Een leugendetector heet ook wel een polygraaf en meet polsslag, bloeddruk en ademhaling. Ook kan worden gemeten of de weerstand van de huid door zweten verandert. De eerste polygraaf werd op 2 februari 1935 door Leonard Keeler tijdens een experiment getest. Bij de FBI en CIA werden leugendetectors gebruikt alsof het röntgenapparaten waren. Van iedereen die spion wilde worden, werd de hersenpan doorgelicht, bij allemaal werd naar donkere plekken in hun verleden gezocht. En dat doen we nu ook bij u, legde Gisela aan me uit.

Het apparaat was net zo groot als de schooltas van Natascha. Een zwart kastje waaruit een zwarte kabel, dunne slangetjes en vier sensoren staken. De sensoren leken nog het meeste op elegante insecten op een staafje dat de verschillende reacties van de proefpersoon optekent en als een hysterische zigzaggende lijn op papier weergeeft. Geef me uw hand eens, zei Gisela, en ze deed me een soort vingerhoedje om. Dat is een receptor, legde ze uit. U moet de vragen uitsluitend met ja of nee beantwoorden, anders raakt het apparaat in de war en is de test ongeldig. Begrijpt u dat, mevrouw Sirny?

De grizzly stond met kaarsrechte rug naast ons, zijn armen over elkaar geslagen. In gedachten was hij waarschijnlijk al bij de persconferentie waarop hij zou verklaren wie de dood van Natascha op zijn of haar geweten had. Zijn we zover, wilde hij weten.

Gisela stelde vragen, een bandje liep mee.

Heet u Brigitta Sirny?
Ja.
Bent u van plan alle vragen naar waarheid te beantwoorden?
Ja.
Hebt u ooit een levend wezen pijn gedaan?
Nee.
Weet u wie er iets met de verdwijning van Natascha te maken heeft?
Nee.
Hebt u uit eigenbelang een onwettige daad verricht?
Nee.
Hebt u iets met de verdwijning van Natascha te maken?
Nee.
Hebt u ooit de belangen van anderen genegeerd teneinde uw eigen doelen te kunnen bereiken?
Ja.
Weet u waar Natascha nu is?
Nee.

En zo ging het maar door.

Het machinale insect gleed schokkend over het papier. Gisela bekeek het zigzaggende kunstwerk en vinkte de antwoorden af. Ik vroeg of ik mocht roken, ik was zenuwachtig. Niet omdat ik bang was voor de uitslag van de test, maar omdat ik nog nooit zoiets had gedaan.

En, vroeg de detective toen Gisela klaar was. Alles is in orde, zei ze, mevrouw Sirny spreekt de waarheid.

'Dat weet ik nog,' zei ik nu tegen Claudia. 'Sirny en de leugendetector, dat heeft toentertijd breeduit in de kranten gestaan.'

Claudia bladerde naar een andere passage in het grizzlyboek. 'Hier,' zei ze, 'beweert hij dat je zo onduidelijk hebt gesproken, dat je voortdurend zat te hoesten en je keel zat te schrapen.' Ze las verder. 'O, dit is sterk, moet je horen. Hij: "Na de aansporing om na de derde onderbreking door te gaan en zo rustig mogelijk te blijven zitten, en na het misplaatste verzoek om geen adem te halen, volgt een opmerking vol galgenhumor." Jij zei namelijk: "Ik zal toch moeten ademen."'[3]

Ik sloeg haar gade terwijl ze het boek doorbladerde.

'O, nog zoiets moois,' zei ze. 'Uit een gesprek tussen Pöchhacker en de heer Fleischhacker van de recherche hooglijk verbaasde." Bla, bla, bla. "Dit was het soort gedrag waarvan de haren me te berge rezen."[4] Fraai gezegd, hè?'

'Toe, leg dat vod toch weg,' verzocht ik haar.

Ze negeerde me. 'De recherche moet het al net zo ontgelden. "Ik kon later alleen maar niet-begrijpend mijn hoofd schudden over de manier waarop het onderzoek was uitgevoerd. Het antwoord van de heer Fleischhacker luidde heel stellig: mevrouw Sirny is voor ons geen verdachte."[5] De politie heeft de grizzly dus blijkbaar ook niet serieus genomen.'

---

3 Walter Pöchhacker, *Der Fall Natascha. Wenn Polizisten über Leichen gehen*, Wenen 2004; pag. 73
4 Walter Pöchhacker, *Der Fall Natascha. Wenn Polizisten über Leichen gehen*, Wenen 2004; pag. 74
5 Walter Pöchhacker, *Der Fall Natascha. Wenn Polizisten über Leichen gehen*, Wenen 2004; pag. 77

Later die avond bedacht ik me dat Claudia me met die opmerkingen over de leugendetector had willen afleiden. Na haar vertrek had ze het boek laten liggen; ze kende me goed genoeg om te weten dat ik er vroeg of laat toch in zou kijken. Eigenlijk waren het geen nieuwe beschuldigingen waarmee Pöchhacker nu weer mee op de proppen kwam. Het ging weer eens over mijn vermeende relaties, die zowel de rechter met de zonnebloem als de detective die dacht dat hij een beer was me in de schoenen probeerde te schuiven. Volgens de grizzly was een van mijn oudste vrienden mijn minnaar, met wie ik een misdrijf zou hebben gepleegd. De man voor wie ik nu de boekhouding deed, zou me toen hebben geholpen mijn dochter uit de weg te ruimen, voordat ze uit de school zou klappen. In het boek noemde hij hem Großkopf.

Wat een stel, dacht ik, de heren Martin Wabl en Walter Pöchhacker. Die toveren de ene na de andere minnaar uit de hoge hoed, zomaar uit het niets, terwijl ik de afgelopen jaren amper een leven heb gehad, en al helemaal geen liefdesleven. Ik had niet eens naar een schouder verlangd om op uit te huilen, maar toch was ik in hun ogen een mannenverslindster van de ergste soort. Dat was blijkbaar de enige manier om hun verhaal kloppend te krijgen. Het enige motief voor een misdrijf jegens mijn dochter was een affaire. Er moest een man bij betrokken zijn die Natascha blijkbaar niet kon uitstaan, of eentje met wie ik haar samen had misbruikt. Zonder zo'n figuur sloegen hun veronderstellingen nergens op. Minnaar, kind is lastig, weg ermee. Zo moet het zijn gegaan. Bewijzen? Die zijn niet belangrijk.

De ene keer was het zomaar een arme drommel uit de buurt, de andere keer iemand uit mijn vriendenkring; het was hen om het even. Ze hadden net zo goed het telefoonboek kunnen openslaan en willekeurig een naam kunnen aanwijzen. En waarbij zou dat kind dan in de weg hebben gelopen? Er was al lang geen echtgenoot meer voor wie ik iets verborgen hoefde te houden. Koch en ik waren al een hele tijd uit elkaar, toen had Natascha nog niet eens op school gezeten. Sindsdien woonde ik met haar alleen. Natascha had zoveel kunnen kletsen als ze maar wilde. En stel dat ze een nieuwe papa had gehad met wie ze niet zo goed overweg kon? Dat probleem hadden honderdduizenden andere moeders ook. Vermoordden die hun kinderen ook allemaal? Ze heeft haar ontvoerd, beweerde Wabl. Ze heeft haar onder de grond gestopt, zei Pöchhacker, die in elk geval nog zo fatsoenlijk was de seksuele details weg te laten die meneer de rechter zonder pardon op tafel had gegooid.

De angel van de grizzly zat ergens anders. Hij was goede vrienden met Koch. Dat mijn ex hem van pareltjes uit de schatkist van een mislukte verhouding heeft voorzien, neem ik hem niet eens kwalijk. Mensen zeggen wel vaker iets. Maar dat een privédetective zulke uitspraken meteen voor waarheid aanneemt, dat begrijp ik niet. Zeker niet als het een privédetective is die zich voortdurend opwindt omdat de politie de kantjes ervan af zou lopen. Dat juist zo iemand de losse eindjes van verschillende verhalen aan elkaar knoopt om er een valstrik van te maken.

De minnaar die hij Großkopf noemde, bezat in Marchegg een stuk grond met een meertje; wat handig, want nu kon hij beweren dat Natascha daar lag. Dat kan gewoon niet anders. Wie een meertje heeft, heeft immers altijd vuile handen. Meer dan een jaar lang had de grizzly tegen de politie lopen zeuren dat ze daar moesten graven, graven, graven. En toen waren ze gaan graven. En er was niets gevonden.

Ik had geprobeerd dat allemaal te negeren. Zijn aantijgingen, de berichten in de media. Voer voor de pers. Het was me te veel, ik wist immers dat ze niets zouden vinden. Ik had mijn kind niet begraven.

Bespottelijk, had de privédetective na de zoekactie geroepen, dat was ook geen echte bagger geweest. Zo'n graafmachine als de politie had, dat was gewoon speelgoed, daarmee kon je niet fatsoenlijk zoeken. De grijper was te klein, ze hadden een damwand neer moeten zetten zodat ze met echt zware machines hadden kunnen graven. Dat waren toch gewoon een stel amateurs.

Ik was het hele spektakel alweer bijna helemaal vergeten, maar nu kwamen de herinneringen in alle hevigheid terug, als een boemerang. Ik sloeg hard tegen het boek, dat nog altijd voor me op de salontafel lag. Het gleed op de grond en viel open. Ik liep om de tafel heen en raapte het op, zodat ik het in de vuilnisbak kon gooien, en mijn oog viel op een zin op de opengeslagen pagina: 'Het is belangrijk dat er eindelijk duidelijkheid komt, dat het lijk fatsoenlijk wordt begraven en dat het verdriet kan worden verwerkt.'[6] Ik klapte het boek dicht. Je hoeft mij niets over verdriet te vertellen, dacht ik.

'En toen heb ik de hele nacht zitten huilen,' zei ik.
Tsekas hield heel even zijn hoofd scheef en trok zijn wenkbrauwen op. Dat deed hij vaker, zo uitte hij zijn medeleven. Hij was geen man voor grote gebaren, maar de kleine hadden meer effect dan wat dan ook. Hij begreep mijn verdriet. 'Huilen is goed,' zei hij. 'Het lichaam zet als het ware de sluizen open, en alles wat is opgekropt, kan naar buiten stromen. En u hebt de laatste tijd nogal veel opgekropt.'
'Ik heb iets nieuws bedacht,' zei ik. 'Wanneer iets me zo aangrijpt dat ik het niet langer kan verdragen, beeld ik me iets in wat nog erger is.'
'Wat dan?'
'Laatst heb ik bijvoorbeeld ergens gelezen dat een boer met zijn tractor zijn eigen kind heeft overreden. Het kind heeft het niet overleefd, en ik vroeg me af hoe de vader zich moest voelen. Die heeft niet alleen zijn kind verloren, maar wordt ook nog eens aangeklaagd en veroordeeld. Dat moet vreselijk zijn. Hij is er nog erger aan toe dan ik. Daardoor lijkt mijn geval minder erg, begrijpt u? Ik weet dat ik Natascha niet heb gedood. En de mensen...'
'De mensen...' Tsekas maakte een afwijzend gebaar met zijn hand.
'... de mensen mogen van me denken wat ze willen. Ik kan ze niet veranderen, ik kan ze niet beter of slechter maken. Ze hebben hun

---

6 Walter Pöchhacker, *Der Fall Natascha. Wenn Polizisten über Leichen gehen*, Wenen 2004; pag. 301

mening toch al gevormd en die zullen ze uiten ook. Ik zorg er alleen voor dat ik die niet hoef te horen.'

Tsekas stond op en liep naar de balkondeur. 'Mag ik deze opendoen?' vroeg hij.

Ik had weer te veel gerookt, daar kreeg hij soms branderige ogen van. 'Natuurlijk,' zei ik.

Hij deed de deur open en liep het balkon op. 'Wat is daarmee gebeurd?' Hij wees op een paar dorre takken.

'Dat is het boompje van de Arabier.'

Tsekas keek me over zijn schouder aan. Voor het eerst had zijn blik iets behoedzaams. Heel even een flits van nu-draait-ze-echt-door.

'Heb ik dat nog niet verteld?' vroeg ik.

'Nee. Ik kan het me niet herinneren.'

'Dat boompje komt van een van mijn helderzienden. Een Arabier die met zijn hele familie kwam aanzetten. Moeder, oma, vader, opa, ze zaten hier allemaal in de woonkamer. Hij was er zeker van dat Natascha de weg naar huis weer zou kunnen vinden als we een briefje met haar naam aan het boompje zouden hangen. Een ficus benjamin, zei hij. Dat is er een.'

'Vreemd verhaal,' zei Tsekas.

'Dan kent u de andere verhalen nog niet,' zei ik. 'Maar goed, we moesten in elk geval haar naam en die van mij op een briefje schrijven en dat aan de takken binden. Dat heb ik gedaan. U zult zien dat ze weer terugkomt, heeft hij gezegd. Het gekke is dat het boompje sindsdien is veranderd.'

'Aha.'

'Een paar maanden later ging het vriezen. Het is dood, dacht ik toen, dat was een vreselijke tijd. Toen heb ik het gesnoeid, en opeens begon het te bloeien. Toen dacht ik: Natascha leeft.'

Tsekas keek naar het ontbladerde skelet.

'Ja,' zei ik als antwoord op zijn blik, 'nu heeft het boompje weer alle blaadjes laten vallen. Maar ik maak me er niet meer zo druk om.'

'Dat is de boom van uw stemmingen,' zei Tsekas. 'Een afspiegeling

van uw zielenroerselen, weet u dat? Bomen hebben ook een leven. Ze reageren met gevoelens.'
'U verbaast me elke keer weer,' zei ik.
'Het is echt zo,' zei hij. 'Er zijn proeven gedaan met een philodendron. Ze hebben een paar bladeren omgeknakt en een paar afgeknipt, en telkens wanneer de degene die dat had gedaan binnenkwam, begon de plant heel even te trillen. Dat hebben ze gemeten, ik weet alleen niet meer precies hoe. Maar sindsdien is bewezen dat bomen ook bang kunnen zijn. Wie weet wat ze nog meer kunnen.'
Tsekas kwam de kamer weer in en deed de balkondeur dicht. 'Wat is dat?' Hij pakte een vel papier van de eettafel.
Ik lachte fijntjes. Hij had zo zijn maniertjes om me onopvallend te bespioneren. Toevallig vond hij altijd wel iets: een oude krant, een notitie, een telefoonnummer dat ik ergens had neergekrabbeld. Dat schoof hij me dan als terloops onder de neus. En het was nooit zonder belang. Vaak had het iets met Natascha te maken en liet hij aan mij de keuze of ik erover wilde praten of niet.
'Dat,' zei ik, 'is het nummer van de speciale eenheid in Burgenland.'
'Aha.'
'Nee, echt, die hebben onze zaak nu in behandeling.'
'In Burgenland.'
'Ja.'
'Waarom?'
'Omdat de recherche hier, het team-Fleischhacker, de zaak moest afstaan.' Ik legde het hem uit zoals het mij was uitgelegd. 'Omdat ze niets hebben gevonden. Dat is in de republiek Oostenrijk nog nooit voorgekomen, dat een dergelijke zaak niet is opgelost. Zo veel getuigen, zo veel verklaringen, zo veel dossiers. En nu nemen zij het over.'
'En waarom neemt uitgerekend Burgenland het over?'
'Dat weet ik ook niet precies. Ik heb het gevraagd, maar ze zeiden dat het net zo goed Stiermarken of Salzburg had kunnen zijn. Ze zeiden dat de politie in Wenen blijkbaar blind voor bepaalde dingen

was, dat ze oogkleppen op hadden. Daarom hebben ze de hele berg dossiers naar Eisenstadt overgeheveld, zodat de rechercheurs in Burgenland zich kunnen inlezen.'

'Dat is toch idioot,' zei Tsekas. 'Ik bedoel, dan zouden ze het toch beter hogerop kunnen zoeken. De federale recherche in Weisbaden, of wat mij betreft een profiler van de FBI.'

'Dat dacht ik dus ook,' zei ik, 'zeker omdat Wiesbaden zich er al eens mee heeft bemoeid. Ze hebben daar een speciaal computerprogramma waarmee ze kunnen vaststellen hoe Natascha er nu ongeveer uit moet zien.'

'Wat interessant. Hoe doen ze dat dan?'

'Ze hebben een oude foto bewerkt, en uiteindelijk is er een Natascha uitgekomen die een paar jaar ouder is. Ik heb het resultaat gezien. Ze zag er heel anders uit, maar het was wel duidelijk Natascha.'

Tsekas was onder de indruk. 'Juist op die leeftijd kunnen kinderen nog heel erg veranderen.'

Een paar minuten lang waren we ieder in onze eigen gedachten verzonken. Ik probeerde me een foto van Natascha als tiener voor te stellen, waarin zo veel sporen van haar kinderlach zouden ontbreken. Dat moeten we allemaal inhalen, dacht ik, als ze ooit...

Dat de tijd verstreek, merkte ik alleen aan mijn gewoonten. Tijd betekende niets voor me. Tijd heelt alle wonden, zeggen ze, maar die uitspraak is vast verzonnen door iemand die nooit iets ergs heeft meegemaakt. De tijd heelt niet, de tijd maakt niets beter. Ze verstrijkt alleen maar, en je denkt niet meer elke minuut het allerergste. Er gaat een uur voorbij, en dan nog een paar. Maar vergeten doe je het nooit. En wanneer de herinnering weer toeslaat, doet het weer net zo'n pijn als op de eerste dag.

Het deed er niet toe of Natascha een paar weken, een paar maanden of een paar jaar weg was. Het deed er niet toe omdat het niet te bepalen was. De tijd verliep voor mij niet langer lineair, maar bestond uit losse momenten, die zwak straalden, als lichtpuntjes in een verder donker gat, en die een cirkel rondom me vormden.

Soms lukte het me om heel even los te breken uit die cirkel en te doen alsof ik een echt leven had. Meestal hing dat samen met mijn werk. Zoals toen ik iets met sieraden ging doen. Het begon met een vriendin die zich had laten overhalen om bij haar thuis een verkoopdemonstratie van sieraden te geven en mij ook had uitgenodigd.

Het was niet zo erg als ik had gevreesd. Een koffiekransje met glimmende steentjes. Het waren vlotte, modieuze sieraden, en ik kocht zelfs een ring. Rond de 1200 schilling, de euro was er toen nog niet. Het was het eerste waarop ik mezelf sinds Natascha's verdwijning trakteerde. Zie je wel, zei mijn vriendin, ik wist wel dat er iets voor je bij zou zitten. Ik vind het leuk, zei ik, maar mijn portemonnee kan het minder waarderen.

De verkoopster had goede oren. Als u voor ons gaat werken, zei ze, kunt u dat allemaal krijgen. Het is zo verdiend, zei ze, en u kunt zelf uw tijd indelen. En het zijn niet zomaar sieraden, het is Pierre Lang, dat is een bekende naam. U kunt het werk ideaal met andere dingen combineren. Een week later zat ik al op cursus.

Voor de verkooptips had ik niet hoeven komen. De leraren waren verbaasd dat het me zo gemakkelijk afging. Nou ja, dacht ik, levensverzekeringen, halskettinkjes, wat maakt het uit. Of ik mensen nu een betere toekomst of een fonkelend heden bood, deed er niet zoveel toe. Voor mij was het in elk geval iets nieuws, een uitdaging in mijn wereld waarin alles hetzelfde bleef. Na zes presentaties mocht je zelf afspraken regelen. Het ging allemaal goed. Ik kreeg een koffer vol monstersieraden. Ik keek ernaar uit.

Maar direct na mijn eerste demonstraties sloot de cirkel zich weer om me heen. Het was inspannend werk; niet omdat ik te weinig ervaring had, maar omdat ik zo veel mensen onder ogen moest komen. In het begin waren het nog familieleden, collega's en vrienden die ik had opgetrommeld, maar toen ik die had gehad, kwam ik in mijn eentje voor een stuk of tien vrouwen te staan die ik nog nooit van mijn leven had gezien. En elke keer was ik bang dat iemand me zou herkennen.

Ik zag het direct aan hun blik als het weer zover was. Meteen bij binnenkomst wist ik al dat ze zich afvroegen waar ze me van kenden. Ik bracht mijn tekst niet al te best, voortdurend in paniek: zal ze me wel of niet aanspreken? Ik begon te zweten en te stotteren. Soms dacht ik veilig te zijn en kwamen ze toch: ken ik u niet ergens van? We kennen elkaar niet, zei ik elke keer, me in mijn koffer verstoppend. Woont u daar en daar? vroegen ze. Nee, zei ik. Ken ik u van tv? Nee, ik heb niets met de tv te maken. Maar waarvan dan... Misschien lijk ik wel op iemand. Het klonk altijd een tikje te bars. En dan was hij weer dicht, die kleine opening in mijn cirkel.

Met Natascha waren de afgelopen jaren verdwenen. Mijn leven had anders moeten lopen, dacht ik soms. Natascha had nu een meisje zoals alle andere meisjes van haar leeftijd kunnen zijn, en ik was dan een moeder geweest, misschien zelfs een vrouw.

Anderen scheuren blaadjes van de kalender, maar bij mij vielen ze vanzelf naar beneden. Met wisselende tussenpozen. Eén keer per jaar vakantie bij de boer, één keer per jaar een kaarsje voor Natascha in Mariazell, dat waren de vaste momenten. Daartussen een keertje Pasen, een keertje Kerstmis, meteen daarna oud en nieuw. Ik vierde niets, ik was alleen maar aanwezig. Ik verdeelde cadeautjes onder mijn kleinkinderen en probeerde nergens de pret te bederven. Op een bepaald moment waren hele eeuwen verschoven. Had Natascha dat ook gemerkt? Op een bepaalde manier legde ik een verband tussen haar en mijn gebrek aan besef van tijd.

In de etalage van een fotozaak zag ik een foto staan. Een boom, vier jaargetijden. Voor mij zijn die allemaal hetzelfde, dacht ik. Ik heb blaadjes in de winter en ben 's zomers een en al schors, en soms komen er een paar bloesems uit. Alleen wortels, die heb ik niet.

Mijn leven is op 2 maart 1998 opgehouden.

Vandaag is het 23 augustus 2006, ik heb het nagekeken. Er zijn 3096 dagen verstreken.

Sinds gisteren.

Dertien

VERBODEN TOEGANG meldt het houten bord. In eerste instantie begrijp ik helemaal niet wat daarmee wordt bedoeld. Twee simpele woordjes, waarmee opeens het verloop van een hele dag wordt verstoord. We zijn immers uitsluitend om deze reden naar Mariazell gekomen. Om een kaarsje op te steken in de basiliek. Zoals elk jaar.

Ik verroer me niet. 'Verboden toegang,' lees ik nogmaals. 'Ouders zijn aansprakelijk voor hun kinderen.' Juist nu, denk ik. 'Wegens verbouwing gesloten.' Juist vandaag.

'Wat is er, oma?' Helena trekt aan mijn broek.

'De lichtgrot is dicht,' zeg ik. 'We kunnen geen kaarsje opsteken. Jullie weten toch waarom we dat elk jaar doen.'

Alina kijkt de anderen aan. Ze is het kleinst van allemaal en snapt nog niets van kaarsen en verbouwingen.

'Ik weet waarom,' zegt Michelle. 'Voor Natascha.'

Ik pak mijn kleindochters bij de hand, draai me om en laat de kerk achter me. Het heeft geen zin. En de kinderen hebben honger. Het is tussen de middag, kort na half een.

'Ik wil worstjes,' zegt Michelle.
'Ik wil friet,' roept Helena. De menukaarten in Konditorei Pirker in Mariazell veroorzaken nogal wat opwinding.
Ik bestel. Voor mezelf slechts koffie. In eten heb ik geen trek. 'Willen jullie ketchup?' vraag ik.
De worstjes worden gebracht, de frietjes ook. De meisjes zijn druk bezig. Het bord is niet langer het enige waar ketchup op zit. Ik zoek in mijn tas naar een zakdoek. 'Hè,' zeg ik, 'nu ben ik mijn mobieltje vergeten.' Het laat de kinderen koud.
'Wat gaan we eigenlijk doen wanneer Natascha weer terugkomt?' Opeens is het stil. Ik kijk mijn kleindochter aan. Michelle stelt die vraag zomaar, uit het niets. Achthenhalf jaar lang hangt hij al in de lucht, en het is vreemd dat niemand hem eerder heeft gesteld. Zo concreet. Ik krijg opeens kippenvel, hoewel de zon schijnt en het zesentwintig graden is.
'Dat komt wel goed,' zeg ik. Na alles wat ik al heb meegemaakt, krijg ik mezelf in gevallen als deze weer snel onder controle. 'We hebben plaats zat thuis, de woning is groot genoeg.' Ik pak mijn koffiekopje. 'We zullen haar kamer een likje verf geven,' zeg ik. 'Mintgroen, want roze past niet meer.' Ik zet de koffie neer zonder een slok te hebben genomen. Het is kort voor enen.

'Daar is mijn mobieltje.'
Ik loop de paar stappen naar de tafel. Drie gemiste oproepen. Twee van de nummers zeggen me niets. Normaal gesproken zou ik terugbellen, maar nu niet. In de kitchenette zet ik koffie. De vakantiewoning op de boerderij in Wienerbruck is een soort tweede thuis.
'Hoe was het in de lichtgrot?' vragen de jongens. Markus en René zijn thuisgebleven.
'We zijn helemaal niet...' Verder kom ik niet. Mijn mobieltje gaat. Ik neem op.
'Goedemiddag, mevrouw Sirny. Dat is lang geleden. Hoe is het?'
Ik draai er niet omheen. De journaliste die ik aan de lijn heb, belt

niet uit interesse. 'Is er iets aan de hand? Is er nieuws? Over Natascha?'

'Nou... ik weet niet of ik het tegen u mag zeggen... Ik wil niet dat u boos wordt als het straks niet waar blijkt te zijn...'

'Als wat niet waar blijkt te zijn?' Mijn toon wordt scherper.

'In Deutsch Wagram is een jonge vrouw opgedoken. Ze beweert Natascha te zijn.'

Ik verbreek de verbinding. Sabina en de vijf kinderen kijken me aan. Er is iets gebeurd. Dat zien ze aan mijn gezicht. Iedereen begint door elkaar te praten.

Ik begin meteen opnieuw te bellen. Bel een collega van mijn werk. Vraag naar het nummer van de politie in Deutsch Wagram. Twintig minuten lang probeer ik iemand aan de lijn te krijgen. Het lukt niet. Dan word ik zelf gebeld.

'Goedemiddag, mevrouw Sirny. Fischer, recherche. Tijd niet gesproken...'

'Is ze het?'

'Negenennegentig procent kans van wel.'

Het is het einde van de middag. Even na vijven.

'Wanneer mag ik haar zien?'

'Ik bel u terug.'

De kinderen drommen om me heen.

'Wanneer kunnen we haar zien?' vraagt Sabina.

'Hij belt nog terug, hij moet nog...' Verder kom ik niet.

De pensionhoudster stormt de kamer in. 'Beneden hebben we een tv!'

'Kunt u de pers op een afstand houden?' vraag ik aan de pensionhoudster.

Ze loopt weer naar buiten.

Ik zit als verstard op een mierenhoop. Iedereen praat door elkaar. Iedereen krioelt om me heen. Niemand kan bevatten wat er zo-even is gebeurd.

Weer gaat mijn mobieltje.

'Mevrouw Sirny, we komen u ophalen.'
Ze. Is. Terug.
Ik zit zonder een woord uit te brengen op mijn stoel. Binnen in me vindt een explosie plaats. Vreugde. Bevrijding. Verlossing.
De politie heeft anderhalf uur nodig. We horen de auto het erf oprijden, Sabina en ik rennen naar beneden. Zwaailichten. De verslaggevers van ORF Niederösterreich willen me tegenhouden. Sabina geeft kort commentaar. Ik ga voor in een grijze Volkswagen zitten. De chauffeur geeft gas. De beide andere agenten wilden me begroeten, maar krijgen de kans niet.
'Vertel eens, waar is ze? Hebt u haar gezien? Hoe ziet ze eruit? Gaat het goed met haar?'
'We weten zelf ook niet veel.'
'Maar het gaat toch goed met haar? Ik bedoel, iemand moet u toch iets hebben verteld... Meer dan ik weet... Ik kan me helemaal niet voorstellen... We zijn op vakantie, dat doen we elk jaar, en dan steken we een kaarsje op in de lichtgrot in Mariazell... De kleine zegt... Mijn kleindochter bedoel ik, die zegt opeens: wat doen we wanneer Natascha weer terugkomt... Niet áls ze terugkomt, want dat hebben we altijd al geweten... Ze vroeg wat we dan gaan doen... We hebben het nog over haar kamer gehad, dat we die een nieuw verfje gaan geven... Die is roze, maar dat is een kleur voor een klein meisje, dat past niet meer... Dus toen zeiden we, dan nemen we nu mintgroen... Maar misschien vindt ze dat helemaal niet mooi... Nu kunnen we haar dat vragen... Heeft ze al iets gezegd?'
'Dat kunt u haar straks zelf vragen.'
'Ik kan het gewoon niet geloven... Natascha... Natascha is er weer... En ze is niet gewond? Zie je iets aan haar gezicht? Heeft ze ergens littekens? Ik weet dat u niets kunt zeggen, sorry dat ik zo zit te ratelen... maar u kunt zich niet voorstellen, na al die jaren... Ik bedoel, mijn kindje is nu achttien... Zal ik haar nog wel herkennen? Ja, natuurlijk wel... Ik ben niet zoveel veranderd... Mijn god, als ik eraan denk... Mijn dochter... Ik heb er nooit aan getwijfeld dat ze

terug zou komen... Ik heb me dit moment zo vaak voorgesteld... En nu ben ik zo zenuwachtig dat ik... Waar zijn we nu?'

'Net voorbij Annaberg.'

'Ik kan niet eens rustig blijven zitten... Mag ik het raam opendoen? U zit helemaal in mijn rook... O, ik heb al die jaren zoveel gerookt... Niet zoveel roken, mama, dat zei ze altijd... Ik kan haar maar beter niet vertellen dat ik al die jaren op koffie en sigaretten heb geleefd... maar verder heb ik haar zoveel te vertellen... Ze kent haar neefjes en nichtjes niet eens meer...'

En zo gaat het tot aan Wenen door. Bij de stadsgrens pakt een van de agenten het blauwe zwaailicht uit het handschoenenvakje en zet het op het dak. De laatste kilometers, denk ik.

We slaan af, de Berggasse in. Voor het bureau drommen de journalisten samen. Dertig meter verder is een garagepoort. Die gaat open. We rijden de binnenplaats op. De auto stopt.

We stappen uit, een agent houdt de deur voor me open, we wachten op de lift. In de lift beginnen mijn knieën te knikken. Een paar seconden nog, denk ik.

De lift blijft staan, de politiemannen gaan me voor. Er lijkt geen einde aan de gangen te komen. Ik zie de ingang van het kantoor. Het is niet ver, maar voor mij duurt het eindeloos. De deur. De deurklink. De eerste blik in de kamer. En daar is ze niet.

De politiemannen leiden me verder. De hoek om, een andere kamer in. De deur staat open. Ik zie Natascha.

Stilstaand beeld. Brigitta Sirny en Natascha Kampusch staan tegenover elkaar. Moeder en dochter. Al achthalf jaar van elkaar gescheiden. De kamer zit vol mensen. Het maakt hen allebei niet uit. Op dit moment zijn zij de enigen. Hun blikken kruisen elkaar. Aan hun gezichten is niet te zien wat er in hen omgaat. Het magische ogenblik is van hen alleen. Niemand kan begrijpen wat er voor ongelooflijks met hen gebeurt. Zo wordt een ster geboren. Net als in de leegte van het heelal balt massa zich met een onmeetbare druk samen, en er ontstaat iets nieuws. Ze staan voor het eerst weer in het licht.

Natascha is mager, heel bleek, maar ik herken haar meteen. Ze is niet gewond, ze is niet verminkt. Ze draagt een overgooier, een wit jasje en ballerina's. Ik loop naar haar toe. We vallen elkaar in de armen. We houden elkaar een hele tijd vast. Ik voel dat ze staat te trillen.

Ze maakt zich van me los. Met een hand pakt ze me bij mijn vest, neemt me terzijde, bekijkt me aandachtig en zegt: 'Je bent nog altijd zo slank en knap. Ik had gedacht dat er een oud rimpelig vrouwtje binnen zou komen.'

'Ach, kom nou,' zeg ik.

Opeens vallen de andere aanwezigen me op. Tien, vijftien, twintig mensen zijn het, alleen al in dit vertrek. Ze kijken allemaal naar ons. Ik weet niet wat ik moet zeggen.

'Ik ben niet seksueel misbruikt,' antwoordt Natascha op de vraag die ik niet heb gesteld. Ze moet mijn gedachten hebben gelezen.

En dat is alles wat ze ons gunnen. We staan maar een meter bij elkaar vandaan, maar we worden nu al van elkaar gescheiden. Niemand verlaat het vertrek om ons even wat tijd voor onszelf te geven. Iedereen is belangrijk. Ze doen allemaal alsof ze haar persoonlijk hebben gevonden. Op het mooiste moment van ons leven zijn we niet meer dan onderdeel van een ambtelijke handeling.

Iemand duwt zijn schouder tussen ons in, begint tegen Natascha te praten, wimpelt mij af, zet me op de tweede plaats. Ik zie Claudia en Günter staan. Ze waren er al eerder dan ik, net als Koch, die zich een tikje afzijdig houdt. Hij kon sneller hierheen komen dan wij vanuit Wienerbruck.

Naast Koch staat een vrouw in een groene jurk. Ik kijk naar haar en weet dat ze hier niet hoort.

'Dat is Georgia,' zegt Claudia. 'Dat is nu zijn vrouw.' Haar blik blijft op Koch rusten. 'Je kunt je niet voorstellen wat zich voor jouw komst allemaal voor taferelen hebben afgespeeld.'

'Hoe bedoel je?' vraag ik.

'Nou, haar vader komt binnen, ziet Natascha staan en vraagt aan mij of ze het is. Rent naar haar toe, tilt haar hand op en zoekt naar het litteken van die operatie van toen. Hij herkende haar niet eens. Haar eigen vader. Hij moest eerst dat litteken zien. Net wanneer hij haar wil omhelzen, vraagt Natascha: "Waarom heb je het losgeld niet betaald?" Hij kijkt haar aan met dat opgezwollen gezicht van hem en zegt: "Niemand heeft me ooit om losgeld gevraagd."'

Koch komt naar ons toe. Ik schud hem niet de hand.

Een oudere agent neemt me terzijde. Hij wijst naar het raam, ik volg hem. 'Ik moet u iets vertellen, mevrouw Sirny.' Hij spreekt zachtjes, zodat Natascha hem niet kan horen.

'De dader is nog op vrije voeten,' legt hij uit. 'We weten wie het is, maar nog niet waar hij is. We moeten Natascha afschermen. Ik stel voor dat we haar in verzekerde bewaring nemen, mits u het daar mee eens bent.'

'Wat betekent dat?' Mijn angst laait weer op.

'Dat betekent dat Natascha ergens anders de nacht doorbrengt en dat er een agente bij haar blijft. Ze gaat naar een schuiladres dat verder niemand kent.'

Ik wil Natascha bij me houden, maar ik kan haar niet beschermen. Ergens daarbuiten loopt een gek rond die haar weer in zijn macht wil hebben en die mogelijk gewapend is. Ik heb geen idee hoe hij eruitziet, of wat ik tegen hem zou kunnen uitrichten. Ik geef toestemming.

Een psycholoog van de politie komt bij ons staan en knikt. 'We moeten voorzichtig met haar zijn,' zegt hij.

En daarvoor is een agente nodig, schiet het door mijn hoofd, want ik kan dat niet doen, ik ben alleen maar de moeder.

Ik kijk naar Natascha. Ze staat rustig met een agent te praten, maar ze trilt nog altijd. Zo op het oog ziet ze er heel kalm uit, maar ik weet wat er in haar omgaat. Ze is net zoals ik: in het bijzijn van anderen heel beheerst, maar als we alleen zijn, storten we in. Ze wil zich tegenover al die mensen niet laten kennen, maar ze ziet nog bleker dan zoeven. En het is niet de bleekheid die het gevolg is van een slechte doorbloeding. Het is die krijtwitte tint die ontstaat wanneer je te lang geen zon hebt gezien.

De eengezinswoning in de Heinestraße in Strasshof wordt omsingeld door leden van het arrestatieteam. Ze dragen zwarte kogelwerende vesten, met op de rug POLITIE. De mannen geven elkaar aanwijzingen door walkietalkies, hun Glock-pistolen bungelen in de holsters op hun heupen. Ze vormden een kordon rond het huis. Ze trappen de deur in.

De woonkamer oogt alsof de eigenaar op vakantie is. Alles is opgeruimd, alles ligt op zijn plaats. De keurige omgeving van iemand die in zijn hele leven zelfs nog nooit een parkeerbon heeft gekregen. De mannen kijken in alle hoeken en gaten. Ze vinden niets verdachts.

In de garage ontdekken ze een smeerput. Ze kruipen erin en staan voor een kluisdeur. Die kan worden geopend. Erachter is een kamer. 1,88 meter breed, 2,78 meter lang, 2,37 meter hoog. Nergens een raam.

Aan de linkerkant naast de deur staat een stapelbed. Ertegenover een smal bureau, erboven een tv'tje, planken langs de wanden. Een radio. Boeken. Videobanden. Over een stoel hangen gedragen kledingstukken. In de hoek rechts naast de deur is een toilet en een roestvrijstalen aanrecht met twee spoelbakken.

In dit ondergrondse hol is Natascha groot geworden.

'We weten natuurlijk niet wat ze allemaal heeft meegemaakt,' zegt de psycholoog, 'en hoe ze eraan toe is.'

In de kamer naast ons worden de stemmen luider. Een verslaggever probeert zich langs de agenten voor de deur te wringen, met zijn camera al in de aanslag. Een politieman houdt zijn hand voor de lens en zet hem weer buiten.

'Koch kwam meteen met een eigen fotograaf aanzetten,' zegt Claudia, die naast me is komen staan. 'Die heeft er geen gras over laten groeien, dat had je moeten zien.'

'De pers kunnen we missen als kiespijn,' zeg ik. 'Er zijn hier al genoeg journalisten. Maar een foto is wel een...' Ik haal mijn mobieltje uit mijn handtas. 'Sabina wil haar ook graag zien.' Ik stel de camera van mijn telefoon in en draai de lens in de richting van Natascha. Klik.

'Wat moet dat?' Een van de politiemensen spreekt me aan alsof ik ook zo'n persmuskiet ben. 'Geef hier, nu.' Hij wil mijn mobieltje afpakken.

'Pardon,' zeg ik, 'ik wil alleen maar even een foto van mijn dochter nemen.'

'Hier wordt niet gefotografeerd,' schreeuwt hij naar me. 'Dat is verboden.'

'Luister eens, ze is mijn kind. En mijn andere dochter is met haar kinderen op vakantie, maar ze wil graag zien hoe haar zusje er nu uitziet.'

'Toch is het niet toegestaan,' zegt de politieman.

Hij laat me in elk geval mijn mobieltje houden.

De mannen die me uit Wienerbruck hebben opgehaald komen tussenbeide. 'We moeten maar eens gaan, mevrouw Sirny. We hebben nog een flinke rit voor de boeg.'

'Nou en?' zeg ik. 'Dan vertrekken we gewoon later, ik laat mijn dochter nu niet alleen.'

'Dat is al geregeld,' mengt een van de oudere mannen van zo-even zich in het gesprek. 'U hebt ermee ingestemd dat we Natascha in verzekerde bewaring nemen.'

'Ja, maar zover is het nog niet. We hebben in al die drukte nog niet eens rustig met elkaar kunnen praten.'

'Goed dan.' Hij kijkt op zijn horloge. 'Nog vijf minuten, het is al bijna negen uur.'

Het wordt weer steeds vroeger donker, denkt de machinist. Hij ziet uit naar zijn vrije avond. Misschien is er nog een goede film op tv.

Routineus kijkt hij naar zijn bedieningspaneel. Alles is zoals het moet zijn. Het regelmatige geratel dat hem dag in dag uit vergezelt, hoort hij niet eens meer. Hij kijkt voor zich uit het raam. De treinstellen rollen rustig voort.

De huizen trekken aan hem voorbij. Hij ziet de Millennium Tower, het reuzenrad. Daar zit bijna nooit iemand uit Wenen in, denkt hij tussen de stations Praterstern en Traisengasse. Dat geldt eigenlijk voor die hele kermis daar. Achtbaan, lachspiegels, verklede figuren. Nu zitten ze allemaal in het Schweizerhaus aan het bier en een flinke varkenspoot met mosterd en mierikswortel. Ik heb ook best trek, denkt hij.

Een schaduw maakt zich los uit de schemering. Vanuit zijn ooghoeken ziet de machinist een schimmige beweging. Hij beseft niet meteen dat er iemand voor de trein springt, het gaat allemaal veel te snel. Hij kan niets doen om de botsing te voorkomen.

De passagiers voelen alleen dat ze heel even door elkaar worden geslingerd.

'Goed, mevrouw Sirny.' De vijf minuten zijn voorbij.

'Ja, ja,' zeg ik, en ik loop naar de kamer ernaast, waar Natascha is.

Ze praat met de jonge agente die haar moet beschermen. Die heeft haar een jas en een horloge gegeven, ze kunnen zo te zien goed met elkaar opschieten. Natascha zit niet langer te trillen.

'Kom,' zegt de politieman, 'de auto staat te wachten, mevrouw Sirny.'

Ik neem afscheid van Natascha.

'Tot morgen.'

'Ja. Tot morgen.'

'Tot morgen.'

'Ze is in goede handen,' zegt de politieman, en hij trekt me de kamer uit. Ik draai me nog drie keer om. Een heleboel mensen drommen om Natascha heen.

Claudia loopt een stukje met me mee. 'Maak je geen zorgen, ze weten wat ze doen.'

Ik kan geen woord uitbrengen.

'Morgen gaan ze Natascha een verklaring afnemen,' zegt Claudia. 'Ik zal haar wat kleren brengen, ze heeft niet eens ondergoed aan. Ga jij maar naar Sabina en de kinderen, dan doe ik dat morgenochtend wel, ik kan toch eerder hier zijn.'

Nog helemaal beduusd stap ik in de auto. Als op wolken zweef ik voort. Als in een droom neem ik de voorbije uren in gedachten nog eens door. Natascha leeft nog. Mijn kind is weer terug. Ik lach, ik huil, ik leef.

Veertien

De schaduwen hebben geen armen meer. Ik kijk door het raampje van de auto naar buiten. Het donker oogt lichter en lijkt in niets op het zwarte gat dat me jarenlang in zijn greep heeft gehouden. Mijn gezin is weer compleet. De monsters der duisternis kunnen me niets meer aandoen.

De verandering vindt in mijn hoofd plaats, denk ik. Eén telefoontje en alles is weer in orde. Alsof er iemand in zo'n telefooncentrale van vroeger heeft gezeten, waar jonge meisjes met getoupeerde kapsels de gesprekken tot stand brachten door stekkertjes in schakelborden te steken. Ik ben weer op het leven aangesloten. Het is vreemd, bedenk ik, dat ik dat in gedachten wel kan bevatten, maar dat ik het nog niet voel. Nog niet echt.

Verdriet en vreugde zijn uit dezelfde fundamenten opgetrokken. Een mengeling van trance en verlamming. In het begin zijn die gevoelens nog niet van elkaar te onderscheiden. Als gloeiend heet water op je huid, waarvan je denkt dat het ijskoud is.

'... O, die is nog niet jarig als we hem te pakken krijgen.'

Het gesprek tussen de mannen voorin laat me uit mijn gedachten opschrikken. Hij. Nu heeft hij een gezicht. Als we hem te pakken krijgen. Wolfgang Priklopil. Nu heeft de duivel een naam.

We rijden door een dorp, de chauffeur houdt rechts aan. 'Wij keren hier om,' zegt hij, wijzend op een surveillancewagen voor ons. 'De collega's van de plaatselijke politie brengen u verder naar huis.'

Het kan me niet schelen wie dat doet. Ik wil naar Sabina en naar mijn kleinkinderen. Ik wil praten. Alles vertellen. Aan iemand die begrijpt wat ons is overkomen en die net zo blij is als ik.

Sabina staat op het erf op me te wachten. Ze heeft de nieuwsberichten gehoord, maar weet nog niet alles. Er wordt voortdurend iets nieuws gemeld, uitzendingen worden onderbroken, het is een en al sensatie. Een vermist kind, van wie iedereen dacht dat het voor altijd was verdwenen, is weer opgedoken. Het verhaal van het jaar. Iets waar heel Oostenrijk over praat. Voor ons is het een wonder.

We zitten rond de keukentafel in de kleine vakantiewoning. De kinderen liggen nog niet in bed. Ik laat de foto zien die ik met mijn mobieltje heb gemaakt. Zo ziet Natascha er nu uit! Ik vertel over ons weerzien. Heeft ze dat gezegd? Ik moet alles drie keer herhalen. Misschien dat ze het dan eindelijk begrijpen. Het is onvoorstelbaar dat Natascha terug is. Het is iets uit een sprookjesboek dat je elke keer weer kunt opslaan wanneer de kinderen zijn ingeslapen en je naar de echte wereld terugkeert. Zal het morgen nog steeds waar zijn, vragen de kleinkinderen met hun blikken.

Op een bepaald moment zit ik alleen met Sabina aan tafel. 'Stel je toch eens voor,' zegt ze, 'dit is de eerste nacht in jaren dat we zeker weten dat ze goed zal slapen.'

'Ik zou haar graag horen ademen, naast me.'

Sabina pakt mijn hand. 'Dat komt nog wel, en je zult haar ook weer horen praten.' Ze aarzelt even. 'En lachen.'

'Ze heeft gelachen,' zei ik. Ik hoor het nog. Het had niet geforceerd geklonken, maar was evenmin van diep vanbinnen gekomen.

'Een oud gerimpeld vrouwtje,' zegt Sabina. 'Het is toch wat.'

Mijn mobieltje begint te knipperen. Ik herken het nummer niet. Een seconde lang vraag ik me af of ik moet opnemen. Tot gisteren betekende een dergelijk telefoontje gevaar, maar nu? Het zal nog wel een tijd duren voordat ik weer aan het gewone leven gewend ben. Ik neem op.

Een mannenstem vraagt of het nog niet te laat is. Ik begrijp hem niet meteen. Te laat waarvoor? Hij bedoelde de tijd, het is immers niet gepast om zo laat 's avonds een onbekende te bellen. Hij zit in de pr, vertelt hij, en hij vraagt of ik hulp nodig heb. Bij de omgang met de media, hulp wanneer de pers te opdringerig wordt. Bedankt, zeg ik, ik weet hoe opdringerig de pers kan zijn.

Het is niet het enige gesprek dat ik die avond met een onbekende voer. De directeur van modehuis Tlapa vraagt of Natascha nieuwe kleren nodig heeft, die willen ze graag beschikbaar stellen. Hij wil zich niet opdringen. Dat wil niemand, maar ze bellen wel allemaal. Advocaten, verzekeringsadviseurs, journalisten. Velen spreken amper Duits en bellen vanuit het buitenland. Italië, Frankrijk, Engeland. Heel Europa kent Natascha. Waar is ze, vragen ze allemaal.

Waar is ze, vraag ik me af wanneer ik in bed lig. Ik weet het antwoord ook niet, maar de vraag kwelt me minder dan voorheen. Ik ken het adres niet, maar ik weet dat ze daar veilig is. Toch kan ik de slaap niet vatten.

De hele nacht staat de tv aan. Op alle zenders worden voortdurend programma's onderbroken. ARD. ZDF. RTL. CNN. Niemand heeft iets nieuws te melden. Tussen de berichten door rollen de regels tekst onderin over het scherm. Iets over een trein, rails.

'... werd hij door het treinstel gegrepen en onthoofd. Wolfgang Priklopil is dood.'

Ik staar naar het scherm. Ik heb het bericht gehoord, maar ik voel niets. Mooi zo, denk ik. Je hebt Natascha een dienst bewezen.

De ochtend breekt grijs aan. Ik lig in bed en denk na over hoe dat voelt. Ik kijk naar het licht dat over de vensterbank naar boven kruipt en millimeter voor millimeter mijn wereld verovert. Het dwaalt over de vloer, kruipt het bed op, het danst over het dekbed, het komt mijn

glimlach tegen. Vandaag zie ik haar weer, denk ik.
Ik zie haar niet.
Claudia is naar de recherche gegaan. Om tien uur was ze er, met een tas vol kleren, wat toiletspullen. Ze hebben haar voor de deur laten staan. Natascha wordt verhoord, zeiden ze, u moet even wachten. Ze wacht.
Mijn schoonzoon zit in mijn flat in Wenen. Hij geeft Natascha's kamer een nieuw verfje. Mintgroen. Hij heeft twee bouwvakkers geregeld die nieuwe vloerbedekking leggen. Blijf hier maar vandaan, zegt Gerhard, het wemelt hier van de journalisten. Dat beeld jaagt me angst aan omdat de pers lang niet altijd aardig voor me is geweest. Toen Gerhard voor dag en dauw mijn woning binnen wilde gaan, hield eentje hem al tegen. Wie bent u, vroeg hij. Wie wil dat weten, zei mijn schoonzoon. Achter zijn rug werd er gefluisterd: dat is de nieuwe partner van Sirny. Blijf voorlopig maar in Wienerbruck wachten, zegt Gerhard.
Ik wacht.
Ik bel de politie. Nee, zegt die, u kunt haar nog niet zien. Waarom niet, zeg ik, die gek is nu toch dood, ze hoeft niet langer te worden beschermd. We moeten haar tegen iedereen beschermen, zeggen ze, tegen de media en tegen iedereen die contact met haar wil. Maar ik ben toch haar moeder, zeg ik. Dat telt niet. Elk verkeerd woord kan gevolgen hebben. Haar toestand, zeggen ze, we moeten rekening houden met haar toestand. Wacht u nou maar.
Ik wacht.
Koch heeft gisteren een mobieltje voor Natascha meegenomen. De politie heeft het weer afgepakt, voor het geval iemand haar zou afluisteren. Ik bel op. Geef haar het mobieltje terug, zeg ik. Nee, zeggen ze. De media, haar veiligheid, wacht nou maar.
Ik wacht.
Ik bel op. Ik word doorverbonden met een zekere mevrouw Pinterits. Ze is van Weissen Ring, krijg ik te horen, Natascha heeft gezegd dat ze door die organisatie wil worden geholpen. Zij is verantwoor-

delijk voor Natascha, ze is advocate en gespecialiseerd in kinder- en jeugdrecht. Ik wil mijn dochter spreken, zeg ik tegen haar. Ze wil u niet spreken, zegt ze. Dan wil ik dat van mijn kind zelf horen, zeg ik. Ze geeft geen antwoord. Waar is ze nu, vraag ik. Geen antwoord. Wat doet ze nu, vraag ik. Dat weet ze niet, terwijl ze geacht wordt voor haar te zorgen. Hoe kan ze voor haar zorgen als ze niet eens weet waar ze is? Dat slaat toch nergens op. Ik moet geduld hebben, zegt ze. Ik heb jarenlang geduld gehad, nu is het op, zeg ik. Het spijt me, zegt ze. U moet toch wachten.

Ik wacht.

Ik bel Koch. Mij laten ze ook niet bij haar, zegt hij. Ze is in bewaring gesteld en ze zeggen dat we moeten wachten.

Ik wacht.

Ik bel.

Ik wacht.

Ik bel.

Ik wacht.

Ik wacht.

Heb ik gisteren een fout gemaakt, vraag ik me bezorgd af. Stel dat ik gewoon had gezegd: kom, Natascha, we gaan. Dan hadden ze niets kunnen doen. Ik heb met de verzekerde bewaring ingestemd omdat er buiten nog een misdadiger rondliep die nog niet was gepakt. Nu is hij dood. Ze willen me niet vertellen wanneer de bewaring wordt opgeheven. Daar hebben ze mijn toestemming niet voor nodig. Ze hebben me helemaal niet meer nodig. Het enige wat ik nog kan doen, is wachten.

Ik wacht.

Er belt iemand op. Een vriendin van me was gisteren toevallig in het Donauzentrum in Wenen, waar de ontvoerder zijn auto in de parkeergarage van het winkelcentrum had geparkeerd. De politie had alles afgesloten, het had een enorme opschudding veroorzaakt, zei ze. Hij had een vriend gebeld, die gek, dat weten ze inmiddels. Hij was dronken, had hij gezegd, en zijn rijbewijs was afgepakt, en kon hij hem misschien komen ophalen? Hij had zich door die vriend naar het spoor laten brengen, daar wilde hij uitstappen. De rest weet je, zei mijn vriendin. Ze wil weten hoe het nu met Natascha gaat. Ik mag niet bij haar, zeg ik. Ik moet wachten.

Ik wacht.

Je kunt niets doen, zegt Sabina. Al wurg je een agent, dan laten ze je nog niet bij haar. Dan zouden ze je waarschijnlijk arresteren.

Het wordt avond. Ik heb bijna voortdurend met mijn telefoon in mijn handen gezeten. Twaalf uur lang heb ik geprobeerd mijn dochter te bereiken. Vierentwintig uur geleden heb ik haar voor het laatst gezien. Ze laten me niet bij haar. Ze willen niet zeggen waar ze is.

Ze hebben haar voor de tweede keer van me afgepakt. Mijn leven in de hel is weer van voor af aan begonnen.

Het is vrijdag. Ik heb niet geslapen. Het wordt voor de tweede keer sinds Natascha's terugkeer ochtend, maar het is niet meer zo licht als gisteren. Ik begrijp niet wat er aan de hand is.

Natascha is er weer. Ze leeft, ze mankeert niets, ze is vrij. Ons oude leven kan weer beginnen. Langzaam, en anders dan vroeger. Hoe, dat zouden ze nu aan ons moeten overlaten.

De cirkel is rond. Maar iets klopt er niet. Wanneer een cirkel rond is, is iets afgelopen. Dit hoofdstuk in het boek van ons leven zou geschreven moeten zijn, met in grote letters EINDE eronder. Maar er is iets ontzettend misgegaan. De dingen draaien verder hun rondjes. De gebeurtenissen herhalen zich. Natascha is weer weg. Ik weet wederom niet waar ze is. Ik zoek haar. Mijn handen zijn weer gebonden. Mijn verlengde arm is opnieuw de pers. Ik ben de enige die buiten de cirkel moet blijven. Een satelliet. Uitgerangeerd, weggeduwd, vergeten. Gedoemd voor altijd dezelfde rondjes te draaien.

Ik besluit uit te breken.

Een journaliste helpt me daarbij. Helpt u me, ik wil naar mijn kind toe, zeg ik aan de telefoon. Ze begrijpt me. Of misschien ruikt ze alleen maar een goed verhaal. Het is me om het even. Ik wil mijn vertwijfeling in druk zien. Natascha moet zien dat ik al het mogelijke doe om haar te bereiken. Ze mag niet aan de telefoon komen, ze geven geen boodschap aan haar door. Het enige wat we nog kunnen doen, is een dialoog in het openbaar voeren. Dat is de enige manier waarop ik haar kan bereiken. Ze moet het lezen.

Wat zouden ze tegen haar zeggen, wanneer ze vraagt waarom haar moeder er niet is? Dat doet er nu niet toe? Ze geeft niets om je? Helemaal niets? Vragen ze zich wel af hoe dat voor haar moet zijn? En welk effect dat op haar heeft? Nog maar kort geleden heeft haar ontvoerder tegen haar gezegd dat haar vader geen losgeld voor haar wilde betalen, dat haar moeder geen belangstelling meer voor haar had. Laten we nog even met zwaar geschut op dat trauma inhakken.

Ze is teruggekeerd naar een wereld die ze niet langer begrijpt, en als de banden met haar naaste familie nu ook nog worden doorgesneden, zal ze er helemaal niets meer van begrijpen. Ze was tien toen ik haar kwijtraakte. Al die tijd heb ik me met haar verbonden gevoeld, maar nu maken ze de knoop los.

Kunt u me helpen, vraag ik aan de journaliste. Ja, zegt ze, en ze tekent mijn onmacht op. Dat ik niet bij mijn kind mag komen. Dat ik tegen een muur op loop.

Ik zit in een vakantieoord waar ik helemaal niet wil zitten. Op anderhalf uur afstand van mijn dochter, omdat ze me niet in haar buurt willen laten. Ik kan niet naar huis omdat ze me daar alleen maar willen uithoren. Ik hang aan de telefoon en hoor slechts wat ze me niet willen vertellen. Het interesseert niemand wat ik wil.

Claudia blijft de recherche met vragen bestoken. Ze krijgt niets te horen. Ze pakken de spulletjes aan die ze voor Natascha heeft meegenomen en knikken.

Natascha heeft een trauma, zeggen ze tegen me. Ze wordt onderzocht, zeggen ze tegen me. Door professor Max Friedrich, kinderpsychiater, een autoriteit, verzekeren ze me. Alleen de beste vakmensen zijn met haar bezig. Dat kan best zijn, denk ik, maar voor haar zijn het vreemden. Achttien jaar lang heeft Natascha twee middelpunten in haar leven gehad: haar familie en haar ontvoerder. Ze heeft in twee afgesloten werelden geleefd. In de ene is ze geboren, de andere is ze met geweld binnengesleept. Nu duwen ze haar een derde wereld in. Maken ze een onderzoeksobject van haar. Alsof ze een patiënte met een onbekende aandoening is die ze de wereld willen tonen. Kijk, zoiets hebben jullie nog nooit gezien. Denk maar niet dat we ons van zo'n kans laten beroven. Op de kermis gaat het net zo.

Deze kermis der ijdelheid is de wereld der wetenschap. Serieus. Academisch. Onaantastbaar. In kringen van vooraanstaande denkers hebben leken niets te zoeken. De wetenschappers hebben de macht. Zij zijn de autoriteiten. Zij regeren.

Ze intimideren louter door hun aanwezigheid. Wanneer ze iets uitleggen, doen ze dat in een taal die niemand mag begrijpen. Ze zijn niet in een ander geïnteresseerd, slechts in zichzelf. En in het schepsel dat hun glans verleent.

Ik twijfel er niet aan dat ze Natascha willen helpen. Ik twijfel wel aan de manier waarop. Medische vragenlijsten in plaats van een omhelzing? Klinische kilte in plaats van de warmte van thuis? Ik zou nog duizend keer liever zien dat ze dan in elk geval Koch bij haar laten. Er zijn niet veel gezichten die ze kent. Kies maar iemand. Kies mij.

'Wat denkt u wel niet, mevrouw Sirny?'

Aan de telefoon was de professor lang niet zo vriendelijk als voor de camera. Hij had ook kunnen zeggen: 'Goedemiddag, met Friedrich.' Het kwam helemaal niet bij me op om te vragen waarom hij opeens wilde weten wat ik dacht.

'Weet u wel wat u met dit verhaal hebt aangericht?'

Dit verhaal ligt voor me op tafel. Het is mijn noodkreet die de journaliste in haar dagblad heeft laten afdrukken.

'Hebt u enig idee hoe schadelijk dit voor ons kan zijn?'

Wie bedoelt hij met ons, vraag ik me af.

'Laat u dit soort dingen voortaan.'

Einde van het gesprek.

De rest van de dag krijg ik soortgelijke bevelen te horen. Het is zaterdag. De derde dag waarop ik mijn kind niet zie.

Natascha is opgenomen in het ziekenhuis, zeggen ze. Meer krijg ik niet te horen, ze houden me voortdurend op een afstand. Ze wordt onderzocht. Ze kunnen niet meteen vaststellen of haar iets mankeert. Het gaat goed met haar, gezien de omstandigheden. Het lichamelijk onderzoek heeft niets uitgewezen, het psychologisch onderzoek is nog niet afgerond. Dat kan ik me goed voorstellen, want ik zie de professor om de paar uur op tv.

Ook de onderzoekers praten vaker met de journalisten dan met mij. Ze was zo opgewonden als een klein kind, zegt een van hen over onze eerste ontmoeting. We gaan voorzichtig met haar om, zegt een ander. We moeten vooral veel geduld hebben, aldus een derde. De zaak-Natascha loopt waarschijnlijk goed af, zegt nummer vier. Ik zet het geluid uit.

De menselijke muur rond Natascha wordt met de dag dikker. Steeds meer mensen wringen zich tussen mij en mijn kind in. Deskundigen die haar ziel blootleggen, haar lichaam binnenstebuiten keren, medewerkers van de kinderbescherming en maatschappelijk werk, mensen die waken over haar veiligheid, die in het openbaar over haar spreken, die mooie praatjes houden. Ze zijn allemaal onder de indruk van deze spectaculaire gebeurtenis, ze zijn allemaal geroerd door het ongekende wonder, ze zijn aangedaan door het lot van mijn dochter. Ze denken, ze hopen, ze vermoeden. Over Natascha's familie wordt met geen woord gerept. Ze heeft beschermers en adviseurs. Zussen, ouders en een thuis heeft ze niet. Mijn dochter is niet langer van mij.

Vijftien

Hoe is het met je, vraagt een vriendin aan de telefoon. Het is maandag, de vijfde dag zonder Natascha sinds haar terugkeer. Ik wil antwoord geven. Ik aarzel. Hoe is het met me?

Ik ben blij dat Natascha leeft, het doet pijn dat we niet bij elkaar kunnen zijn. Ik ben blij dat het goed met haar gaat, ik ben boos omdat ze alleen onder vreemden is. Ik ben blij dat ze vrij is, ik ben geschokt omdat ze weer gevangen wordt gehouden.

Ik ben een vat waarin elk gevoel is samengeperst dat een mens kan ervaren. Tegelijkertijd ben ik leeg. Ik ben plus en min. Ik voel me als een nul.

De tegenstrijdigheden in mijn binnenste bevechten elkaar. Ze meten hun krachten, ze duwen me naar boven en trekken me naar beneden. Als moeder van Natascha ben ik alles, alles, als moeder van Natascha Kampusch ben ik niets.

Onmacht en woede.

Ik kan ze niet meer horen, die argumenten waarmee ik word afgewimpeld. Ik kan het niet langer uithouden, dat gezanik over deskundigen die ik niet van hun werk mag houden. Ik kan er niet meer tegen, die preken over die experts die mijn dochter zo goed helpen.

En dat helpen is het gesprek van de dag, dat kan niet anders. Een meisje dat in een kelder heeft geleefd, is opeens tevoorschijn gekomen, en nu kan de hele wereld toekijken. Wat een sensatie. Scherm de hoofdrolspeelster maar snel af, aan zo veel licht is ze niet gewend. Jaag haar die donkere kleedkamer in, daar is ze veilig. Richt de spotlights maar op ons, op de bescheiden bijrolspelers, die haar helpen. Wij schrijven het script, wij voeren de regie, wij ensceneren een toneelstukje, gebaseerd op het echte leven. Een moeder? Nee, die komt in dit bedrijf niet voor. Sorry.

Ik vertel mijn vriendin niet hoe het met me gaat.

Ik zeg het evenmin tegen de professor. Wanneer ik bel om naar Natascha te vragen, krijg ik te horen dat hij niet te bereiken is. Het gaat goed, het gaat goed, het gaat goed, hoor ik in de dagen daarna bij elk gesprek.

Dan zegt een zachte stem: 'Mama.'

Natascha is aan de lijn. Een week na ons eerste weerzien hebben ze haar pas toestemming gegeven om met mij te praten.

'Ik wil zo graag bij je zijn,' zegt ze. 'Laat je been in het gips zetten, dan kun je je hierheen laten brengen.'

Ik stel geen vragen. We praten een paar minuten met elkaar. Tussen haar zinnen door hoor ik genoeg. Ze klinkt moedig.

Ik bel de advocate.

'Pinterits.'

'Natascha wil me zien.'

'Hoe weet u dat nu?'

'Ze heeft me net gebeld. Ik wil naar haar toe. Nu.'

Ze brengen me naar de Lazarettgasse in de wijk Alsergrund. Vlak naast het algemene ziekenhuis, een reusachtig gebouwencomplex waarvan ook niet-inwoners van de stad meteen zien dat het een ziekenhuis is. Toch spelen we verstoppertje. Een arts wacht bij de ingang op me. Hij loodst me door onderaardse gangen die bezoekers nooit te zien krijgen. Ik mag niet weten naar welke afdeling hij me brengt.

We dwalen door een antiseptisch labyrint, omhoog, omlaag, langs de vuilstortkokers. De etages zijn met letters aangeduid en je kunt je aan de hand van kleuren oriënteren. Al die geheimzinnigheid is nergens voor nodig. We eindigen bij de psychiatrische kinderafdeling. De weg door de ingewanden van het ziekenhuis had ik nooit alleen kunnen vinden.

Er zit een bewaker voor de deur van Natascha's kamer. Hij laat me erlangs. Ik ben bij mijn dochter.

Het is een kalm geluk dat ons verbindt. Het omhelst ons en laat de tijd weten dat die niet te snel moet gaan, zodat we dit moment in ons geheugen kunnen prenten. Het beeld zal er voor altijd in bewaard blijven.

Ik heb mijn dochter terug.

De dagen verlopen telkens hetzelfde. Het hoogtepunt is het bezoek aan Natascha, de rest is niet zo belangrijk. We hebben geen vaste bezoektijden. Elke morgen moet ik opbellen om te vragen hoe laat ik mag komen. Ik moet nog altijd toestemming vragen aan de vreemden die het leven van mijn dochter bepalen. Het is niet anders.

Natascha wordt elke dag iets minder bleek en ziet er niet bepaald uit als een patiënt. Ze draagt niet zo'n operatiehemd met een strik op de rug. Sabina heeft schone kleren voor haar gebracht, een spijkerbroek en een paar T-shirts.

Natascha heeft een kamer met twee bedden. Het andere bed is bezet. Ik zeg er niets over, ik denk er alleen het mijne van. Afschermen, beschermen, oppassen, niet opwinden, hou de moeder bij haar vandaan. De professor komt elke dag langs, maar wisselt amper een woord met me. Ik bevind me buiten zijn waarneming. Elke keer is het vlak voordat hij verschijnt alsof er een wind door de gang waait. Alles wordt weggeblazen, maak ruim baan voor Max Friedrich. Het lijkt wel alsof hij allang de voogdij over mijn dochter heeft overgenomen.

Natascha's dagindeling is niet overdreven zwaar. Het wordt me bij geen enkel bezoek duidelijker wat ze hier doet, maar ik ben blij dat ze onder de hoede van artsen staat. De witte jassen stellen me gerust, net als de bedrijvigheid waarmee de belangrijkste patiënte van het land wordt verzorgd. Medisch gezien is er niet veel te doen. Na alles wat me was verteld had ik geconcludeerd dat haar hart en nieren zijn onderzocht, maar ik heb me vergist. Er is ook een keer bloed afgenomen.

De vraag hoe ze er geestelijk aan toe is, heeft niemand voor me beantwoord. Niemand heeft me verteld waarover ik wel of niet mag praten. Aan de psychiater van het ziekenhuis heb ik niet veel. Onbegrijpelijk, denk ik. Wanneer iemand psychisch niet in orde is, is de partner informeren toch een van de eerste dingen die artsen moeten doen. Ze moeten vertellen waarover wel en niet mag worden gepraat, in welke bewoordingen, en welke onderwerpen beslist moeten worden vermeden. Mij zijn geen beperkingen opgelegd. Ik heb alleen mijn eigen boerenverstand dat me aanraadt het gesprek tot alledaagse zaken te beperken. Onbeduidende dingen waarvan ik hoop dat ze geen schade aanrichten. Thuis, zeg ik, is alles nog net zoals vroeger. Al je spullen liggen er nog. Die moeten we maar een keertje uitzoeken.

Natascha staat bij het raam en kijkt de tuin in. 'Zullen we een stukje gaan lopen?' vraagt ze.

Het is een warme, zonnige dag. We slenteren over het terrein van het ziekenhuis en babbelen met elkaar. Ik kan moeilijk hoogte van haar krijgen. Soms klinkt ze als een vrouw van dertig. Ze kiest haar woorden weloverwogen, verbetert mijn spreektalige grammatica. Soms is ze alleen maar het kind dat ik ken. We komen bij een speelplaatsje, ze gaat op de schommel zitten en begint te schommelen.

'Hou je van de Beatles?' vraagt ze. Ze zet zich nog een keer af.

'Ja, hoor,' zeg ik.

'In the town, where I was born, lived a man, who sailed to sea,' zingt ze.

Ik zie haar naar voren en naar achteren zwaaien. Ze ziet me niet

meer, ze heeft zich teruggetrokken in een land dat alleen haar naam draagt.
'And he told us of his life, in the land of submarines.'
De politie heeft in de kelder een radio gevonden. Misschien had ze ook een cd-speler. Ze kent de tekst uit haar hoofd, maakt bij geen enkele regel een fout. Op de maat van het liedje zwaait ze naar me toe en weer bij me vandaan. Ze komt heel dichtbij en trekt zich dan weer terug.
'So we sailed up to the sun, till we found a sea of green, and we lived beneath the waves in our yellow submarine.'
Dus zo is ze de tijd doorgekomen. Met het leren van songteksten, het lezen van boeken. Waarschijnlijk kan ze ook hele pagina's uit haar hoofd opzeggen.
We all live in a yellow submarine, yellow submarine, yellow submarine.'
Dat lied past goed bij ons.

Natascha leeft als een soort onderzeeër. Maar iedereen spant samen om haar te laten opduiken. De druk van de media wordt steeds groter. Ze zal niet eeuwig kunnen zwijgen. De brief die ze in de eerste dagen aan de geachte journalisten, verslaggevers en de geachte rest van de wereld heeft geschreven, is allang al niet meer voldoende. In dat schrijven, dat de professor voor de tv heeft voorgelezen, heeft ze de pers verzocht haar privacy te respecteren en gevraagd haar zo veel mogelijk met rust te laten. Lang hebben ze dat niet gedaan, de journalisten en verslaggevers.
De Britten hebben de meeste haast. De sensatiekranten willen vette koppen en ijzingwekkende details. Natascha zou een verhouding met haar ontvoerder hebben gehad en zwanger van hem zijn. Zo onbeschoft deden ze zelfs niet tegen mij toen ze me van moord op mijn eigen dochter beschuldigden.
Ik weet niet of Natascha die artikelen ook heeft gezien. Ze zegt er niets over, maar dat betekent niets. Ze zegt zoveel niet. Hopelijk heb-

ben ze haar ervoor afgeschermd, denk ik. Ik weet wat zoiets je kan aandoen, en zij is nog veel kwetsbaarder.

De verslaggevers uit Wenen zijn ook niet bepaald doetjes. Die hebben geen scrupules, zegt Natascha's media-adviseur Dietmar Ecker, die vragen meteen alles. Heeft ze een verhouding gehad met Priklopil? Er moet toch iets tussen die twee zijn geweest.

Een mediasoap zoals die sinds de dood van prinses Diana niet meer is voorgekomen; zo betitelt Ecker de jacht op Natascha. De betere kranten vermijden vunzige details en gebruiken de term Stockholmsyndroom. Het kan na al die jaren niet anders of ze is verliefd geworden op haar ontvoerder.

Een tijdschrift uit Hamburg ging in op de mogelijkheden tot vluchten die Natascha blijkbaar heeft gehad. Ze had eerder kunnen laten weten waar ze zat, merkte de auteur op. Waar bemoeit hij zich mee?

Het gaat allemaal veel te snel. Het is veel te veel. Natascha is niet aan vrijheid gewend, maar ze heeft wel een vijf man tellend team van adviseurs om zich heen. Ze heeft de totale eenzaamheid verruild voor een mediaslagveld waarvan zij het middelpunt is, en de hele wereld doet mee. Haar advocaat, Günter Harrich, wordt de stortvloed al snel te veel. Hij was erbij toen ze door de recherche werd verhoord. Drie rechercheurs vroegen haar of Wolfgang Priklopil nog een medeplichtige had gehad, of iemand anders er ook van wist. Ze moet op van de zenuwen zijn geweest. Ik werd me pas echt bewust van de druk toen haar advocaat aangaf te willen stoppen. Uit beroepsmatige en privéredenen, hij had ook nog andere cliënten, hij had ook nog een gezin. Natascha was een fulltime job. Ze begreep het wel. Meteen had ze twee nieuwe advocaten.

Ze is een van de drie topopdrachten uit mijn carrière, zegt Gabriel Lansky. Zijn compagnon heet Gerald Ganzger, en ze zijn allebei gespecialiseerd in economisch recht, vijfenvijftig medewerkers. Waarom hebben we zulke mensen nodig, heb ik me afgevraagd. Omdat hun specialisatie smartengeld, letselschade en rechtszaken tegen de media is, heeft iemand me uitgelegd.

Ik krijg van de waanzin die zich rondom mijn kind afspeelt maar kleine stukjes mee. Ik zie advocaten in donkere pakken met dikke aktetassen op de gang, ik hoor onbezoldigde media-adviseurs zeggen dat ze hun uiterste best zullen doen om ervoor te zorgen dat Natascha niet nog meer onder haar ontvoering hoeft te lijden. Ze praten niet met haar als ik erbij ben. Tot nu toe waren de mensen die om ons heen hingen artsen, psychiaters en zelfbenoemde vertrouwenspersonen, maar nu dringen de adviseurs zich steeds meer op. Ze moet een interview geven, zeggen ze. Wij zullen het wel voorbereiden.

Natascha is zenuwachtig. De sterk getraumatiseerde vrouw moet vanwege haar jarenlange afzondering nu op een geheel eigen wijze alles kunnen verwerken, heeft de professor een paar dagen geleden nog gezegd, maar nu willen ze haar urenlang voor een camera neerzetten. Ze verdraaien alles totdat het in hun straatje past. Het kost de ervaren zielenknijpers geen moeite Natascha ervan te overtuigen dat dit echt nodig is. Ze ziet nu in dat ze zonder interview geen rust zal kunnen vinden. Dat zal wel zo zijn. Ik praat met haar, iets anders kan ik niet doen. De hectiek rond het interview, waarop de hele wereld met smart zit te wachten, gaat ten koste van onze tijd samen. Het team van adviseurs is helemaal buiten zinnen, draait om mijn dochter heen, maakt vreselijk veel drukte, en daardoor wordt ze nog zenuwachtiger.

De halve afdeling wordt verbouwd. Ze willen niet dat Natascha naar de ORF gaat, de omroep komt naar haar toe. Een spreekkamer wordt zo ingericht dat hij de sfeer van een woonkamer uitstraalt en de kijkers niet de indruk zullen krijgen dat Natascha in een ziekenhuis woont. Mijn rol tijdens het interview is duidelijk: die heb ik niet. Ik had in elk geval graag haar hand vastgehouden, vóór de uitzending. Het blijft lange tijd onduidelijk en uiterst geheim wanneer het gesprek zal worden opgenomen.

'Natascha had zo graag gewild dat ik erbij was geweest,' zeg ik tegen Sabina.

We zitten thuis voor de tv. De presentator heeft al talloze keren gezegd dat het interview vandaag wordt uitgezonden.

'Waarom ben je er dan niet?' vraagt Sabina.

'Omdat ik de telefoon niet heb gehoord. Ze wilden me er sowieso niet bij hebben, maar Natascha drong zo aan dat ik haar moest opmaken dat ze me ten slotte maar hebben opgebeld. En toen nam ik niet op. Ze hebben het nog eens geprobeerd, maar toen was het al te laat, ik had nooit meer op tijd kunnen komen. Ik voel me zo schuldig.'

'Kijk, mama, het begint.'

Natascha verschijnt in beeld. Ze draagt een paars blousje en een hoofddoek in een lichtere tint paars die tot een soort tulband is gebonden.

'Dat hadden we kunnen weten, dat ze die kleur zou dragen,' zei Sabina.

'Haar lievelingskleur,' zeg ik.

De interviewer stelt zijn eerste vraag.

Je bent nu twee weken vrij. Wat heb je als eerste gedaan?

Nou, zegt Natascha, eerst een beetje bijkomen van mijn vlucht, mijn ouders bellen.

'Ze klinkt heel erg beheerst,' zegt Sabina.

Gisteren was mijn neefje jarig, gaat Natascha verder. Hij wilde dat ik zou bellen, en dat is me gisteren gelukkig gelukt, hoewel ik het erg druk heb.

Je hebt last van stress, merkt de interviewer op.

Ja, natuurlijk.

Wie zijn degenen met wie je het meeste praat, die je het meeste vertrouwt?

Dat zou ik ook wel eens willen weten, denk ik.

Tja, wie ik het meeste vertrouw, eh, ik weet het niet. Dokter Friedrich, denk ik.

Hij is links op de achtergrond te zien. Hij trekt zijn mediagezicht en glimlacht bescheiden.

Natascha gaat verder: Maar ook alle psychologen en zo die voor me zorgen. Maar ik vertrouw vooral op, eh, mijn familie. En op mezelf.

Mm, dat is goed, zegt de interviewer knikkend. Je bent nu behoorlijk van de buitenwereld afgeschermd, je hebt in je brief aangegeven dat het goed met je gaat en dat je hier uitstekend wordt behandeld, maar je hebt ook gezegd dat je het allemaal een tikje te bevoogdend vindt.

Goed dat hij dat zegt, denk ik.

Ja, zei Natascha, dat wilde ik net zeggen. Het is echt heel erg moeilijk. Iedereen wil me op een bepaalde manier beïnvloeden, en ze bedoelen het allemaal heel goed, maar neem bijvoorbeeld de eerste nacht, toen wilden ze per se dat ik zou slapen. In het begin begrepen ze niet dat ik om vier uur 's morgens al klaarwakker ben en pas om een uur of elf ga slapen. Maar ik heb hen ervan weten te overtuigen dat ik dat zelf wel zal regelen. En zonder slaappillen of andere medicijnen.

'Echt jouw kind,' zegt Sabina. 'Geen chemie.'

Je bent een ochtendmens, zegt de interviewer.

Ja, zeker.

Wat was de eerste wens waaraan je gehoor hebt gegeven?

Die vraag brengt Natascha voor het eerst een beetje van haar stuk. Ze kijkt met een vragende blik naar het team van hulpverleners, dat in een halve cirkel om haar heen zit.

Weet iemand dat nog, vraagt ze.

Ik moet bijna huilen. De vraag is zo ontzettend ontroerend. Mijn dochter, denk ik.

De interviewer maakt een gebaar: het is niet zo belangrijk, er waren waarschijnlijk heel veel dingen.

Ja, natuurlijk, ik had heel veel wensen, en... Het belangrijkste wat ik heb gekregen, was vrijheid.

Wat ik eigenlijk wilde vragen... je bent redelijk van de buitenwereld afgeschermd, maar ik wil weten of je toch nog buiten komt, om een wandelingetje te maken, boodschappen te doen?

Eh... ja, dat heb ik gedaan... Ik ben in vermomming een ijsje gaan eten.

Hoe zag die vermomming eruit?

O, ik ben met dokter Berger naar een, eh, ijssalon in de Währingerstraße gegaan, maar we wilden niet opvallen, dus ik had een hoofddoekje om, en niemand heeft me herkend.

Ik haal een sigaret uit mijn pakje. 'Wat heeft ze dat slim gedaan, hè? Sabina geeft me een vuurtje. 'We kunnen trots op haar zijn, ze is echt...'

'Sst,' onderbreek ik Sabina, en ik wijs naar het scherm.

Hoe was het eerste weerzien met je ouders?

Ja... Het gekke was dat mijn ouders en andere familieleden meer hebben gehuild... Dus ze moesten huilen en hebben me omhelsd en tegen zich aan gedrukt. En ik... Ik weet het niet. Op dat moment...

Was het een beetje te veel? Te emotioneel?

Ja, ik denk het wel. Ik voelde me nogal overvallen en kreeg het een beetje benauwd... door die plotselinge ontmoetingen. De agenten bijvoorbeeld, die konden het ook amper geloven, die hebben me bijna van pure vreugde fijn geperst.

En het duurde even voordat je het allemaal besefte?

Ja, ja. Omdat... Niet zozeer ik, bedoel ik, maar eerder de agenten, omdat die... Ze hebben me verteld dat ze een paar dagen voor mijn ontsnapping nog een verzoek hadden ingediend om naar mijn stoffelijk overschot te zoeken. En ze hadden de hoop nagenoeg opgegeven. Maar ik wil nog even zeggen dat mijn moeder de hoop nooit heeft opgegeven, dat ze wist dat ik nog leefde.

'Dat wist ze al voordat ik het haar heb verteld,' zeg ik.

Hoe is de verhouding nu, vraagt de interviewer, nu je een periode van acht jaar moet overbruggen?

We hoeven niets te overbruggen. De hele wereld denkt blijkbaar dat ik geen goed kind ben of dat mijn moeder geen goede moeder is omdat ze niet bij me wil zijn. Of dat ik niet bij haar wil zijn. Maar

voor ons is het alsof er niets... alsof er helemaal niets is gebeurd.
Wil je ons vertellen wat op die ochtend, op 2 maart 1998, is gebeurd, vraagt de interviewer.
Ja, dat wil ik wel.
Natascha's stem blijft in haar keel steken. Je ziet dat ze in gedachten die verschrikkelijke momenten nogmaals beleeft. En ik heb mijn mobieltje niet gehoord, denk ik.
Goed, ik ben die dag dus vroeg opgestaan en kon helemaal niet vermoeden wat er ging gebeuren. Ik voelde me rot, ik had de avond ervoor nog ruzie met mijn moeder gehad omdat mijn vader me te laat thuis had gebracht, dat gebeurde wel vaker... Mijn moeder was vooral boos op mijn vader, maar in zekere zin ook op mij. En dat vond ik helemaal niet leuk, want het was niet de eerste keer, het was niet de eerste ruzie over dat onderwerp en zo. Mm.
Tot aan deze vraag heeft ze in bijna persklare volzinnen gesproken. Nu valt ze voor het eerst stil.
Trouwens, wat er over die ruzie in de kranten heeft gestaan, dat mijn moeder me een oorvijg zou hebben gegeven en zo, dat klopt helemaal niet. In elk geval ging het niet zo zoals het in de krant stond.
'Je zou haar hebben mishandeld,' zei Sabina.
Ik was gewoon een beetje somber. Voordat ik naar school ging, dacht ik nog... Mijn moeder had namelijk de gewoonte, ze vond dat je, nou, ze vond dat je nooit met ruzie uit elkaar mocht gaan. Je moest het altijd goedmaken omdat je nooit kon weten wat er zou gaan gebeuren, en stel je voor dat we elkaar nooit meer zouden zien en zo. Toen ik bij de deur stond, dacht ik nog: tot nu toe is me nooit iets overkomen, dus nu ga ik dat niet speciaal voor mijn moeder doen.
'Ik dacht er ook nog aan toen ik haar vanaf het balkon nakeek,' zeg ik.
Goed, toen ben ik dus naar school gelopen, en toen ik bij... Natascha kijkt weer naar de hulpverleners. Hoe heet die straat? Mollardgasse? Iemand geeft antwoord, maar het is bijna niet te verstaan. Melangasse, herhaalt Natascha, inderdaad, ik was bij de Melangasse toen

ik een stukje verderop zijn auto zag staan, en toen dacht ik nog, ik ga aan de overkant lopen. Ik weet ook niet waarom, dat gevoel had ik gewoon vanbinnen, ik weet het niet, maar ik vond hem gewoon vreemd. Je hoorde van alles over kinderlokkers, op school en zo, en ik weet ook niet waarom. Maar ik dacht dat ik dat gevoel had omdat ik me die ochtend toch al niet lekker voelde en een beetje van streek was, en toen ben ik... Ik dacht, hij zal echt niet bijten, dus ik ben gewoon doorgelopen, en toen pakte hij me vast, ik probeerde te schreeuwen maar er kwam geen geluid...

Ik kan mijn tranen niet meer bedwingen. Wat heb ik me vaak afgevraagd hoe ze zich op dat moment moet hebben gevoeld. Wat heb ik vaak geprobeerd me in haar te verplaatsen. Ik heb het gevoel dat mijn hart uit mijn lijf wordt gerukt.

Heeft hij ook nog iets tegen je gezegd, heeft hij met je gepraat, vraagt de interviewer.

Nou, toen hij me in de auto trok... Natascha hoest, ze is een beetje verkouden en dit gesprek kost veel kracht. Ze gaat verder. En voordat hij... Toen hij de auto startte, zei hij al dat me niets zou gebeuren, als ik zou doen wat hij zei, en hij zei dat ik me rustig moest houden en me niet moest verroeren. En later, een paar minuten later, toen zei hij al dat het een ontvoering was. En als mijn ouders zouden betalen, dan zou ik nog die dag, of een dag later... Natascha pakt een zakdoekje, verfrommelt het tussen haar vingers, pakt het weer vast en veegt haar tranen weg... weer naar huis mogen.

Volgende vraag: heb je echt gemerkt waar jullie heen gingen, ik bedoel, je moet ongelooflijk bang zijn geweest.

Ik vreesde wel voor het ergste wat hij me kon aandoen, maar verder was ik eigenlijk helemaal niet bang. Het maakt niet uit, dacht ik, hij gaat je toch vermoorden, dus dan kun je die laatste paar uur of misschien wel minuten beter gebruiken om te kijken of je misschien iets kunt doen, of je hem kunt ompraten of kunt ontsnappen of zo.

Heb je geprobeerd hem om te praten?

Nou ja, ik heb gezegd dat het geen zin had, en dat misdaad niet loont, en dat de politie hem toch wel te pakken zou krijgen.

Ik word overspoeld door een golf van onvoorstelbare woede. Ik wil hem ombrengen, roept een stem in mijn binnenste. Ik wil hem laten lijden zoals hij mijn kind heeft laten lijden. Hij heeft heus wel geweten wat hij deed toen hij zich voor de trein wierp, dat ellendige stuk vreten.

'Nee, mama,' zegt Sabina, die heel goed begrijpt wat er in me omgaat. 'Nee.'

Natascha vertelt: Het eerste half jaar heb ik alleen maar in de kelder gezeten. De eerste twee jaar mocht ik niet naar het nieuws kijken omdat hij bang was dat er misschien iets over me zou worden gezegd wat me van streek kon maken.

Twee jaar, denk ik.

Sabina kijkt me aan. 'De eerste twee jaar moeten het ergste zijn geweest, heb je altijd gezegd.'

En hoe heb je in die acht jaar geleerd met eenzaamheid om te gaan, vraagt de interviewer.

Ja, nou, ik was niet eenzaam. In gedachten had ik mijn familie bij me. En ik had gelukkige herinneringen. En op een dag heb ik gezworen dat ik groot en sterk zou worden, zodat ik mezelf op een dag zou kunnen bevrijden. Ik heb zogezegd met mijn oudere ik een pact gesloten. Dat mijn oudere ik zou komen en het kleine meisje van twaalf zou bevrijden.

Het interview hield heel Oostenrijk aan de buis gekluisterd. Iedereen had het gezien. In de dagen erna zonden zenders in het buitenland het uit. En de mensen praatten het meeste over het pact.

Op twaalfjarige leeftijd heeft ze een pact met haar oudere ik gesloten.

Op twaalfjarige leeftijd. De leeftijd waarop meisjes die nog met poppen spelen om de eerste Ken voor hun barbie vragen. De leeftijd waarop ze jongens niet meer zo heel stom vinden. Op die leeftijd zat mijn kind in een kelder en hield zich door een eed in leven.

We zeggen niet veel over het interview. Het is voorbij. De pers heeft zijn zin gekregen, de zucht naar sensatie is bevredigd. De medemensen die oprecht met ons meeleven, kunnen weer ademhalen. Een hoofdstuk in de Oostenrijkse misdaadgeschiedenis is goed afgelopen. Ons wacht een nieuw begin.

Zestien

Ons dagelijks leven staat op zijn kop. Tijdens het interview voor de tv heeft Natascha een kracht getoond waarvan zelfs de psychologen onder de indruk waren. Ze heeft het zwakkere deel in zichzelf overwonnen. En daarmee ook haar ontvoerder. Ze zal alles overwinnen. Mijn gevoel zegt me dat het team van hulpverleners en adviseurs langzaam overbodig wordt.

Natuurlijk heeft Natascha nog steeds medische bijstand nodig. Ze gedraagt zich niet altijd zoals voor de camera's, maar het lijkt misplaatst, dat strenge toezicht: tijdens het eten moeten we vragen of we in een andere kamer mogen gaan zitten, we moeten telkens vragen wanneer ik haar mag bezoeken.

Er wordt een bespreking gehouden op het kantoor van Lansky en Ganzger. Een informele bijeenkomst waarop moet worden besloten hoe het verder moet. Er moet toch een andere mogelijkheid zijn om Natascha net zo veel zorg te bieden als nu, maar waarbij het niet lijkt alsof ze in een gevangenis met lichte bewaking zit. De advocaten zijn beleefd, maar ik heb het gevoel dat ze ons duidelijk willen maken dat wij het lastigste geval op hun agenda zijn.

Natascha is nu achttien, laat meneer Lansky ons weten. Ze mag zelf beslissingen nemen. Aha, denk ik, en betreft dat ook beslissingen over geld? Weet ze hoeveel het interview met de ORF heeft opgebracht en dat ze ook nog zal verdienen aan de verkoop van rechten aan het buitenland? Heeft ze toegang tot dat bedrag? Werd niet onlangs vol vreugde gemeld dat het met Natascha's toekomst wel goed zit?

Ik zeg dat allemaal niet hardop. Ik wil haar alleen maar uit de kooi halen die het ziekenhuis voor haar is. Meneer Lansky kijkt me aan met een gezicht dat niets verraadt. Nu komt hij weer met een Kijkt-u-eens-mevrouw-Sirny, denk ik. Kijkt u eens, mevrouw Sirny, zegt hij. Zijn zoon nam op zijn achttiende ook alleen de taxi. U moet haar loslaten, zegt hij.

Zo'n bijeenkomst dient van nu af aan elke week te worden gehouden.

Ik vraag niet om verdere afspraken.

De professor laat alles van zich afglijden, hij wekt steeds meer de indruk dat hij Natascha eigenhandig op de wereld heeft gezet. Ze is zijn schepping, hij moet op haar passen. Dat ze hem steeds vaker vraagt of het nodig is dat ze voor behandeling in het ziekenhuis blijft, neemt hij voor kennisgeving aan, dat speelt voor hem geen rol. Hij geeft in fraaie volzinnen antwoord, maar er verandert niets. Ik ken Natascha; ze houdt wel van mooie woorden, maar ze zal niet opgeven.

En inderdaad, ze vertelt het me bijna terloops: ik verlaat het ziekenhuis, heeft ze Max Friedrich recht in zijn gezicht gezegd. En ze moet het hem op zo'n manier hebben verteld dat hij niets anders kon doen dan haar geloven. Zijn reactie gaat me door merg en been. Als je nu vertrekt, heeft hij gezegd, dan hoef je niet meer terug te komen.

Ik probeer mijn ontzetting voor haar te verbergen. Als je nu vertrekt, hoef je niet meer terug te komen. Als je vlucht, dan vermoord ik je, heeft haar ontvoerder altijd tegen haar gezegd. Veel verschil is er niet, vind ik. Alleen is de een psychiater en was de ander psychopaat. Wat is dit voor therapie, vraag ik me af. Ik ben maar een leek, maar als moeder ervaar ik een dergelijk dreigement als schandalig.

Op 29 september is het dan toch zover. Amper vijf weken na haar terugkeer naar de vrijheid hoeft Natascha niet langer in afzondering te leven. Ze mag de afdeling verlaten en krijgt een kamer in de verpleegstersflat van het algemene ziekenhuis.

Het is een tijdelijke oplossing. Het zijn studio's van vijfendertig vierkante meter die bestemd zijn voor verpleegkundigen en jonge artsen. Alles is aanwezig: keukenblok, badkamer, toilet, douche. Functioneel, maar toch, een eigen plekje.

'Fijn dat je er weer bent, mama,' zegt Natascha. Ze doet de deur open alsof het een suite is.

Ik trek mijn laarzen uit, zodat ik de vloer niet vies maak, en zet ze naast de deur. We gaan aan het kleine tafeltje zitten, ze speelt de gastvrouw, zoals altijd. Veel valt er niet te serveren. Bij iemand die goed oplet wat het beste voor haar lichaam is, is niet veel keuze.

'Sap of water?' vraagt ze.

In gedachten ruik ik heel even koffie. 'Sap,' zeg ik.

Ik wil mijn sigaretten uit mijn handtas pakken, maar dan zie ik de blik van Natascha en laat het.

'Dank je,' zegt ze.

'Geen dank.'

'Weet je, nu ik echt weer met mensen moet omgaan, valt het niet altijd mee. Soms komt er zoveel op me af.'

'Hoe bedoel je?' Ik begrijp niet goed wat ze bedoelt.

'Mensen ruiken allemaal anders. Ze roken, ze gebruiken parfum.' Ze zwijgt en denkt even na. 'Maar dat geeft niet. Ik was toch altijd al vrij sociaal, of niet? Ik kon altijd al goed met iedereen overweg.'

Dat kun je wel zeggen, denk ik. Al op haar vierde ging ze zomaar in het café aan een tafel met vijftien man zitten en trakteerde iedereen op haar verhalen. Velen vonden haar vroegrijp. Ik was altijd blij dat ze zich zo snel aan een andere omgeving kon aanpassen en niet snel ergens bang voor was. Dat moet haar zeker hebben geholpen toen ze werd ontvoerd. Ik denk aan wat ze onlangs over haar ontvoerder heeft verteld. Hij had een labiele persoonlijkheid, luidde haar analyse, hij had een gebrek aan zelfvertrouwen, aan empathie, hij was een geesteszieke onbenul, vreselijk paranoïde. Ze zat een beetje voor zich uit te praten. Soms gebeurt dat. Opeens vertelt ze iets over haar leven wat ik nog niet eerder heb gehoord. Hij kon de waarheid op een bepaalde manier niet aan, heeft ze tegen hem gezegd, maar dat vond hij niet erg om te horen, omdat ze hem dat rustig en zakelijk duidelijk heeft gemaakt; het was niet als belediging bedoeld, het was de waarheid. Ik had het idee dat ik sterker was dan hij, voegde ze eraan toe. Daarmee was het thema besproken. Ik vraag nooit waarom ze opeens over het verleden begint. Ze vertelt het wel als ze eraan toe is, denk ik.

'Ik heb wat nieuwe kleren voor je meegenomen,' zeg ik in plaats daarvan. 'Wil je ze even passen?'

Ze past achter elkaar een paar t-shirts en truien, er is ook een jas bij. Het is best kil, zelfs voor de herfst. De modeshow duurt een tijdje. Ik kijk op de klok.

'Weet je, ik moet zo langzamerhand gaan,' zeg ik. Ik stap op, pak mijn tas, loop naar de deur, wil mijn laarzen aantrekken. Die staan er niet meer. Ik draai me om naar Natascha. 'Waar zijn mijn laarzen?'

Ze haalt haar schouders op. 'Weg.'

'Toe, Natascha, ik moet naar huis.'

'Nee,' zegt ze, 'dat moet je niet, je blijft hier, ik laat je niet meer gaan.'

'Dat meen je niet,' zeg ik. Ik vraag me af wat ik nu moet doen.

Misschien wil ze alleen maar weten hoe ik reageer. Misschien meent ze het. Ik speel het spelletje een tijdje mee, maar Natascha haalt mijn laarzen niet tevoorschijn. Ik loop naar het raam. Wanneer ik haar mijn rug toekeer, gaat ze misschien eerder naar de plek waar ze ze heeft verstopt.

Ik heb gelijk. Ze komt naast me staan en geeft me mijn laarzen aan. 'Hier. Ik geloof dat ik even moet luchten.' Ze wil het raam openen.

Net wilde ik nog een gekke opmerking over mijn laarzen maken, maar nu verstijf ik. Ik kijk naar beneden. Elfde verdieping. Ik duw Natascha voorzichtig opzij en doe het half open raam dicht. Ze hebben haar een kamer op de elfde verdieping gegeven, denk ik. Waar ze het raam gewoon kan openen. Een patiënte die misschien zelfmoord zou kunnen overwegen. Ik kijk weer naar beneden. Acht jaar geleden heb ik ook zo gestaan, op mijn balkon.

Natascha is weer thuis. Ze logeert bij mij. We zijn weer samen. Ze slaapt in haar oude kamer, die nu mintgroen is. Hoe lang ze hier zal blijven, weten we niet. Ze heeft de verpleegstersflat verlaten. Ze wil een eigen woning. Maar dat gaat niet van de ene op de andere dag, ze zal geduld moeten hebben.

Ze kijkt tussen de gordijnen door naar het berijpte grasveld beneden. Naar de weg die ze toen heeft afgelegd. Ik ben bang dat de herinnering haar nu inhaalt.

Natascha staat midden in de woonkamer en kijkt om zich heen, alsof ze het hier voor het eerst ziet. En veel hier heeft ze inderdaad nog nooit gezien.

'Wat is dat?' Ze pakt de witte engel die links van de tv staat.

'Een engel,' zeg ik.

Natascha vraagt niet verder. Blijkbaar voelt ze aan dat een verdere uitleg ons naar een gebied zou voeren waarover we, zo is stilzwijgend overeengekomen, niet met elkaar praten. En ik vertel haar niet over mijn droom waarin ik, toen ik het dieptepunt had bereikt, een engel met haar gezicht heb gezien. Jarenlang heb ik naar precies zo'n beeldje gezocht, heb ik in elk tweedehandswinkeltje en op elke rommelmarkt gekeken, totdat ik dit vond. Het is niet de engel uit mijn droom, maar ik heb hem toch gekocht. Hij staat daar, met een kaars op zijn hoofd, als symbool van hoop.

'Aha,' zegt Natascha. 'Een engel.'

Ze maakt geen aanstalten om het beeldje terug te zetten. Ik zie dat ze in gedachten is verzonken. Vreemd, denk ik, ze hoort hier niet langer thuis. Net een kind dat het huis uit is gegaan en nog eens op bezoek komt. Ze maakt een verloren indruk.

Zo is het met vrijheid ook, denk ik. Het grote moment van haar terugkomst is voorbij, de opwinding is gezakt. Net als in de film. De helden hebben elkaar gevonden, aftiteling. De gevaren hebben ze het hoofd geboden, finale. De beste scenario's verlopen altijd volgens hetzelfde stramien. Iemand wil per se iets hebben en moet de grootste hindernissen overwinnen om het te krijgen. En dan heeft hij het. Klaroengeschal. Aftiteling. En niemand vraagt zich af hoe het echte leven nu verder gaat. Dat is het punt dat we nu hebben bereikt.

Ik zie een achttienjarige in mijn woonkamer staan, waar vroeger een meisje van tien speelde. De twee verhalen van mijn dochter overlappen elkaar. Het kind, de jonge vrouw. Zo vertrouwd, zo vreemd. Die overgang is voor mij niet soepel verlopen. Ik heb niet de jaren meegemaakt waarin het kind een vrouw is geworden. Die kunnen we niet inhalen. We moeten de ander opnieuw leren kennen.

Als Natascha op haar dertigste was ontvoerd en acht jaar later terug was gekomen, hadden we ook aan elkaar moeten wennen, maar op haar dertigste zou ze al volwassen zijn geweest en al een hele ontwikkeling hebben doorgemaakt. Nu zijn we uit elkaar gehaald voordat die ontwikkeling goed en wel kon beginnen. Vóór de puberteit en al die problemen die met het opspelen van de hormonen gepaard gaan. Dan verandert er toch van alles in het lichaam. Sommige kinderen liggen op die leeftijd helemaal met zichzelf overhoop, maar zij heeft zichzelf leren kennen op een manier die anderen tijdens hun hele leven nog niet meemaken. Toen zij voor het eerst ongesteld werd, zat er een verdieping hoger een ontvoerder in plaats van haar moeder. Toen andere meisjes naar school gingen, had zij alleen een radio en geen vriendinnen. Toen anderen hun eerste vriendje zoenden, leerde zij zichzelf breien om te voorkomen dat ze gek zou worden.

Ze heeft zoveel gemist. Ik heb zoveel gemist. Nu hebben we elkaar nodig.

Natascha zet de engel terug. 'Mama, heb ik je dit al laten zien?' Ze haalt iets uit haar handtas. 'Kijk eens.' Ze legt een paar foto's voor me neer.
Ze laat niet snel persoonlijke dingen zien. Het is voor haar een hele beslissing om iets prijs te geven. Dit is weer zo'n moment. Verheugd grijp ik naar de foto's.
Die laten een doodskist zien.
'Ze hebben de kist niet meer geopend,' zegt Natascha. 'Ik heb zo afscheid van hem genomen.'
Ik staar naar de foto. De kist van Wolfgang Priklopil.

We spreken die naam nooit uit. We halen de verloren jaren nooit met opzet terug. En toch.
Elk gebaar kan de geesten oproepen. We bewegen voortdurend tussen oude gewoonten en het nieuwe leven heen en weer. In het huishouden botst het het vaakst. Het is koorddansen, maar we komen altijd weer op de grond terecht. In de realiteit. Er wordt vaak gezegd dat sleur de romantiek in elke relatie doodt, maar voor de verhouding tussen moeder en dochter geldt dat misschien nog sterker.
We hebben verschillende opvattingen over dingen.
'We hebben citroenen nodig,' zegt Natascha.
'Die hebben we,' zeg ik. Er liggen er twee of drie in de fruitschaal.
'We hebben er meer nodig,' zegt ze.
'Waarom?' Ik gebruik alleen citroen in de thee, als ik verkouden ben.
'Om schoon te maken.' Natascha pakt de citroenen uit de schaal, snijdt ze door de helft en begint alles in de keuken ermee in te wrijven. 'Die chemische middelen,' zegt ze, terwijl ze bedreven de roestvrijstalen vlakken behandelt, 'die zijn veel te ongezond.'
'Ik begrijp het.'
We zijn ieder voor andere dingen allergisch.
'Ga eens weg, zo maak je kruimels,' zegt Natascha.

'Dat is niet erg,' zeg ik. 'Die veeg ik straks wel weer op.'
'Zoiets doe je niet,' zegt ze.
'Hier wel,' zeg ik.
We denken ook anders over voeding. Zij zweert bij biologische producten. Ik eet ook wel eens iets ongezonds, gewoon omdat het lekker is.

We koken allebei op een andere manier. Toen Natascha nog in het ziekenhuis verbleef, heeft ze voor de verjaardag van mijn kleindochter een taart gebakken. Ze wilde Michelle een plezier doen. Ze was zenuwachtig, liep maar in de keuken heen en weer te drentelen, woog alles uit de losse pols af en gooide het door elkaar. De verpleegkundige en ik keken elkaar knipogend aan en gingen ervan uit dat het niets zou worden. We hadden het mis. De taart was niet perfect, maar smaakte heerlijk.

De kleinste dingen maakten me duidelijk dat Natascha volwassen was geworden. Dat had ik onderschat. Ik had onbewust geprobeerd de draad van ons oude leven weer op te pakken, maar dat was verkeerd. Ik weet niet wie zich meer ergerde aan zulke kleinigheden, zij of ik. Ik denk zij.

Het is Natascha's eerste eigen woning. Groot, licht, aangenaam, peperduur. De advocaten hebben haar geholpen met het zoeken naar een huis en erop gelet dat ze zich niet liet bedonderen. Ik hoor hoe hoog de huur is en moet slikken. Toch ben ik blij voor haar. Ze heeft eindelijk haar vrijheid gevonden. Op een adres dat alleen bekend wordt gemaakt aan de paar mensen die haar het beste kennen.

Een eigen woning, denk ik tijdens mijn eerste bezoek aan haar. Natascha leidt me rond en laat me alles zien. Kostbare parketvloer, alles net geverfd, alles tiptop. Ik zie haar voor me uit lopen, bijna een beetje aarzelend. Ze is er niet aan gewend om zo veel ruimte om zich heen te hebben. Dat weet me te overtuigen. Grootte, breedte, hoogte: dat is voor Natascha pas echt luxe. Ik ben blij.

Ze vindt het heerlijk in een huis te wonen, of om iets te doen waarvan zij denkt dat het wonen is. Ze ervaart een begrip als 'thuis' anders dan anderen, ze heeft er zo lang geen gehad. Het beste aan haar uiteindelijke vrijheid zijn juist de kleine dingen. Dat ze zelf het licht mag aandoen. In de kelder had hij een tijdschakelaar gemonteerd die dag en nacht haar ritme bepaalde, en dat liep niet altijd gelijk met het ritme van de zon en de maan. De ontvoerder heeft voor God gespeeld en liet het licht worden wanneer hij dat nodig achtte. Nu kan ze zelf de ramen openen. In haar vertrek, zoals ze de kelder vaak noemt, zat niet eens een raam. De deuren waren alleen vanbuiten te openen. In het ziekenhuis deden ze de poorten meteen weer achter haar dicht.

Om de eenzaamheid in de kelder te kunnen verdragen, beeldde ze zich in dat de muren haar omhelsden. Dat is een fraaie gedachte voor wanneer ik weer eens word getroffen door claustrofobie. Dan dacht ze aan open ruimten, vertelt ze. In die omhelzing kon ze tot rust komen, doorgaan met ademhalen en zich inbeelden dat het ooit een keertje zou ophouden. In die omhelzing had ze zich het beste kunnen ontspannen. Je moet gebruik maken van wat je hebt, zegt ze. Ze heeft van niets alles gemaakt.

Ik heb me de mensen in de huizen om me heen voorgesteld, de wereld boven me, de hele aarde, zegt ze ook in een interview. Ik zag het allemaal heel schematisch voor me. Je hebt de microkosmos, de macrokosmos, en ik had mijn eigen biotoop daar beneden. De onderlinge verhoudingen waren alleen veel kleiner. De meeste mensen hebben een woonkamer, een eetkamer, een slaapkamer, maar ik heb voor mezelf in gedachten gewoon een woonhoek, een eethoek, een slaaphoek en een sanitaire hoek gemaakt.

Nu heeft ze dat allemaal echt.

Ik sorteer de was. Een taak die ik lang voor me uit heb geschoven. Het zijn Natascha's kleren uit de kelder. Die heeft ze me in mijn handen gedrukt nadat de recherche ze vrijgaf.

Mechanisch gooi ik de kleren op de stapeltjes voor de wasmachine. Iets voor licht, iets voor donker. Meer krijg ik niet voor elkaar. Ik ga naar de woonkamer en steek een sigaret op.

Ik ga verder. De badkamer ruikt naar schimmel. Waarom wil ze die rotzooi bewaren, vraag ik me af. Weggooien, verbranden; dat zou het eerste zijn geweest wat ik zou hebben gedaan. Ze brengt die kleren met bepaalde gevoelens in verband, denk ik. Ik weet niet met welke.

Het duurt uren voordat ik de eerste stapel in de wasmachine stop. Ik hoor de trommel draaien. Ik ben bang voor het moment waarop het programma is afgelopen. Dan zullen de kleren schoon zijn, maar voor mij zullen ze altijd bezoedeld blijven. Ik ga op de bank zitten en blijf roken.

Ik vind het zo erg voor zijn moeder, heeft Natascha onlangs gezegd. Ze wilde heel graag met haar praten. Via de politie heeft ze geprobeerd contact op te nemen, maar de oude vrouw wilde niet.

Wat moet er wel niet in haar omgaan, denk ik. Mijn dochter en ik hebben elkaar weer gevonden, maar zij heeft alles verloren. Haar zoon, haar vertrouwen. Ik ben de moeder van een heldin, zij is de moeder van een monster. En toch was hij haar kind.

De asbak die voor me staat, wordt steeds voller. In de badkamer is een luid geraas te horen; de wasmachine is aan het centrifugeren. Ik haal de kleren uit de trommel, ze ruiken nog steeds beschimmeld. Ik stop ze een voor een in de droger. Aandenkens aan de eenzaamheid, denk ik. Misschien wil Natascha ze daarom bewaren. Als een brug tussen gisteren en vandaag. Het zijn voorwerpen. Daarmee kan ze beter omgaan dan met mensen.

Het kost me erg veel moeite de gevoelens van mensen te begrijpen, zegt ze soms. Ze ervaren iets wat neutraal is bedoeld als iets heel persoonlijks. Ze doet haar best om iets meer begrip te tonen. De eerste ontmoetingen na haar vlucht moeten als een invasie hebben gevoeld.

Ze heeft er in gevangenschap over nagedacht en er in een interview over gesproken. Ik was me ervan bewust dat ik zou worden omgeven door mensen die zich om verschillende redenen met me wilden bemoeien, zei ze. Misschien omdat ze familie zijn en van me houden, misschien omdat ze een slaatje uit de hele zaak willen slaan, misschien omdat ze zich er belangrijk door voelen. Sommigen zijn gewoon nieuwsgierig, anderen ruiken geld. Op een bepaalde manier weet ik – geen idee hoe – dat al die nare intenties haar op een zeker moment niet onberoerd zullen laten.

Natascha weet veel over het innerlijk leven, maar vrijwel niets over de buitenwereld. Vaak lijkt ze net een blinde die opeens weer kan zien. En in gesprekken moet ze nog wennen aan de rol van toehoorder. Ze heeft altijd al een vrij directe manier van spreken gehad, maar kort na haar ontsnapping klonk ze al helemaal alsof ze met elke zin een bevel gaf. Dat is nu al wat beter geworden.

Ze trekt ook vergelijkingen, ziet overeenkomsten die me hevig doen schrikken.

'Dat zei mijn ontvoerder ook altijd tegen me.'

We zitten in de auto. Ik kan me helemaal niet meer herinneren wat ik zo-even heb gezegd. Ik trap op de rem, rij aan de rechterkant het trottoir op.

'Kijk eens naar me.' Ik pak haar bij haar schouders. 'Ik ben je moeder.'

Natascha knikt. Ik heb het gevoel dat ik dat nog vaak tegen haar zal moeten zeggen. En ook tegen mezelf. Ze vergelijkt me telkens met haar ontvoerder, en ik kom er het slechtste van af.

Het gevaar schuilt in elk woord, in elke lettergreep. Vaak ontglipt me toch nog iets, hoe goed ik ook oplet. Zinsneden zijn het gevaarlijkst. Aan sommige uitdrukkingen ben je zo gewend dat je ze niet meer letterlijk neemt.

'Daar komt de trei...' De rest blijft in mijn keel steken.

Stomme trut, denk ik. Daar komt de trein. Hoe kun je zoiets zeggen? Dan had ik net zo goed kunnen zeggen: daar komt de trein, die is ook over je ontvoerder heen gereden. Heel even hoop ik dat ze het niet heeft gehoord, maar ze hoort altijd alles. Ik kijk even naar haar en zie een boze blik. Niemand kan vermoeden wat zulke kleinigheden in haar losmaken.

Evenmin kunnen anderen weten welke hindernissen Natascha dag in dag uit moet overwinnen. Mensen. Kamers vol rook. De supermarkt. Onnodige zijdelingse blikken. Zebrapaden. Gesprekken die ze niet wil voeren. Liften. Nieuwsgierig gefluister. Druk stadsverkeer. Luide stemmen. Uitlaatgassen. Gekunstelde lachjes. Bureaucratie. Ondoordachte uitspraken. Overeenkomsten. Onoprechte vriendelijkheid. Ophef omdat ze bekend is.

Aan geen van die dingen is ze gewend. In de afgelopen paar maanden heeft ze alles voor de eerste keer meegemaakt. Het lijkt wel, denk ik, alsof ze op haar achttiende ter wereld is gekomen en nu op de tast door het leven gaat. Ze stoot andere mensen voor het hoofd met omgangsvormen die ten onrechte als onbeleefd worden gezien. Aan de andere kant laat ze zo duidelijk merken wat er gebeurt wanneer je zegt en doet wat je hart je ingeeft. Zonder schijnheilig te zijn.

Ze heeft een gedwongen kluizenaarsbestaan gekend waarin ze slechts haar eigen waarden, haar eigen idealen had. In de strijd tegen een oppermachtige vijand. En nu vormt ze opeens deel van het kapitalistische systeem. Dat vanaf haar allereerste uur in vrijheid zijn klauwen naar haar heeft uitgestoken.

Ik word erdoor beziggehouden. Ik probeer me telkens weer voor te stellen hoe zij iets ervaart. Van haar ontvoerder kreeg ze één euro per week. Eén euro, als zakgeld, zodat ze iets kon kopen. Dat ervoer ze als een belediging. Aan het eind van jaar had ze tweeënvijftig euro. Dat is ook een soort kalender.

We lopen door de stad. Het trottoir is breed. Natascha heeft haar arm door de mijne gestoken. Dat is nieuw. Meestal loopt ze een stukje voor me uit. Net als vroeger.

'Je moet in de pas lopen,' zegt ze.

Ik maak even een huppeltje, zodat ik met haar in de pas loop. Van de andere kant komt een jonge man op ons af, zijn rugzak schampt langs haar schouder. Ze krimpt ineen.

'Hij heeft me op mijn schouder...'

Ze maakt zich van me los en loopt snel naar Claudia, die een paar meter voor ons loopt, haakt haar arm door die van haar zus en begint te rennen. Ik kan hen bijna niet bijhouden.

We praten er verder niet over.

Een paar dagen later.

Ze wil een stukje gaan wandelen, alleen. In de buurt die ze van vroeger kent. Ze blijft een hele tijd weg. Ik begin me zorgen te maken, maar dan belt ze op.

'Ik weet niet waar ik ben,' zegt ze.

'Wat staat er op de straatnaambordjes?' vraag ik.

'Er komt een man aan.' Angst kleurt haar stem.

'Er is niets aan de hand,' zeg ik, 'dat is gewoon een voetganger.'

'Ik steek liever over,' zegt ze. Het blijft even stil aan de andere kant van de lijn. 'Nee,' zegt ze, 'ik loop gewoon door.'

'Waar ben je nu?' vraag ik.

'Siemensstraße,' zegt ze.

O jee, denk ik, dat is niet naast de deur.

'Ik vind het wel weer,' zegt ze.

Drie kwartier later komt ze binnen. Ik sla mijn armen om haar heen.

Ik ben trots op haar.

Ik kan me niet meer alleen in het openbaar vertonen, heeft ze onlangs tegen een journalist gezegd, dat is te riskant. Ze leert heel snel. Het was zo schrikken, zegt ze, elke keer weer wanneer ze naar buiten ging. Ze was zo bang dat ze zich wilde verstoppen. Ik ben er niet aan gewend, zegt ze, ik kan zo veel mensen niet verdragen, ik ben mensenschuw. Ze is zo moedig. Ik vind het fijn, zegt ze, wanneer een oud vrouwtje naar me glimlacht, zo lief. Het is prettig wanneer iemand naar me knipoogt. Ik schrik alleen altijd even wanneer iemand me aanspreekt, maar ze willen me alleen maar feliciteren omdat ik weer vrij ben.

Ze is zo optimistisch.

Een paar weken later. We gaan uit eten, bij de Italiaan. De zaak zit half vol. We zitten met elkaar te praten, maar ze is er met haar gedachten niet helemaal bij. Gasten aan de andere tafeltjes kijken naar ons. Ze ergert zich eraan. Er wordt op fluisterende toon over ons gepraat. Dat leidt haar af. Misschien ben ik wel te overgevoelig, zegt ze.

Ze gaat naar een concert. Wolfgang Ambros. Ze houdt van muziek van eigen bodem, denk ik, ze heeft hem vast op de radio gehoord. Ik wil haar waarschuwen dat het geluid erg hard zal staan en dat de Stadthalle bomvol zal zijn, maar ik zeg niets. Ze wil hem graag horen, ze wil weten hoe hij is. Na de toegift wordt ze in de vipruimte aan hem voorgesteld. Ze kunnen goed met elkaar opschieten. De anderen kijken naar het tweetal, maar laten hen met rust.

Ze doet mee aan een televisiegala. *Licht ins Dunkel*, een benefietuitzending tijdens kerst, waarop de hele dag geld voor het goede doel wordt ingezameld. Ze speelt voor het oog van de camera met kinderen en roept op tot gulle giften. Ze maakt een zelfverzekerde indruk. Het is vermoeiend voor haar, maar ze staat achter het doel en wil zelf een stichting oprichten die zich moet inzetten voor degenen die honger hebben, die zijn misbruikt, gemarteld of ontvoerd, voor jonge vrouwen in Mexico.

We gaan naar de Moulin Rouge. *Starmania*, het feest ter afsluiting van een grote talentenjacht op tv. De geheel met rood pluche ingerichte nachtclub is tot een discotheek omgetoverd en het is een drukte van belang. Natascha midden in het gewoel. Het lijkt haar niet te deren. Ze verrast me telkens opnieuw. Tegen vijf uur 's morgens hebben Sabina en ik het wel gezien, maar Natascha wil nog even blijven. Sabina en ik banen ons een weg naar de garderobe. Ik vraag om onze jassen. Het duurt een tijdje. Ik krijg de jassen aangereikt. Ik draai me om. Sabina is weg.

Ik wring me door de mensenmassa. Geen spoor van haar. Ik vraag aan een paar mensen of ze haar hebben gezien. Niemand heeft haar gezien. Ik baan me een weg terug naar de bar. Daar is ze niet. Ik wring me richting uitgang. Geen Sabina.

Opeens is dat gevoel weer terug. Mijn dochter is verdwenen. Vlak voor mijn ogen. Net als toen, met Natascha. De angst grijpt me naar de keel. Ik krijg geen lucht. Ik word duizelig. Alles om me heen begint te tollen.

'Mama, kom je?' Sabina pakt haar jas uit mijn handen en trekt die aan.

Het dagboek uit de hel werd heel even opengeslagen, alleen maar omdat Sabina naar het toilet was. Het zal nog een hele tijd duren, maar uiteindelijk zal het beter gaan.

'Ja,' zeg ik, 'ik kom.'

Zeventien

Koch heeft de schildpad vergeten. Ik kan het niet geloven. 'Je hebt hem niet eens gebakken,' zeg ik. Natascha wilde een taart in de vorm van een schildpad. Hij was niet al te enthousiast. Dat kan toch niet zo moeilijk zijn, voor een bakker, om een schildpad te bakken.

Hij kijkt me beledigd aan. 'Natuurlijk heb ik hem wel gebakken. Maar hij staat nog thuis. Ze krijgt dat beest later wel.'

Geweldig, denk ik. Alles voorbereid, alles bij de hand, maar nu krijgt de jarige job niet eens een taart. Echt iets voor Koch. Ik strooi de laatste glitters uit over de tafel. Paars en roze. Dat ziet er mooi uit op zo'n wit tafelkleed. Ertussen staan kaarsen. Ik heb alleen geen bloemen neergezet, die passen niet bij de slingers. Natascha is in de vastentijd jarig, daar horen geen bloemen bij. Ze zal trouwens toch al genoeg boeketten van anderen krijgen.

Ik draai Koch mijn rug toe en loop een laatste rondje om te kijken of alles in orde is. De ballonnen bij de deur en hierbinnen zijn allemaal nog heel. De cd's voor de muziek liggen op een stapeltje, het buffet staat klaar. Ik heb wel een pauze verdiend. En een sigaret.

Koch heeft de taart vergeten, denk ik, maar het café was zijn idee.

Hier ben ik al eerder geweest toen ik in verwachting was van Natascha, en ik ben er ook al ettelijke keren geweest toen ze nog klein was. Een goede keuze. En ik wil nu ook geen ruzie maken, niet vlak voordat het feest begint, vanwege een schildpad van deeg. Het is Natascha's eerste verjaardag in vrijheid. Het moet een geweldig feest worden.

'En, is alles geregeld?' Een vriendin die me bij het versieren heeft geholpen, gaat naast me aan tafel zitten. Ze heeft al haar eerste wijn met mineraalwater in de hand.

Dat is niet erg, denk ik. Dat ik niet drink, betekent niet dat anderen geen lol mogen hebben.

'Ja,' zeg ik. 'In alle opzichten.'

'Hoe bedoel je?' vraagt ze. 'Het ziet er toch allemaal goed uit?' Ze gebaart om zich heen. 'Wie komen er allemaal?'

'Dat zien we wel,' zeg ik. 'Ik ben er doodop van.'

De afgelopen weken waren erg inspannend. Ik heb heel lang lopen piekeren over de vraag waarmee ik Natascha een plezier zou kunnen doen. Ik ga iedereen uitnodigen die ze kent, dacht ik. En toen is het echte werk begonnen. Want de meeste mensen die ze kent, kent ze nog van vroeger. Van de kleuterschool, de basisschool. Waar moet ik hen in vredesnaam zoeken, dacht ik, maar ik begon er toch aan.

'"Dat zien we wel"? Hoe bedoel je dat?' vraagt mijn vriendin.

'Ik heb geprobeerd zo veel mogelijk vrienden van vroeger op te sporen,' zeg ik. 'Dat bleek nog niet eens zo gemakkelijk. Ik moest als eerste aan Carl-Michael denken.'

'Wie is dat?' vraagt mijn vriendin.

'De zoon van Pichowetz,' zeg ik, 'die heeft bij Natascha op de kleuterschool gezeten.'

'Wie is Pichowetz?'

'Je weet wel, die acteur,' zeg ik. 'Natascha was toen zo gek op dat kereltje.'

'En heb je hem gevonden?' vraagt mijn vriendin.

'Uiteindelijk wel,' zeg ik, 'maar ik heb als een bezetene lopen zoeken.'
'Hoeveel mensen heb je eigenlijk uitgenodigd?'
'Dertig. Familie, vrienden. En lui van vroeger.'
'En die heb je allemaal opgespoord?' vraagt mijn vriendin.
'Ja,' zei ik, 'en ik moest als eerste aan Carl-Michael denken. Omdat ik toevallig zijn moeder tegenkwam.'
'En?'
'Het was een heidense klus. Ik ben eerst naar haar oude school gegaan. De oude directeur werkt er niet meer. De twee scholen die vroeger aan de Brioschiweg zaten, zijn samengevoegd, daar had ik niets aan. Toen ben ik naar de naschoolse opvang gegaan, maar tante Joesi zei dat ze ook niemand meer van vroeger zag, en de ouders van Conny zijn gescheiden en verhuisd. Snap je?'
'Ja.' Ze nipt aan haar wijn.
'Toen dacht ik aan de kerk. Ik bedoel, die moeten toch weten wie er allemaal eerste communie hebben gedaan. Maar er zat alleen een secretaresse die zei dat de pastoor er niet was. Hij zou zo wel komen. Ondertussen ging ik even sigaretten halen, maar toen ik terugkwam, was de pastoor er nog steeds niet. Toen zei de secretaresse: mijn zoon is met Stefanie bevriend, ik heb haar telefoonnummer wel ergens. Ik heb haar mijn e-mailadres gegeven en gevraagd of ze het nummer kon mailen. Dat heeft ze ook gedaan, dat was mazzel hebben.'
'Zeg dat wel.'
'Om een lang verhaal kort te maken: via Michelle ben ik weer aan Jenny gekomen, en aan haar nummer. Want eigenlijk ging het om Jenny, Natascha zat vroeger naast haar in de klas. Ik heb haar gebeld en gevraagd of ze op een feestje voor Natascha wilde komen. Natuurlijk, zei ze, dus we zullen zien of ze komt, onze Jenny. En dan hebben we ook nog Petris.'
'Wie?' De wijn begint langzaam te werken.
'Petris,' zeg ik nogmaals.
'Aha.'

'Dat leek niet zo moeilijk, want Koch zei dat hij zijn nummer had. Toevallig, hè? Hij is hem een keer tegengekomen op het kantoor van het ziekenfonds, en toen vroeg Petris hoe het met Natascha was. Maar toen bleek – en dat had me natuurlijk niet moeten verbazen – dat Koch dat nummer was kwijtgeraakt. Wist ik nog niets.'
'En toen?'
'Toen had ik opnieuw mazzel. Ik wist nog dat Petris ergens op de Kubinplatz woont, dus ik besloot daar eens op zoek te gaan. Er woont namelijk ook een collega van me, en ik dacht: laat ik het haar eens vragen. Zij stelde voor om het bij de dokter te vragen, die zit daar ook. Daar werkt Herta, aan de balie, en die ken ik wel, dat is een vriendin van me. Maar Herta was er niet. Ze had een beroerte gehad en lag in het ziekenhuis.'
'Ga weg.'
'Maar Regina, die er wel werkte, heeft Herta in het ziekenhuis gebeld. Het schijnt dat Herta moeilijk te volgen was, vanwege die beroerte, maar er werd in elk geval duidelijk dat de moeder van Petris in hetzelfde trappenhuis woonde als de neus-, keel- en oogarts. Nou, dat hielp ons in elk geval verder. Ik ben naar haar toe gegaan, maar haar zoon was allang het huis uit. Natuurlijk had ze zijn nummer, en als ik het mijne zou geven, zou ze me bellen.'
'Bingo.'
'Niet slecht, hè?'
'Daar kan Columbo een puntje aan zuigen.' Haar glas is leeg. 'En nu kan ik wel wat te drinken gebruiken.'
Koch komt bij ons zitten. 'Hé, het is al half acht. Waar blijft Natascha?'

We hadden om zeven uur willen beginnen. De gasten zijn allemaal al aanwezig, ook Jenny, Stefanie en Carl-Michael. Petris kon niet komen, maar zijn ouders zijn er wel. We zitten allemaal te wachten.
Ik loop van de een naar de ander en vertel overal hetzelfde verhaal. Dat ze niets van het feestje weet, dat het een verrassing is. Dat ze om

drie uur besloot nog even naar de kapper te gaan. Dat dat niet zomaar een kapper kan zijn omdat het zondag is. Dat ze er helemaal voor naar wijk 23 moet, dus aan de andere kant van Wenen. Dat het blijkbaar erg veel tijd kost, hoewel ze steil haar heeft dat makkelijk te knippen is. Dat ik aan een vriendin heb gevraagd of die mee wilde gaan, zodat ze niet te laat zal komen. Dat ze immers Natascha is.

'Doe het licht uit, ze komt eraan!' roept iemand.

We staan in het donker te wachten. Doodse stilte. De deur gaat open. Het licht gaat aan. Natascha is er.

Tromgeroffel.

Verlegen staat ze voor ons. Dertig man, dat kan niet gemakkelijk voor haar zijn. Maar het zijn geen vreemden. En iedereen lacht.

Glimlachend kijkt ze om zich heen. In koor zingen we 'Happy Birthday'. Ze wordt nog verlegener. Iedereen gaat zitten. Ze komt naar Koch en mij toe en omhelst ons.

Een vriend van ons, die de muziek verzorgt, wil de eerste cd opzetten, maar ik tik met een lepel tegen mijn glas. Ik ben zo zenuwachtig dat ik het glas bijna mis. Het wordt stil. Ik heb een toespraak voorbereid.

Tromgeroffel.

'Lieve Natascha,' begin ik. Mijn stem beeft een beetje. Verman je, denk ik.

'Lieve Natascha, lieve gasten. We weten allemaal waarom we hier zijn.' Ik kijk naar mijn dochter. 'Het is Natascha's eerste verjaardag in vrijheid. Ik heb nooit zeker kunnen weten of we die ooit nog zouden kunnen vieren, en ik ben zo blij dat we allemaal hier zijn. Voor jou, Natascha.' Ik moet slikken. 'Ik heb een verrassing voor je. Het was niet altijd even gemakkelijk om iedereen op te sporen, maar je ziet dat het is gelukt. En ik hoop dat je het leuk vindt. Drie mensen uit je verleden,' ik wijs op Jenny, Stefanie en Carl-Michael, 'met wie je zeker nog flink zult willen bijpraten. Hopelijk wordt het een leuke avond en zullen we allemaal veel plezier hebben. Ik wens je veel geluk, Natascha, en van harte gefeliciteerd.' Mijn laatste zin zou ik bijna vergeten. 'O ja, het buffet is geopend.'

Natascha is ontroerd. Alle anderen storten zich op het eten, maar zij gaat naast me zitten en legt haar hoofd op mijn schouder. We zeggen niets, dat is ook niet nodig.

Er valt een stilte omdat iedereen aan het eten is. De broodjes zijn heerlijk, iedereen zit te smullen. Natascha loopt van de ene tafel naar de andere, babbelt met de gasten, neemt cadeautjes in ontvangst en legt die op een lege tafel neer.

'Je moet ze openmaken,' zeg ik.

'Waarom moet dat nu?' vraagt ze.

'Dat is nu eenmaal de gewoonte,' zeg ik.

Heel even slaat ze haar ogen ten hemel, maar ik zie iets schitteren in haar blik. Je hebt erop gewacht totdat ik zo zou kijken, lijkt ze te willen zeggen, maar goed, ik zal je een plezier doen.

Ze loopt naar de stapel cadeautjes.

Tromgeroffel.

Ze maakt het eerste pakje open. Niet overdreven voorzichtig, wel heel nieuwsgierig. Ze is blij met elke kleinigheid. Armbanden, boeken, bloemen. Ze loopt het hele café door om iedereen te bedanken. Koch geeft haar een leren jasje, een bruine broek en een blouse. Mijn kleermakersblik vertelt me dat de broek te klein, de blouse te groot en het jasje een tikje te krap is. Dat geeft niet, denk ik, ruilen kan altijd.

Als laatste pakt ze mijn cadeautje. Ze draait het om, bekijkt het van alle kanten, houdt het tegen haar oor en schudt ermee. Niet bepaald iets wat je met een horloge moet doen, denk ik. Ze heeft het zien liggen in een vitrine toen we in het Donauzentrum aan het winkelen waren. Dat mag papa me voor mijn verjaardag geven, zei ze. Dat koop ik wel voor je, dacht ik. Eindelijk haalt ze het papier eraf.

'Het horloge van Esprit! Bedankt! En in mijn lievelingskleur. Paars.'

Het horloge heeft geen bandje, maar een metalen armband. Ze schuift het om haar pols en draait een rondje.

Tromgeroffel.

Er klinkt muziek. Sommigen zijn al klaar met eten en beginnen te dansen. De Beatles zingen 'She Loves You'. Ik zie Natascha op de schommel in de tuin van het ziekenhuis zitten. 'Yellow Submarine'. Ze is al een hele tijd geleden opgedoken.

Natascha gaat bij haar vrienden van vroeger zitten. Af en toe kijk ik even naar haar, ik wil niet te nieuwsgierig zijn. Ze praten vrolijk met elkaar, lachen, maken gebaren. Het was al die moeite waard, denk ik.

Ik vraag om een half glas witte wijn en schenk er mineraalwater bij. Daar zal ik een hele avond mee doen. Ik heb geen alcohol nodig om een feestje te vieren, mijn stemming is al opperbest.

Carl-Michael vraagt Natascha ten dans. Ze doet meteen mee. Een boogie. Ze zet niet de pasjes die je op een dansschool leert, maar ze heeft een goed gevoel voor ritme. Grappig, denk ik, ze was nooit een sportief kind. Koch neemt het over. Van hem heeft ze het zeker niet, dat talent tot bewegen.

Om een uur of elf vertrekken de eerste gasten. Natascha ziet er moe uit, maar houdt het toch tot een uur of twaalf vol. We zoeken de cadeautjes bij elkaar, leggen de bloemen in de auto, ruimen een beetje op.

'Ben je erg moe?' vraag ik aan Natascha.

'Ja,' zegt ze, 'maar het was een leuke avond.'

'Waar wil je slapen?'

'Bij jou.'

Eiser: dr. Martin Wabl, rechter (gepensioneerd)
Fehringerstraße
8280 Fürstenfeld
Gedaagde: Brigitta Sirny, werkneemster
Rennbahnweg
1220 Wenen
Betreft: heropening vgl. § 530 art. 1 Z 7 wetboek burgerlijke rechtsvordering
€ 5.087,10

Naar aanleiding van de getuigenverklaring van Natascha Kampusch kan worden vastgesteld dat gedaagde, Brigitta Sirny, als dader betrokken is geweest bij het seksueel misbruik van haar dochter en Wolfgang Prikopil heeft aangezet tot ontvoering van haar dochter teneinde te voorkomen dat de school voornoemd seksueel misbruik zou vaststellen en Brigitta Sirny strafrechtelijk zou worden vervolgd. Ten gevolge van overmacht ben ik niet in staat geweest deze getuigenverklaring, die van invloed had kunnen zijn op het uiteindelijke vonnis, tijdens de zitting ter sprake te brengen.
Bewijs: getuigenverklaring van Natascha Kampusch, p/a prof. dr. Max G.H. Friedrich, 1080 Wenen.
Zaak 1 C 1466/00a kantongerecht Fürstenfeld

De zonnebloem is terug. Met een paar prachtige stijlbloempjes. De naam van de ontvoerder is niet eens correct vermeld.

Ik leg de dagvaarding neer. Wat haalt hij zich wel niet in zijn hoofd, denk ik. Natascha is al weer bijna een jaar vrij. Iedereen kan zich ervan vergewissen dat er niets mis is met onze verhouding. Je hoeft alleen de kranten maar te lezen. En nu zou ze voor de rechter moeten moeten verklaren dat ik haar seksueel heb misbruikt?

'Dat dacht ik niet,' zeg ik hardop. 'Dat dacht ik dus niet.'

Ik slaap weer op de bank. Ik heb weer last van uitslag, van de zenuwen.

'Kijk eens.' Ik laat de psychiater mijn arm zien. 'Dat komt allemaal door die Wabl.'

De psychiater kijkt naar de rode bultjes. 'Psychosomatisch,' oordeelt hij. 'Dat is logisch, u bent er nogal mee bezig.'

Een keer per week ga ik naar hem toe. Nikolaus Tsekas van Neustart zag ik na verloop van tijd steeds minder vaak, en op een bepaald moment had ik hem helemaal niet meer nodig. Na het dreggen in vijvers, toen de grizzly naar het lijk van Natascha wilde zoeken, en na de beschuldigingen van de rechter in ruste had ik opnieuw hulp nodig. Die kon een psychiater me bieden. Ik vind psychiater een vreselijk woord, ik noem hem mijn zielenknijper.

Hij ziet eruit als iemand die opera's met lange passages voor de fluit componeert, of als een kunstenaar die donkergroene doeken vol bomen schildert. Zijn bruine ogen met de volle wimpers blijven op alles rusten wat hij bekijkt. Zijn stem is rustgevend. Hij is een van die mensen in wiens nabijheid je volkomen kalm wordt wanneer hij aan het woord is.

'Dat is juist goed,' zeg ik. 'Hebt u de kranten nog gelezen? Er wordt me verweten dat ik met opzet niet naar de eerste zitting ben gegaan. En dat terwijl ik gewoon de oproep niet heb ontvangen. Iets met de post, ik heb gewoon niets bezorgd gekregen. De rechter heeft zich flink zitten opwinden.'

'Maar u was onlangs wel in Gleisdorf,' zegt de arts.

'Ja, dat was de tweede zitting. Waanzinnig veel pers. Zelfs iemand van de *Daily Mail*, uit Engeland, en eentje van *Der Stern* uit Duitsland, die wilde per se een kop koffie met me drinken. Dat is prima, heb ik gezegd, maar denk maar niet dat ik je iets nieuws vertel. Dat heb ik ook niet gedaan.'

'Wat heeft de rechter besloten?'

'Hij heeft gezegd dat hij zal proberen de zaak zo snel mogelijk af te sluiten. Het is toch allemaal een farce.'

'U gaat er goed mee om,' zegt hij. Zoiets hoor ik zelden. Psychiaters uiten doorgaans alleen maar zinnen die met een vraagteken eindigen.'

'Dat zijn uw woorden.'

Hij wacht totdat ik weer iets zeg.

'De mensen vinden me een koude kikker omdat ik mijn best doe me te beheersen.' Ik denk even na. 'Ik denk dat ik dat van mijn vader heb. Zeg pas iets als je iets wordt gevraagd, zei hij altijd. En: een kerel huilt niet. Nu ben ik weliswaar geen kerel, maar huilen doe ik zelden.'

Hij gaat er verder niet op in.

Ik verander van onderwerp. 'Laatst, bij Natascha...'
'Ja?' moedigt hij me aan.
'Ik heb u toch verteld dat ze me kleren uit de kelder heeft gegeven, zodat ik die kon wassen?'
Hij knikt.
'Die heb ik maanden geleden ook aan haar teruggegeven, nadat ik ze drie keer had gewassen en na weken eindelijk ook eens had gestreken. Toen ik laatst bij haar thuis was, zag ik die kleren weer op het droogrekje hangen.'
'Maakt u zich zorgen?'
'Ik denk er veel over na,' zeg ik. 'Het is vast een obsessie, net als bij vrouwen die iets heel ergs hebben meegemaakt en zich daarna maar blijven douchen omdat ze zich anders smerig voelen. Ik denk dat het zoiets is.'
'Mm.'
'Ik maak me wel zorgen, maar over iets anders.'
Hij kijkt me aan.
'Hoe moet dat ooit gaan... Ik bedoel met Natascha, later, als ze misschien eens iemand leert kennen. Dat zal voor hen allebei moeilijk worden, begrijpt u?'
'Ja, dat snap ik.'
'En nu vraag ik me dus af hoe het...'
'... met u zal gaan?' maakt hij mijn zin af.
'Ja. Natuurlijk. Het leven wordt langzaam weer iets normaler, dan ga je over dat soort dingen nadenken. Maar ik loop een beetje tegen een muur op.'
'Hoe bedoelt u?'
'Ik heb geen vertrouwen meer. In niemand, ook niet in mensen die ik al mijn halve leven ken, begrijpt u? Stelt u zich eens voor dat ik iemand leer kennen, en dat het iets dreigt te worden tussen ons. Dan denk ik meteen: hij kan nog zulke mooie praatjes houden, maar ik weet toch niet of het waar is. Misschien slaat hij zijn kinderen, of heeft hij zijn ex vermoord. Dat zie je niet aan de buitenkant.'

'Bent u daar bang voor?'
'Niet direct, ik kom toch niemand tegen. Mijn enige kans op een nieuwe relatie is wanneer iemand in mijn kennissenkring gaat scheiden of weduwnaar wordt.' Ik zit met mijn ring te spelen. 'Maar ik verlang wel naar een schouder om op uit te huilen.' Soms, denk ik. 'Aan de andere kant ben ik ook tevreden met hoe ik nu leef.'
'Alleen?'
'Ik ben niet alleen. Door mijn werk als vertegenwoordigster in de sieradenbranche kom ik voortdurend nieuwe mensen tegen, en daar zijn al de nodige vriendschappen uit ontstaan. En ik heb sowieso al veel vrienden.' Ik blijf met mijn ring spelen. 'Ik denk dat ik geen onaangenaam mens ben.'
Hij glimlacht. Onze tijd zit erop. Het professionele deel is afgelopen. Hij loopt met me mee naar de deur.
'Het gaat weer goed met u,' zegt hij, en hij schudt me de hand.
Ja, denk ik, het gaat weer goed met me.

Ik word omringd door licht. Ik zit voor de reusachtige lamp en laat mijn gedachten afdwalen. Een uur lang moet ik rustig blijven zitten, anders werkt het niet. Ik ben vanwege mijn pijnlijke schouder met lichttherapie begonnen, maar ondertussen denk ik dat ook mijn ziel er baat bij heeft. Misschien nog wel meer dan mijn schouder.
Op sommige dagen heb ik behoefte aan de oude trucjes die Tina, de numerologe, me heeft geleerd. Autogene training, ademhalen, ontspannen. Vandaag gaat alles vanzelf. Ik denk aan Natascha.
Het gaat goed met haar opleiding. Privéles was een uitstekend idee. Het is niets voor haar om ergens in de klas te zitten; niet vanwege de medeleerlingen, maar omdat ze een eenpitter is en dat altijd zal blijven. Nu wil ze eerst haar eindexamen doen, maar ik weet zeker dat ze daarna nog verder zal willen leren.
Ze is al bijna weer een jaar hier. Het zal nog minstens evenveel tijd als die vreselijke periode in de kelder kosten voordat ze alles echt heeft verwerkt, denk ik, maar als je kijkt wat we in de afgelopen

maanden allemaal al voor elkaar hebben gekregen, zal het misschien veel sneller gaan. Misschien bereiken we op een gegeven moment het punt waarop er een knop wordt omgedraaid en alle gruwelen verdwijnen.

Zo'n moment zal er komen. Ik ga iets meer rechtop zitten. Zo'n positief moment zullen we meemaken.

Ik haal het licht naar me toe, denk ik. Ik haal het licht naar me toe en geef het door aan anderen. De opleiding is kort, maar zwaar, heeft de therapeute vorige keer tegen me gezegd. Je moet zes weken lang een cursus volgen en dan een examen afleggen, en als je dat haalt, mag je het vak uitoefenen. Mensen beter maken. Dat is het. Dat is mijn toekomst. Ik doe mijn ogen open en kijk in het licht.

Epiloog

Er branden slechts een paar kaarsen. Ze zijn de enige bezoekers van de lichtgrot. Brigitta Sirny blijft even bij de ingang staan, zodat ze aan het schemerlicht kan wennen.

Natascha loopt naar binnen. Haar moeder komt naast haar staan, ze wil niet te hard praten.

'Hier sta je precies goed.' Brigitta Sirny wijst naar boven. 'Recht onder de koepel.'

Natascha kijkt naar boven.

'Wanneer je nu iets zegt, hoor je die bijzondere akoestiek,' zegt Brigitta Sirny. 'Wil je iets zeggen?'

'Nee,' zegt Natascha.

De letters zijn bijna afzonderlijk te horen.

Brigitta Sirny loopt een paar passen verder. De vlammetjes flakkeren in de luchtstroom. Elk jaar is ze naar Mariazell gegaan om een kaarsje voor Natascha op te steken. Ze pakt een kaars, haalt een aansteker uit haar handtas, houdt de vlam naast de lont en zet de kaars bij de andere. Er is iets veranderd, denkt ze. De handeling heeft niet langer iets verhevens. Opeens weet ze hoe dat komt. Natascha is hier. Ze heeft niet langer een vlammetje nodig als vervanging voor haar kind.

'Wil je er ook eentje aansteken?' vraagt ze aan haar dochter.

Natascha knikt en raakt de kaarsen aan, alsof ze een bepaald exemplaar zoekt. Dan pakt ze er eentje en houdt de lont bij de andere, totdat die vlam vat. Een paar tellen lang staart ze naar het aarzelende flakkeren, en dan zet ze de kaars tussen de andere.

Voor wie was die, vraagt Brigitta Sirny zich af. Natascha zegt niets.

Er komt een groepje toeristen binnen. Ze fluisteren tegen elkaar. Herkennen ze ons, vraagt Brigitta Sirny zich even af, maar ze hebben alleen oog voor elkaar. Ze steken hun kaarsjes aan, kijken omhoog naar de koepel, luisteren naar de akoestiek.

Wij zijn net zoals zij, denkt Brigitta Sirny met een blik op haar dochter. Heel gewone toeristen.